# Marguerite Duras

*Le ravissement de Lol V. Stein*

*Le vice-consul*

*L'amour*

**Œuvres complètes**

**05**

Marguerite
# Duras

杜拉斯全集

# 爱

［法］

玛格丽特·杜拉斯

著

王东亮

译

上海译文出版社

# 目 录

劳儿之劫

致索尼娅

劳儿·瓦·施泰因生在此地，沙塔拉，在这里度过了青少年时期的大部分时光。她的父亲曾是大学老师。她有一个大她九岁的哥哥——我从未见过他——据说住在巴黎。她的父母现已不在人世。

关于劳儿·瓦·施泰因的童年，即便从塔佳娜·卡尔那里，我也从来没有听到什么给我留下特别印象的事情。塔佳娜是劳儿中学时最好的女友。

星期四的时候，她们俩在学校空寂的操场上跳舞。她们不愿意与其他人一起排队出去，她们宁愿留在学校里。塔佳娜说，学校也不管她们俩，她们长得可爱迷人，比别人更知道讨巧，学校就准了她们。跳舞吗，塔佳娜？邻近建筑物里传来过时的舞曲，那是电台里的恋旧歌曲节目，这对她们就足够了。女学监们没了踪影，这天的大操场上只有她们两个，舞曲的间歇传来街上的噪音。来，塔佳娜，来呀，我们跳舞，塔佳娜，来吧。我知道的是这些。

也知道下面这些：劳儿在十九岁那年遇到了麦克·理查逊，是学校放假的时候，一天早晨，在网球场。他二十五岁。他是T滨城附近大地产主的独生子。他无所事事。双方家长同意结婚。劳儿该是六个月前订的婚，婚礼要在秋季进行，劳儿刚刚辍学，她来到T滨城度假，正赶上市立娱乐场举办本季的盛大舞会。

塔佳娜不相信这著名的T滨城舞会对劳儿·瓦·施泰因的病起到了决定性作用。

塔佳娜将病因追溯得更早，甚至早于她们的友谊。它早就孵在那里，孵在劳儿·瓦·施泰因身上，因为一直有来自家庭、其后又来自学校的呵护关爱包围着她，才没有破壳而出。她说，在学校里，并且也不止她一个人这样想，劳儿的心就已经有些不在——她说：那儿。她给人印象是勉为其难地要做出某种样子却又随时会忘记该这样去做，而面对这样的烦恼她又能泰然处之。温柔与冷漠兼而有之，人们很快便发现，她从来没有表现出痛苦或伤心，从来没有看到她流出过一滴少女的泪。塔佳娜还说劳儿·瓦·施泰因长相漂亮，在学校里很抢手，尽管她像水一样从你的手中滑落，你从她身上抓住的那一点点东西也是值得做一番努力的。劳儿很风趣，爱开玩笑，也很细致，尽管她自己的一部分总是与你远离，与现在远离。远离到哪里呢？到少女之梦中吗？不是，塔佳娜说，不是，可以说还没有任何着落，正是这样，没有任何着落。是不是心不在焉呢？塔佳娜倒倾向于认为，也许实际上劳儿·瓦·施泰因的心就是不在——她说：那儿。心有所系，是大概要来到的，可是她，她没有经历到。是的，看来在劳儿身上，是感情的这个区域与别人不一样。

传言劳儿·瓦·施泰因订婚的时候，塔佳娜她对这个消息半信半疑：这个被劳儿发现又吸引了她全部注意力的人是谁呢？

当她认识了麦克·理查逊并且见证了劳儿对他的疯狂激情后，她动摇了但还是有所疑虑：劳儿不是在为她那颗不完全的心安排归宿吧？

我问她，后来劳儿的疯狂发作是否证明她自己弄错了。她重复说不，在她看来，她认为这一发作与劳儿从一开始就是合为一体的。

我不再相信塔佳娜所讲的任何东西，我对任何东西都不再确信。

以下，自始至终所述，混杂着塔佳娜·卡尔讲的虚实莫辨的故事以及我自己有关 T 滨城娱乐场之夜的虚构。在此基础上，我将讲述我的劳儿·瓦·施泰因的故事。

这一夜之前的十九年，我不想知道得比我所说的更多，或差不多一样多，也不想以编年顺序以外的方式去了解，即便其中隐含着使我得以认识劳儿·瓦·施泰因的某个神奇时刻。我不愿这样，是因为劳儿青少年时期的生活在这个故事中的出现，有可能在读者眼中会略微削弱这个女人在我的生活中沉重的现实存在。因此，我要去寻找她，抓获她，在我以为应该去这样做的地方，在她看起来开始移动向我走来的时候，在舞会最后的来客——两个女人——走进 T 滨城市立娱乐场舞厅大门的确切时刻。


乐队停止演奏。一曲终了。

人们缓缓退出舞池。舞池空无一人。

年长的那个女人迟行片刻，环顾大厅，然后转过身来朝陪同她的年轻姑娘微笑。毫无疑问，两人是母女。两人都是高个子，一样的身材。但如果说那年轻姑娘在适应自己的高挑身材和有些坚硬的骨架上还略显笨拙的话，这缺陷到了那母亲身上却成了对造物隐晦否定的标志。她那在举手投足一动一静中的优雅，据塔佳娜说，令人不安。

“她们今天上午在海滩上，”劳儿的未婚夫麦克·理查逊说。

他停下来，他看到了新的来客，然后他将劳儿拖向酒吧和大厅尽头的绿色植物那里。

她们穿过了舞池，也朝这同一个方向走来。

惊愕了的劳儿，和他一样，看到了这个风姿绰约的女人带着死鸟般从容散漫的优雅走过来。她很瘦。大概一直这样瘦。塔佳娜清楚地记得，她纤瘦的身上穿着一袭黑色连衣裙，配着同为黑色的绢纱紧身内衬，领口开得非常低。她自己愿意如此穿戴打扮如此以身示人，她如其所愿，不可更改。她身体与面部的奇妙轮廓令人想入非非。她就是这样出现，从今以后，也将这样死去，带着她那令人欲火中烧的身体。她是谁？人们后来才知道：安娜-玛丽·斯特雷特。她美丽吗？她多大年龄？她有过什么经历，这个不为他人所知的女人？她是通过什么神秘途径达到了这样的境界，带着快乐且耀眼的悲观厌世，轻如一粒灰尘的、不易觉察的慵散微笑？看来，惟一使她挺身而立的，是一种发自身心的果敢。但这果敢也是优雅的，和她本人一样。二者信步而行，无论走到哪里都不再相分相离。哪里？任何东西都不再能够触动这个女人，塔佳娜想到，任何东西都不再能够，任何东西。除了她的末日，她想。

她是否行走时顺便看了麦克·理查逊一眼？她是否用抛在舞厅里的那种视而不见的目光扫了他一眼？不可能知道，因而也就不可能知道我讲的劳儿·瓦·施泰因的故事什么时候开始：她的目光——走到近处人们会明白原来这一缺陷源自她的瞳孔那几近繁重的脱色——驻落在眼睛的整个平面，很难接收到它。她的头发染成棕红色，燃烧的棕红色，似海上夏娃，光线反而会使她变丑。

她从他身边走过时，他们互相认出来了吗？

麦克·理查逊向劳儿转过身来邀请她跳他们毕生在一起跳的最后一支舞的时候，塔佳娜·卡尔注意到他面孔苍白，布满了骤然至至的心事，于是她明白他也看到了这个刚进门的女人。

劳儿无疑注意到了这一变化。她好像是不由自主地来到他面前，没有对他的惧怕也从来没有惧怕过他，没有惊奇，这一变化的性质看来对她不是陌生的：它是麦克·理查逊这个人身上所固有的，它与劳儿到目前为止所了解的他有关。

他变得不同了。所有人都能看出来。看出来他不再是大家原以为的那个人。劳儿看着他，看着他在变。

麦克·理查逊的眼睛闪出光亮。他的面部在满溢的成熟中抽紧。上面流露着痛苦，古老的、属于初世的痛苦。

一看到他这样，人们就会明白，这个世界上没有任何东西、任何词、任何强力能阻止得了麦克·理查逊的变化。现在他要让这变化进行到底。麦克·理查逊的新故事，它已经开始发生了。

对此情此景的亲眼目睹和确信无疑看来并没有伴随着痛苦在劳儿身上出现。

塔佳娜发现劳儿也变了。她窥伺着这一事件，目测着它辽阔的边际，精确的时辰。如果她自己不仅是事件发生也是事件成功的动因，劳儿不会如此着迷。

她又和麦克·理查逊跳了一次舞。这是最后一次。

那女人现在一个人，与柜台稍有些距离，她的女儿与舞厅门口处的一群相识聚在了一起。麦克·理查逊向女人走去，情绪那样激动，人们都担心他会遭到拒绝。劳儿，悬在那儿，她也在等待。女人没有拒绝。

他们走进舞池。劳儿看着他们，像一个心无旁系的年老妇人看着自己的孩子离开自己，她看上去爱着他们。

"我应该请这个女人跳舞。"

塔佳娜清楚地看到了他以新方式行动，前进，像受刑一样，鞠躬，等待。女人轻轻皱了皱眉头。她是否也认出他来，因为上午在海滩上看见过他，仅仅为了这个原因？

塔佳娜待在劳儿身边。

劳儿本能地与麦克·理查逊同时朝安娜-玛丽·斯特雷特的方向走了几步。塔佳娜跟着她。这时她们看到了：女人微微张开嘴唇，什么也没说，惊奇地看到上午见过一面的这个男人的新面孔。待她投入到他的臂弯中，看到她突然变得举止笨拙，因事件的促发而表情愚钝、凝滞，塔佳娜就明白他身上适才的慌张也传到了她身上。

劳儿回到了酒吧和绿色植物后面，塔佳娜跟着她。

他们跳了舞。又跳了舞。他，目光低垂到她脖颈后裸露的地方。她，比他矮些，只看着舞厅的远处。他们没有说话。

第一支舞跳完的时候，麦克·理查逊像往常一直做的那样走到劳儿身边。他眼中有种对援助、对默许的恳求。劳儿向他微笑。

随后，接着的一首曲子跳完时，他没有回来找劳儿。

安娜-玛丽·斯特雷特与麦克·理查逊再没有分开过。

夜深了，看起来，劳儿所拥有的痛苦的机会越来越少了，好像是痛苦没有在她身上找到滑入的地方，好像她忘记了爱之痛的古老代数。

晨曦即至，夜色退尽的时候，塔佳娜注意到他们都老了许多。尽管麦克·理查逊比这个女人年轻，但他也达到了她的年纪并且他们三个——还有劳儿——一起长了许多年纪，有几百岁，长到了沉眠在疯人身上的那种年纪。

在这同一个时辰，他们一边跳着舞，一边说了话，几句话。舞曲间歇，他们继续完全沉默，并排站着，与众人保持距离，一成不变的距离。除了他们的手在跳舞时交合在一起外，他们没有比初次相见时更接近。

劳儿一直待在事件发生、安娜-玛丽·斯特雷特进门时她所处的地方，在酒吧的绿色植物后面。

塔佳娜，她最好的女友，也一直在那儿，抚摸着她放在花下的小桌子上的那只手。是的，是塔佳娜在整整一个夜晚对她做着这一友好的动作。

黎明时分，麦克·理查逊用目光向大厅深处寻找某个人。他没有发现劳儿。

安娜-玛丽·斯特雷特的女儿早就离开了。看上去，她的母亲既没有注意到她的离去，也没有注意到她不在场内。

劳儿大概和塔佳娜一样，和他们一样，都还没有留意到事物的另外一面：随着白日到来，一切都将结束。

乐队停止了演奏。舞厅看上去差不多空了。只剩下几对舞伴，其中有他们一对。此外，在绿色植物后面，还有劳儿和这另一个年轻姑娘，塔佳娜·卡尔。他们没有注意到乐队停止了演奏：在乐队本该重新演奏的时刻，他们又自动地拥在一起，没有听到音乐已经没有了。正在这时候，乐师们一个一个地从他们面前走过，小提琴封闭在阴郁的琴盒中。他们做了个让乐师们停下来的手势，或许要说什么，无济于事。

麦克·理查逊把手放在自己额头上，在舞厅中寻找某种永恒的标记。劳儿·瓦·施泰因的微笑就是其中的一个，但他没有看到。

他们默默地互相注视着，长久无语，不知该做什么，怎样走出这一夜。

这时候，一个有了些年纪的女人，劳儿的母亲，走进了舞厅。她一边谩骂着他们，一边质问他们对她的孩子做了些什么。

谁会把这一夜发生在 T 滨城娱乐场舞厅里的事情通知了劳儿的母亲呢？那不会是塔佳娜·卡尔，塔佳娜·卡尔没有离开过劳儿·瓦·施泰因。她是自己来的吗？

他们在自己的周围寻找被辱骂的人。他们没有回答。

当母亲在绿色植物后面发现她的孩子时，空寂的大厅里响起混杂着抱怨和关切的声音。

当母亲来到劳儿身旁碰到她时，劳儿终于松开了手中的桌子。此时此刻她只意识到一个结局显现出来，不过是模糊地意识到，还不能明确区分会是哪一种结局。母亲在他们和她之间的屏障是这个结局的前兆。她用手，非常有力地，将之掀翻在地。抱怨和关切混杂的声音停了下来。

劳儿第一次叫喊。这时，一些手重新落到了她肩膀周围。她当然辨识不出都是谁的手。她避免自己的脸被任何人触碰。

他们开始移动，向着墙走去，寻找着想象中的大门。黎明在厅里厅外都是一样的昏暗。他们终于找到了真正的大门的方向，开始非常缓慢地朝那个方向走去。

劳儿不停地叫喊出一些合乎理性的东西：时间还早，夏令时弄错了。她恳求麦克·理查逊相信她。但是，因为他们继续往前走——人们试图阻止她跟去，可她还是挣脱了——她向门口跑去，一头撞到了门板上。大门，铆在地上，一动不动。

他们低垂着眼睛从她面前走过。安娜-玛丽·斯特雷特开始往下走去，然后是他，麦克·理查逊。劳儿用目光追随着他们穿过花园。到她看不见他们时，她摔倒在地，昏了过去。

施泰因太太讲，劳儿被领回沙塔拉，她待在自己的房间里，几个星期没有出门。

她的故事以及麦克·理查逊的故事已是尽人皆知。

人们说，劳儿的消沉那时带有痛苦的迹象。可是无名的痛苦又怎样可以言说呢？

她总是说同样的事情：夏令时弄错了，时间还早。

她愤怒地说出自己的名字：劳儿·瓦·施泰因——她就是这样称呼自己的。

然后，她开始抱怨，更明确地抱怨，抱怨自己对这样的等待感到疲惫不堪。她感到厌倦，要大喊大叫。她大喊大叫实际上是她没有什么可以思想，而同时她像孩子一样不耐烦地等待着，要求着给这一思想的缺乏一剂立即见效的药。然而，人们为她提供的任何消遣都不能使她摆脱这一状态。

然后，劳儿开始停止抱怨任何事情。她甚至逐渐停止说话。她的愤怒衰老了，泄气了。她说话的时候，只是想说难以表达出做劳儿·瓦·施泰因是多么令人厌倦，多么漫长无期，漫长无期。人们让她努把力。她说，她不明白为什么。她在寻找惟一一个词上面临的困难似乎是无法逾越的。她看上去什么都不再等待。

她是否想着某件事，她自己？人们问她。她听不懂这一问题。人们会说她自暴自弃了，说不能摆脱这一状态的无尽厌倦没有被思考过，说她变成了一个沙漠，在沙漠之中一种游牧的特性将她抛向了永无休止的追逐，追逐什么？不知道。她不回答。

人们说，劳儿的消沉，她的疲惫，她的巨痛，只有时间能够战胜。人们判定她的这一消沉没有最初的谵妄严重，它可能不会持续很久，不会给劳儿的精神生活带来重大变化。她的青春年少很快会将之扫荡一空。人们认为她的消沉是可以解释的：她因亲眼所见的一时自卑而不能释怀，因为她被 T 滨城的男人抛弃了。她现在所弥补的，这迟早会发生，是舞会期间对痛苦的奇怪疏忽。

然后，在继续保持沉默无语的同时，她重新开始要吃，要开窗，睡眠。并且很快，她就愿意人们在她周围说话。对人们在她面前所说、所讲、所断言的一切，她都表示赞同。所有这些话的重要性在她看来是一样的。她听得入迷。

关于他们，她从来没问过什么消息。她没有问过任何问题。当人们认为有必要告诉她他们已经分手的消息时——他的离去她是后来才知道的——她表现出来的平静被认为是个好兆头。她对麦克·理查逊的爱死了。随着部分理智的恢复，她已经以不可否认的方式接受了这件事情，接受了事物的公正回归，接受了她有权享用的公正报复。


她第一次出门是在夜里，一个人，没有打招呼。

若安·倍德福在人行道上走着。他距她有百来米远——她刚刚出门——她还在自己家门口。看见他的时候，她把自己藏到大门的一个门柱后面。

在我看来，若安·倍德福向劳儿所讲的那一夜的事情对她目前的故事产生了作用。这是最后的具有先见意义的事实。其后，有十年光景，它们几乎全部从这个故事中消失了。

若安·倍德福没有看到她出来，他以为是一个散步的女人，害怕他这个深夜独自出游的男人。林阴道上空荡荡的。

那身影年轻、灵活，走到大门口时他看了一下。

使他停下不走的，是微笑，当然是胆怯的但其中闪烁出欢快的喜悦，因为看到来了某个人，就是他，在这个晚上。

他停下来，也朝她微笑。她从藏身处出来并向他走来。

她的举止或穿戴中一点儿也显示不出她当时的状态，除了也许有些凌乱的头发，但她也许是跑来的并且这个夜晚起了点风。若安·倍德福想，很有可能她是从空寂的林阴道的另一头跑到这里来的，因为她害怕。

"如果您害怕，我可以陪您一下。"

她没有回答。他没有坚持。他开始走路，她也在他身边走，带着明显的快乐，像个闲逛的人。

走到林阴道的尽头，快到郊区的时候，若安·倍德福开始相信她并不是朝哪个明确的方向走。

这一行为让若安·倍德福感到惊讶。当然他想到了疯狂，但没有往心里去。也没有想这会是场艳遇。她大概在玩游戏。她非常年轻。

"您向哪边走？"

她做了番努力，看了看他们刚走过的林阴道的另一侧，但她没有指明。

"也就是说……"她说。

他开始笑，她也跟他笑，由衷地笑。

"来吧，从这儿走。"

她顺从着，和他一样从来路返回。

尽管如此，她的沉默还是越来越让他困惑。因为与之相伴的，是对他们所走过的地方的非同寻常的好奇，即便这些地方完全平淡无奇。这会让人以为她不仅是刚到这座城市，并且她来这里是为了找回或寻找某些东西，一座房子，一处花园，一条街，甚至是一个对她极其重要而她却只能晚上来寻找的物件。

"我住得离这儿非常近，"若安·倍德福说，"如果您要找什么东西，我可以告诉您。"

她明确地回答：

"什么也不找。"

如果他停下来，她也停下来。他觉得这样做很好玩。但她没有注意到这一游戏。他继续这样做。有一次他停的时间有些长：她就等着他。若安·倍德福停止了这一游戏。他让她任意而为。他假装领她走，实际上他跟着她在走。

他注意到，如果非常留心，如果让她以为是在跟着走的话，到每一个拐弯处，她都继续前行，往前走去，但不多不少，就像风遇到田野才刮起一样。

他又让她这样走了一会儿，然后他想再走回到他发现她的那条林阴道会怎么样。他们经过某一处房子的时候，她干脆转弯走。他认出了那个大门，她就是在那里藏着的。房子很大。大门一直敞开着。

这时候他才想起她也许就是劳儿·瓦·施泰因。他不认识施泰因一家，但他知道他们一家住在这一街区。年轻姑娘的故事他知道，就像城里所有的中产人士一样，他们大多去 T 滨城度假。

他停下来，抓住她的手。她任他这样做。他吻了这只手，那上面有灰尘一样的平淡味道，无名指上有一枚非常漂亮的订婚戒指。报纸报道了富有的麦克·理查逊卖掉所有资产去了加尔各答的消息。戒指闪闪发光。劳儿也看着它，带着适才看其他东西时一样的好奇。

"您是施泰因小姐，对吧？"

她几次地点头，起初不太确信后来更加明确地点头。

"是的。"

顺从如初，她随他去了他的住处。

在那里，她任凭自己快乐地漫不经心。他对她说话。他对她说他在一家飞机制造厂工作，他是音乐家，刚来到法国度假。她听着。他说很高兴认识她。

"您想要什么？"

尽管做了番明显的努力，她还是回答不上来。他没有打扰她。

她的头发和她的手有同样的味道，源自久弃不用之物的味道。她很美，但脸色因忧伤、因血液上行的缓慢而现出灰暗和苍白。她的面部轮廓已经开始消失于这种灰白之中，重新陷入体肤的深处。她变得年轻了。让人以为只有十五岁。即便在我认识她的时候，她还是病态般地年轻。

她挪开看着他的专注目光，在流泪中她语似恳求地说：

"我有时间，太长了。"

她朝向他站起身来，就像一个窒息的人要寻找空气一样，他抱住了她。这就是她想要的。她紧紧抓住他，也抱住了他，把他弄疼了，就好像她爱着他、爱着这个陌生人一样。他友善地对她说：

"也许在你们两个之间一切都会重新开始。"

他喜欢她。她诱发了他喜好没有完全长大、神情忧郁、无羞无愧、无声无息的小姑娘的欲望。他不情愿地告诉她这个消息。

"也许他会再回来。"

她寻找着词，慢慢地说出：

"谁走了？"

"您不知道吗？麦克·理查逊卖掉了他的家产。他去印度找斯特雷特夫人去了。"

她以有点习惯性的方式点了下头，神情忧郁。

"您知道，"他说，"我不像别人那样认为他们不对。"

他说声对不起，对她说他要给她母亲打电话。她没有反对。

接到若安·倍德福通知的母亲第二次来找她的孩子领她回家。这是最后一次。这一次劳儿跟着母亲走，就像刚才她跟着若安·倍德福走一样。


若安·倍德福没有再见到她就向她求婚。

他们的故事迅速传开——沙塔拉不是一个大得可以听不到闲话吞得下奇闻的城市——人们怀疑若安·倍德福只爱心灵破碎的女人，人们还更严重地怀疑他对受人遗弃、被人弄疯的年轻姑娘有奇异的癖好。

劳儿的母亲将过路人这一独特的举动告诉了她。她还记得他吗？她记得。她接受。母亲对她说，若安·倍德福，因为工作的关系，要远离沙塔拉好几年，她也接受吗？她也接受。

十月的一天，劳儿·瓦·施泰因与若安·倍德福结婚了。

婚礼在相对私密的氛围下举行，因为，据说，劳儿好多了，她的父母要在尽可能的范围内，使她忘掉第一次订婚的事。不过，还是采取了预防措施，没有通知也没有邀请任何一位从前与劳儿要好的年轻姑娘，包括最好的女友塔佳娜·卡尔。这一措施产生了相反的效果。它证实了那些包括塔佳娜·卡尔在内的人们的看法，他们认为劳儿病得很重。


劳儿就这样并非情愿地结婚了，以适合她的方式，没有经过野蛮的选择，没有抄袭在某些人眼中视为罪行的东西，即找一个取代T滨城的出走者的心上人，尤其没有背叛他所留给她的堪称典范的抛弃。

劳儿离开了沙塔拉，她的故乡之城，有十年时间。她住到了 U
桥镇。

婚后这些年她有了三个孩子。

在这十年里，她周围的人认为，她对若安·倍德福忠贞不渝。
这几个词对她是否有什么具体意义，人们大概从来也不知道。在他
们之间从来也没有谈到过劳儿的过去和 T 滨城那著名的舞会之夜，
从来没有。

即便在病愈之后，她也从来没有打听过她婚前认识的那些人都
怎么样了。母亲的死——婚后她最不想再见到她——也没让她流一
滴泪。但是，劳儿的无动于衷没有受到周围人的质疑。人们说，她
是因为受了那么多的痛苦才变成这样的。从前那么温柔的她——人
们谈到她那已成为马口铁的过去时通常这样说——自从与麦克·理
查逊的故事发生后，就自然变得冷漠无情甚至有些不够公正了。人
们寻找为她开脱的理由，尤其是在她母亲去世的时候。

她看上去对她生活的未来进程很有信心，不想改变什么。跟丈
夫在一起的时候，人们说她很自在甚至是幸福的。有时她陪他去出
公差。她还参加他的音乐会，鼓励他去做所有爱好的事情，据说还
鼓励他与他厂里的年轻女工私通。

若安·倍德福说他爱他的妻子。爱本来的她，婚前婚后始终未
变的她。他说他一直喜欢她，他不认为是自己改变了她，他认为是
自己选择了她。他爱这个女人，劳拉·瓦莱里，这个近在他身边的

安静存在，这个站着的睡美人，这个使他在遗忘和重逢之间来来往往的经常的消隐，他时而遗忘时而重逢的是她的金黄色头发，是她睡醒后也从不见有所改变的丝质身体，是他称作柔情、他妻子的柔情的这种恒定且沉静的潜在性。

U 桥镇劳儿的家中有着严格的秩序。它几乎是劳儿所希望的，几乎在空间与时间上都一样秩序井然。钟点被严格遵守。所有东西的位置也一样。劳儿周围的人都一致认为，再也不能比这更接近完美了。

有时，尤其是劳儿不在家的时候，这种不变的秩序会使若安·倍德福感到震惊。还有那种勉强的平淡格调。房间、客厅的布置是商场橱窗布置的忠实复制，劳儿照料的花园也是 U 桥镇其他花园的直接翻版。劳儿在模仿，但模仿谁呢？其他人，所有的其他人，最大可能多数的其他人。午后劳儿不在时的客厅，难道不是上演着其意义已飘飞的绝对激情的独角剧的空荡舞台？若安·倍德福有时害怕难道不是不可避免的吗？他难道该去窥伺冬日之冰的第一声破裂吗？谁知道？谁知道他是否有一天会听到？

但是，使若安·倍德福安下心来是容易的，当他妻子在家的时候——大多数时间是这样——当她居中而治的时候，这种秩序就失去了它咄咄逼人的一面，较少地引发人们去提出问题。劳儿将她的秩序安排得几乎自然而然，这很适合她。


十年的婚姻过去了。

某日人们向若安·倍德福提供了处于不同城市的几个更好的升迁职位供其选择，其中就有沙塔拉。他一直有点留恋沙塔拉，他是应劳儿母亲的要求，在婚后离开的。

自麦克·理查逊最终离去也有十年光景了。劳儿不仅没再谈起过他，而且随着年龄增长，变得越发快乐。如此一来，即便若安·倍德福在接受提供给他的职位上有些犹豫，劳儿还是很容易地打消了他的迟疑不决。她只是说能收回一直出租着的父母的房子她将非常快乐。

若安·倍德福给了她这一快乐。

劳儿·瓦·施泰因以在U桥镇时同样严格的一丝不苟布置了沙塔拉的故居。她成功地引进了同样冰冷的秩序，使它以同样的时间节奏运行。家具没有换。她花很多时间料理被冷落遗弃的花园，前一个花园她已经是花很多时间料理了，但这回她犯了个错误，花园路线上的错误。她想要那种围绕着门厅有规则地扇形分布的小径。结果，这些互不相通的小径，不能使用。若安·倍德福觉得这一疏忽很有趣。人们又辟了一些侧径旁路将前面那些扇形小路切分开，逻辑上说可以在花园里散步了。

在丈夫的境况有了明显改善后，劳儿在沙塔拉雇了个女管家，这样她就摆脱了照顾孩子的事务。

她突然有了自由时间，大量的时间，她养成了在她童年的城市及其周围散步的习惯。

而在U桥镇的十年，劳儿外出那样少，少得使她丈夫出于健康的考虑，有时强迫她外出，在沙塔拉她自己养成了这一习惯。

首先，她时不时地外出，去购物。然后，她无缘由地外出，每天有规律地外出。

这些外出散步很快就成了她的必需，就像到目前为止她身上的所有其他东西一样，比如：准时，秩序，睡眠。

在我看来，既然要在劳儿·瓦·施泰因的故事中虚拟出我所不知道的环节，更正确的做法是铲平地面、深挖下去、打开劳儿在里面装死的坟墓，而不是制作山峦、设置障碍、编造事端。因为对这个女人有所了解，我相信她也会宁愿我在这个方向上补足她的生平事件的缺乏。另外，我也总是依据某些假设才这样做的，这些假设并非毫无根据并且在我看来已初步得到证实。

因而，其后发生的故事，虽然劳儿没有向任何人谈起过，她的女管家倒是有点儿记忆：她记得有一天街道上很安静，一对情侣从房前经过，劳儿向后撤身——她来倍德福家的时间不长，还从未见过劳儿有这样的举动。因此，同我一样，从我这里，我相信自己也回忆起某些事情来，我继续叙述：

她的家安置好以后——只剩下给三楼的一个房间布置家具了——某个阴天的午后，一个女人从劳儿的房子前走过，她注意到了她。这个女人不是一个人。跟她在一起的男人转过头来，看到了新漆的房子、园丁们在工作的小花园。劳儿一看到这一对男女在街上出现，就躲到一处篱笆后面，他们没有看见她。那女人也看了看，但没有男人看得认真，像一个对这里已经有所了解的人。他们说了几句话，尽管街上很静，劳儿也没有听到，除了那女人说的单独几个词：

"她也许死了。"

走过花园，他们停了下来。他把女人揽在怀里，悄悄地用力吻她。一辆汽车的声音使他放开了她。他们分手了。他顺原路折回，脚步更快地走着，再经过那座房子时他没有去看。

劳儿，在花园里，不太确信认出了那女人。某些相似的东西围绕着那张脸漂浮。围绕着那一步态，也围绕着那一目光漂浮。但是劳儿所看到的他们分手时那罪过、美妙的一吻，难道它也没有对她的记忆产生一点儿影响？

她并没有往下去寻思她看没看到谁。她在等待。

不久以后她开始编造——她从前看上去是什么也不编造的——外出上街的借口。

这些外出与这对男女经过的关系，我没有从劳儿瞥见的那女人的似曾相识上看出来，也没有从她不经意说出而劳儿可能听到的那句话中看出来。

劳儿动作起来，她回到了她的睡眠中。劳儿外出上街，她学会了随意行走。

一旦她走出家门，一旦她来到街上，一旦她开始行走，散步就将她完全俘获了，使她摆脱了比到目前为止的耽于梦想更有作为的意愿。街道载着散步中的劳儿，我知道。

我数次跟踪她，而她从来没有突然看到我，从来没有回头，她被她前面的、径直的东西攫住了。

某种微不足道的偶然，她甚至都不会留意的偶然，决定着她在何处转弯：一条街的空寂，另一条街的曲线，一家时装店，一条笔直的林阴道的忧郁，花园的角落里、门厅下相拥的男女。她在一种宗教的静穆下走过。有时，被她突然撞见、一直都没有看见她走过来的情侣们，会被吓一跳。她该是表达了歉意但声音如此之低，从来没有任何人会听到她的道歉。

沙塔拉的市中心是伸展的，现代的，有垂直的街道。居民区坐落在市中心的西部，宽阔，舒展，布满了蜿蜒曲折的街道，意料不到的死胡同。居民区之外有森林，田野，大道。在沙塔拉的这一侧，劳儿从来没有去过远至森林的地方。在城市的另一侧，她到处走，那里有她的家，被包围在大工业区内。

沙塔拉城市较大，人口也较为稠密，这会使劳儿散步的时候比较放心，觉得自己的散步不会引起人们的注意。更何况她没有偏爱的街区，她到处走，很少到同一个地方去。

另外，在劳儿的穿着、举止上没有任何东西会引起更明确的注意。惟一可能会引起别人注意的，就是她这个人物本身，劳拉·施泰因，在沙塔拉出生并长大，在Ｔ滨城的娱乐场被抛弃的年轻姑娘。但是，即便有人在她身上认出了这个年轻姑娘，麦克·理查逊残酷的不端行为的牺牲品，谁又会不怀好意、缺乏教养地使她想起这些呢？谁又会说：

"也许我弄错了，但您不是劳拉·施泰因吗？"

正相反。

即便倍德福一家回到了沙塔拉已经风传开来并且有人因看到年轻女人走过而得到了证实，但还是没有任何人向她走过来。人们大概判定她能回来是做出巨大努力的，她应该得到安宁。

既然劳儿自己也不走向任何人，似乎以此显示自己忘却的愿望，我不相信劳儿想到过人们避免认出她是为了不致落入尴尬境地，以免让她想起旧日的一个痛苦、过去生活中一段艰难的经历。

不，劳儿大概将在沙塔拉的隐姓埋名归功于她自己，将之视作每天要接受而每天都可凯旋的一种考验。在她散步之后，她会一直越来越安心：如果她愿意，别人几乎很少能看到她。她相信自己熔入到一个性质不定的身份之中，可以有无限不同的名称来命名，但这身份的可见性取决于她自己。

这对夫妇的定居，安家，他们的漂亮房子，宽裕的生活，孩子，劳儿安安静静的有规律的散步，她那件庄重的灰色披风，那些适合白天穿的深色连衣裙，不都证明她已经摆脱了痛苦的危机？我不知道，但事实摆在那儿： 在穿越全城的数星期幸福漫游中，没有人走近过她，没有人。

她呢，她是否在沙塔拉认出过某个人？除了那个阴天在她家门口她没有看清的那个女人？我不相信。

在跟着她走的时候——我躲在她的对面——我看到她有时冲某些面孔微笑，或者至少让人以为是这样。但是，劳儿那拘谨的微笑，她的微笑中一成不变的自满，使得人们不能比自己对自己微笑走得更远。她看上去在嘲笑自己和他人，有些局促但又很开心地来到宽宽的河流的另一侧，河流把她和沙塔拉的人们分开，她来到他们不在的一侧。

这样，劳儿就回到了沙塔拉，她的故乡之城，这个城市她了如指掌，却不拥有任何东西，任何在她眼里表明认识这个城市的标志。她认出了沙塔拉，不断地认出它，或者因为她很久以前认识，或者因为她前一天认识，却没有从沙塔拉发回的可资证明的证据，每一次子弹打过去弹孔总是一成不变，她孤单，她开始更少地认出，然后是别样地认出，她开始日复一日、一步一步地回归她对沙塔拉的无知之中。

世界上的这个地方，人们以为她经历过逝去的痛苦、这一所谓的痛苦的地方，渐渐地从她的记忆里物质地消失了。为什么是这个地方而不是其他地方？无论劳儿去哪一地点，她都像是第一次去。与记忆的不变距离她不再具有： 她在那儿。她的出现使城市变得纯粹，辨识不出。她开始行走在沙塔拉豪华的遗忘宫殿中。

当她回到家的时候——若安·倍德福向塔佳娜·卡尔证实了这一点，当她重新在她所安排的秩序中就位的时候，她是快活的，同她起床时一样一点儿也不累，她更能接受孩子们，更多地迁就她们的意愿，甚至在仆人们面前自己把责任承担下来，以确保她们在她面前的独立，庇护她们做的蠢事；她们对她的无礼言行，她一如既往地原谅；甚至那些她要是早晨注意到不可能不难过的小小迟到，在时间上的小小不规律，在她的秩序的建构上的小小错误，散步回来后她也几乎注意不到。另外，她已经开始和丈夫谈起这一秩序了。

有一天她对他说也许他是对的，这一秩序也许不该是这样的——她没有说为什么，她可能要改变一下，过些时候。什么时候？以后。劳儿没有明确。

就好像是第一次一样，她每天都说她散步到哪里哪里，在哪一个街区，但她从来没有提到过她可能看到的任何一个事件。若安·倍德福认为妻子对自己的散步有所保留是自然而然的，既然这一保留涵盖着劳儿所有的行为，所有的活动。她的意见很少，她的叙事是不存在的。劳儿越来越大的满足，难道不证明着她在自己青年时期的城市里感觉不到任何苦涩与忧伤？这才是最主要的，若安·倍德福大概这样想。

劳儿从来不谈她本该进行的购物。她在沙塔拉散步的时候从来不去。也不谈天气。

下雨的时候，周围的人知道劳儿在她房间的窗户后面窥探着晴天。我相信她会在那儿，在单调的雨声中，找到这一别处，整齐、无味且高尚的别处，在她的灵魂中比她现在生活中的任何其他时刻都令人倾慕的别处，这一别处是她回到沙塔拉以来在寻找的。

她的整个上午都奉献给她的家，奉献给她的孩子们，奉献给只有她才有力量和见识支配的如此严格的秩序的庆典。但是当雨下得大不能外出时，她什么也不做。家务事上的这种狂热，她尽量不过多地表现出来，在她出门的时候，或者上午天气不好而她本该出门的时候，便消失得无影无踪。

在此前十年这样的时候她做了些什么？我问过她，她不知道回答我什么。在同样的时候她在 U 桥镇是否什么都不管？什么都不。还有呢？她不知道怎么说，什么都不。在窗玻璃后面？也许，也是，是。也是。

我相信的是：

在劳儿·瓦·施泰因行走的时候，来到她脑中的是一些思想，一片思绪，在散步一结束一概遭遇贫瘠，其中没有任何一个思想走进过她的家门。就好像是她身体的机械移动使这些思想在一个无序、含混、丰富的运动中一起醒来。劳儿带着愉悦、在同等的惊讶中接收它们。家中刮起风，干扰着她，她被驱逐。思想就来到了。

初生的和再生的思想，单调平常，一成不变地蜂拥而至，在一个边际空阔的可支配空间里形成生命和气息，而其中的一个，惟一的一个，随着时间到来，终于比其他思想更可读、可视一些，比其他思想更催促劳儿最终抓住它一些。

舞会，古老的舞会，在远处颤抖，雨中的沙塔拉现已平静的海洋上惟一的漂浮物。塔佳娜，后来，当我这样告诉她时，同意我的看法。

"这样说来她是为了这个才去散步，为了更好地去想舞会。"

舞会重新获得了一些生命，战栗着，紧抓着劳儿。她为它暖身，保护它，喂养它，它长大，脱离褶皱，伸展四肢，有一天它准备好了。

她进去了。

她每天都进去。

这年夏日午后的日光劳儿没有看到。她深入到 T 滨城舞会那人工的、奇异的光线中，置身于向她的惟一目光大大开放的围场中，她重新开始了过去，她安排它，她的真正居所，她对它进行布置。

坏家伙，塔佳娜说，她大概一直在想着同一件事。我的想法和塔佳娜一样。

我认识劳儿·瓦·施泰因是通过我所能采取的惟一方式：爱。基于这一认识，我才得以相信这一点：在 T 滨城舞会的众多方面中，抓住劳儿的是它的终结。是它终结的确切时刻，当黎明以前所未闻的粗暴降临，将她与麦克·理查逊和安娜-玛丽·斯特雷特组成的一对永远、永远地分开的时刻。劳儿在这一时刻的重建中每天都有所进步。她甚至成功地截取了一点它闪电般的迅疾，将它展露出来，将其中的瞬间安上铁栅栏，固定在极度脆弱但对她来说是无限恩惠的静止之中。

她还在散步。对她想看的东西她看得越来越确切、清晰。她要重建的是世界的末日。

她看到自己，这才是她真正的思想，自己在这一末日中，总是处在同一个位置，在一个三角测量的中心，而黎明和他们两个是永恒的界标：她刚刚瞥见这一黎明而他们还没有注意到。她知道，他们还不知道。她无力阻止他们知道。她重新开始想：

在这一确切的时刻一个东西，哪一个？本该试一试却没有试。在这一确切的时刻劳儿待在那里，四分五裂，没有声音喊救助，没有论据，无法证明面对这一夜晚的白日是不重要的，在她整个生命经常且徒劳的恐慌中任黎明将她从他们那一对那里抓获，掳走。她不是上帝，她谁也不是。

她笑了，当然，是对着她生命中这一被思考的时刻笑。源自某种可能的痛苦甚或任何一种忧伤的天真随风飘落了。这一时刻只剩下它纯粹的时间，尸骨的白色。

又重新开始想：关闭的、封固的窗，夜色下被筑上围墙的舞会，将他们三个人，只有他们三个人存留住。劳儿对此深信不疑：在一起，他们会被另一个白日、至少另一个白日的到来所拯救。

会发生什么呢？劳儿没有在这个时刻所敞开的未知中走得更远。对这一未知，她不拥有哪怕是想象的任何记忆，她一无所知。

但是她相信，她应该深入进去，这是她应该做的，一劳永逸地做，为了她的头脑和她的身体，为了它们那混为一体的因为缺少一个词而无以言状的惟一的大悲和大喜。因为我爱着她，我愿意相信如果劳儿在生活中沉默不语，那是因为在一个闪电的瞬间她相信这个词可能存在。由于它现在不存在，她就沉默着。这会是一个缺词，一个空词，在这个词中间掘了一个窟窿，在这个窟窿中所有其他的词会被埋葬。也许不会说出它来，但却可以使它充满声响。这个巨大的无边无际的空锣也许可以留住那些要离开的词，使它们相信不可能的事情，把所有其他的不是它的词震聋，一次性地为它们、将来和此刻命名。这个词，因为缺失，把所有其他的糟蹋了、玷污了，这个肉体的窟窿，也是中午海滩上的一条死狗。其他的词是怎么被找到的？通过那些与劳儿的故事平行的、窒息在卵巢中、充溢着践踏和屠杀的随处可见的故事。而在这些尸骨堆积到天际、血腥永无止境的故事中，这个词，这个并不存在而又确实在那儿的词，在语言的转弯处等着你，向你挑战，它从来没有被用来从它那千疮百孔的王国中提起、显露出来，在这一王国中消逝着劳儿·瓦·施泰因电影里的大海、沙子、永恒的舞会。

他们看着小提琴走过，惊讶不已。

应该给舞会筑上围墙，使它变成这艘光之航船——每天下午劳儿都要登上它而它却待在那里，待在不可能的港口里，永久地停泊又准备载着它的三个乘客出发——变成劳儿目前置身其中的这一全部未来。有的时候，在劳儿眼中它有着与泰初之日一样的奔放，一样神奇的力量。

但劳儿还不是上帝也不是任何人。

他会缓慢地脱下她的黑色连衣裙，而这段时间内会穿越很长一段旅程。

我看到被脱了衣服的劳儿，还是无法安慰的，无法安慰的。

劳儿要是不在这一动作发生的地方是不可思议的。这一动作没有她不会发生：她与它肉贴着肉，身贴着身，眼睛封固在它的尸首上。她生下来就是为了看它。其他人生下来是为了死。若没有她来看，这个动作会饥渴而死，会化为碎屑，会跌落在地，劳儿成为灰烬。

另一个女人细长纤瘦的身体将逐渐出现。在一个严格平行且反向的进程中，T滨城男人身边的劳儿会被她代替。被这个女人代替，瞬息之间。劳儿屏住呼吸：随着女人的身体在这个男人面前出现，她的身体从这个世界消隐，消隐，快意无限。

"你，就你一个。"

安娜-玛丽·斯特雷特的衣裙非常缓慢地被脱掉，她本人的柔软的消陨，劳儿从来没有能够把它进行到底。

舞会以后劳儿不在场的时候他们之间发生的事情，我相信劳儿从来没想过。如果她想到他们分手以后，不管她怎么样他永远地离去了，这还是一个有利于她的好兆头，证实了她对他一直以来的想法，也就是说他真正的幸福只有在义无反顾的短暂爱情之中，仅此而已。麦克·理查逊此前给倾情地爱着，仅此而已。

劳儿不再想这一爱。永远不。它已经带着死亡之爱的气味死了。

T滨城的男人只有一个任务要完成，在劳儿的世界中这任务总是一成不变的：麦克·理查逊，每天下午，都开始为不是劳儿的另一个女人脱衣服，当另一个女人洁白的乳房在黑色的紧身衣下出现的时候，他待在那里；头晕目眩，像对脱光衣服、他的惟一任务感到疲倦的上帝一样，劳儿徒劳地等待他再次开始，从另一个人虚弱的身体中她发出叫喊，她徒劳地等待，她徒劳地叫喊。


然后有一天这虚弱的身体在上帝的腹中翻动起来。

劳儿一看到他，就认出他来。他是几个星期前从她家门口走过的那个人。

这天他是一个人。

他从市中心的一家电影院出来。大家拥挤在过道上的时候，他却不紧不慢。到人行道上以后，他在日光下眨了眨眼，在他周围看了好一会儿，没有看见劳儿·瓦·施泰因，他的外衣是用一只手搭在肩上的，他用手臂的一个动作将它朝自己拉了拉，轻轻地向空中一甩，然后径直走去，依旧是不紧不慢。

他像她的T滨城未婚夫吗？不，他一点儿也不像。他是否在举止风度上有某些那个消失了的情人身上的东西呢？大概，是的，在看女人的目光上。这个人，他大概也是惯于追逐女性的，只接受她们那苛求的身体，而那身体每一接触他的目光就表示更进一步的需要。是的，劳儿断定，在他身上，从他那里发出的，是麦克·理查逊最早的目光，舞会之前劳儿所了解的目光。

他没有劳儿第一次看到时那样年轻。不过也许是她弄错了。她大概觉得他会性情急躁，也许会轻易变得残忍起来。

他察看着林阴道，电影院周围。劳儿绕到他身后。

在他身后，穿着灰色披风的劳儿停下来，等着他做出走的决定。

我看到的是：

她直到这一天为止一直漫不经心地承受着的夏日的炎热迸发、

蔓延开来。劳儿淹没在其中。一切都被炎热淹没，街道、城市、这个陌生人。哪儿来的炎热、哪儿来的这一疲惫？不是第一次。几个星期以来，她有时就想在那儿，像在一张床上一样，平放上这个滞重的、灌铅的、难以移动的身体，平放上这份几乎跌倒在喑哑且饕餮的大地上的负义且温柔的成熟。唉！这突然之间她感到拥有的身体是哪儿来的呢？在此之前一直伴随着她的如不倦的云雀般的身体哪儿去了呢？

他决定了：他朝林阴道的高处走。他犹豫了吗？是的。他看了看自己的手表，决定朝那个方向走。劳儿已经知道怎样称呼他就要遇到的那个女人了吗？还不完全知道。她不知道通过这个沙塔拉的男人她追踪的是她。而那个女人已经不仅仅是在她的花园前被瞥见的那位了，我相信对劳儿来说她是更多的东西。

如果说他在某个确定的时间要去某个明确的地方的话，在那个时刻与目前此刻之间他还有一些时间。因而，他这样使用这段时间，朝着那里而不是其他地方走去，带着茫茫的希望，劳儿相信他从未放弃过这一希望，就是又遇到另一个女人，跟着她，忘掉他要去见的那个女人。这段时间，劳儿认为他支配得出神入化。

他不慌不忙地走，走到橱窗旁。几个星期以来，他不是第一个这样走的男人。看到独身一人的漂亮女人，他就转过身，有时停下来，庸俗。劳儿每次都要跳起来，就好像他看的是她。

她青春年少的时候，在海滩上，她已经看到沙塔拉的许多男人都有相似的举止。她忆起她曾经突然感到痛苦吗？她为此发出微笑了吗？很可能这些青春萌动从此进入了劳儿温馨幸福的记忆。现在她若无其事地看着那些人偷窥她的目光。她看不到自己，人们这样看到她，从别人的目光中。这就是她身上所具有的巨大力量，不属于哪个特定的船籍港。

他们走在海滩上，为了她。他们不知道。她不费力地跟着他。

他的步子很大，上半身几乎完全不动，矜持。他不知道。

这一天不是周末。人很少。度假的高峰期接近了。

我看到的是：

谨慎、有成算的她，在他身后远远地走着。当他用眼睛跟踪另一个女人时，她低下头或轻轻转过身去。他也许能看到灰披风、黑贝雷帽，仅此而已，这并不危险。当他停在一个橱窗或其他东西前时，她就暂缓脚步以避免和他同时停下来。要是他们、沙塔拉的男人们看到她，劳儿就会逃开。

她要跟踪。跟踪，然后突然出现，出其不意地威胁。已经有段时间了。即使她也愿被人突然撞见，她也不想这样的事在她自己没有做出决定之前发生。

林阴道缓缓地上升至一个广场，他们一起到达。从那儿再分出三条通往郊区的林阴道。森林就在这一边。孩子们的叫声。

他走上了离森林最远的那条道：一条新开辟的笔直的林阴道，人流车流比其他道更多些，是出城最快的通道。他加紧了脚步。时间过去了。他在约会之前所拥有的空余时间，他们两个，劳儿和他所拥有的时间，在逐渐减少。

在劳儿眼里，他以能找到的近乎完美的方式支配着时间。他消磨掉它，他走，走。他的每一个脚步在劳儿身上累加，都击中、准确地击中同一个地方，血肉之钉。几天以来，几个星期以来，沙塔拉男人们的脚步都同样地击中她。

我在虚构，我看到：

只有当他在行走之余做了一个额外的动作，当他把手放到头发上，当他点燃一支香烟，尤其是当他看着一个女人走过的时候，她才感觉到夏日的令人窒息。这时候，劳儿以为她不再有力气跟踪，但她还是继续跟着，跟踪沙塔拉男人们中的这一个。

劳儿知道这条林阴道通向哪里，在此之前要经过广场的几处别墅，还有一个与城区脱离的居民点，那里有一家电影院，几间酒吧。

我在虚构：

这样的距离他甚至听不到她走在人行道上的脚步声。

她穿的是散步用的走起来没有声响的平底鞋。不过，她还是采取了另外的预防措施，将贝雷帽摘下来。

当他在林阴道尽头的广场停下时，她将她的灰披风也脱了下来。她穿的是海军蓝衣服，他一直没有看见这个女人。

他在一个汽车站旁停了下来。人很多，比城里还多。

劳儿就在广场上绕了一圈，站在对面的汽车站旁边。

太阳已经消失了，掠过房顶。

他点燃一支香烟，在站牌附近前后走了几步。他看了下手表，注意到还没有完全到时间，等待，劳儿发现他往周围到处张望。

女人们在那里，零零落落，有的在等车，有的在穿越广场，有的在走过。没有任何一个逃得出他的眼睛，劳儿自编自想，任何一个可能对他合适或严格说来对他之外的另一个男人合适的女人，为什么不呢？劳儿相信，他在裙中搜寻，呼吸顺畅，在那里，在人群中，约会到来之前他已经掌握了想象中的滋味，把女人们抓在手里，想象着占有几秒钟，然后扔掉，放弃所有女人，任何一个女人，惟一的一个女人，这个女人还不存在，但她可以使他在最后一分钟思念那个在千人之中将要到来的女人，为劳儿·瓦·施泰因而降临的女人，劳儿·瓦·施泰因与他一起在等着她。

她真的来了，她从一个挤满了晚上回家的人的汽车上走下来。

　　当她向他走来的时候，她那非常舒缓、非常温柔且循环不断的腰肢扭动使她行走的每一刻都像是对自己轻柔的、隐秘的、无尽的谄媚，那雾蒙蒙干巴巴的一头黑色浓发，那非常小的白色三角脸上占据着一双巨大的、非常明亮的眼睛，眼中因拖着私通之躯的不可言喻的愧疚而凝集着某种沉重的忧戚，一看到这些劳儿就承认自己认出了塔佳娜·卡尔。只是，劳儿认为，这个名字几个星期来就在什么地方远远地漂浮，现在它在那儿了：塔佳娜·卡尔。

　　她不引人注目地穿着一身黑色运动套装。但她的头发是精心修饰过的，插着一朵灰色的花，用金质梳子别起，她用了全部的细心来固定住易散的发式，又长又厚的黑色头带遮住她的前额，贴着她的明亮眼睛，使它们看上去更大、更忧戚，它本该只被惟一的目光触摸，不可能在飘飞的风中不受损坏，她大概——劳儿猜想——将自己的目光囚禁在暗色的短面纱中，为了在时机到来之刻惟有他才可以触动并毁坏其奇妙的随和，只一个动作她就沉浸在她披落的密发之中，劳儿突然回忆起来，非常清楚地看到了那明亮的眼睛与浓密的黑发的并置。那时候，人们说她迟早有一天不得不把头发剪掉，这头发让她感觉疲惫，它的重量会把肩膀压弯，它的浓密凝重也会使脸部变形，眼睛会变得更大，面孔会更小，缺肤少骨。塔佳娜·卡尔没有剪掉头发，她赌定了让自己成为多发者。

　　那一天，就是这个塔佳娜吗？或者有一点儿像她，或者根本不是她？她也有将头发披散到背上、穿浅色连衣裙的时候。我不再清楚。

他们彼此说了几句话，从这同一个林阴道走去，走过了镇子。

他们前后错开一步走。他们几乎没有说话。

我相信看到了劳儿·瓦·施泰因大概会看到的东西：

他们之间有一种惊人的默契，它并非来自互相了解，而是正好相反，来自对了解的轻蔑。他们对无言的沮丧、对恐慌、对深度的冷淡有着同样的表达。他们靠近着，走得更快。劳儿·瓦·施泰因窥伺着，她孕育、制作着这对情侣。他们的步态骗不了她。他们彼此没有爱。对她来说这意味着什么呢？别人至少会这么说。她，却有不同的说法，但她不说。使他们联系在一起的不是感情的作用，也不是幸福的作用，是其他的无悲无喜的东西。他们既不幸福也没有不幸福。他们的结合建立在无动于衷之上，以一种一般的他们随时体会到的方式，任何的偏好都被排除了。他们在一起，就像彼此擦身而过的火车，周围肉体的景色与植物的景色别无二致，他们看到了，他们并不孤单。可以与他们和平相处。通过相反的途径他们得到了与劳儿·瓦·施泰因同样的结论，他们，是通过做、说、尝试、出错、来往、说谎、失去、赢得、前进、再返回，而她，劳儿，却没费吹灰之力。

有一个位置要去获得，十年前在 T 滨城她没有成功地得到。哪儿？她不配有 T 滨城的显要位置。哪一个？应该先满足于此然后再去开辟通道，朝向他们、其他的人居住的遥远的彼岸前进一点儿。朝向什么地方？彼岸在哪儿？

长长的、窄窄的建筑物从前大概是个营房，或者是某个行政大楼。一部分用来作车库。另一部分，就是森林旅馆，口碑不佳但却是城里的情侣们惟一的安全去处。林阴道叫森林大道，旅馆是森林大道上的最后一个门牌号。建筑物前面有一排很老的桤木，其中缺

36

了几棵。后面延伸着一大片黑麦田，平滑，没有树木。

在这一马平川的乡间，在这片田野上，太阳还没有离去。

劳儿知道这家旅馆，因为她年轻的时候与麦克·理查逊来过。散步的时候，有时，她大概一直走到这里。是在这里，麦克·理查逊向她发出了爱的誓言。冬日午后的回忆也淹没在无知无识之中，淹没在她脚下的沙塔拉缓慢的、日复一日的冰结之中。

沙塔拉的一个青春少女，就是在这个地方，开始了打扮——大概持续了几个月——为参加T滨城的舞会。她就是从这里出发去参加舞会的。

在森林大道上，劳儿失去了一点儿时间。既然她知道他们要去哪儿就没有必要紧跟着他们。冒着被塔佳娜·卡尔认出的危险是令人担心的最糟糕的事情。

她来到旅馆时他们已经在上面了。

劳儿，在大路上，等待。日落了。暮色降临，红霞一片，大概伴着忧伤。劳儿在等待。

劳儿·瓦·施泰因在森林旅馆后面，待在建筑物的拐角处。时间过去了。她不知道现在出租的还是不是窗子开向黑麦田的那些房间。麦田，离她有几米远，隐没，越来越隐没在绿色与乳白色的阴影里。

森林旅馆三楼一个房间的灯亮了。是的。房间还和从前一样。

我看见她是怎么做的。很快，她走进黑麦田里，自己溜进去，坐下，躺下。她的前方是亮灯的那扇窗。但劳儿在光线照不到的地方。

她在做什么她的脑中没有想过。我还是认为第一次她在那里时，她对此没有意识，如果有人问起她会说在休息。一直走到那儿时走累了。下面要走的路也很累。还要重新出发。精神焕发，精疲力竭，她深深地呼吸，这晚的空气似蜜，甜得令人困乏不堪。她没有去想哪儿来的妙不可言的虚弱，使她躺在了田里。她任其所为，使其充盈到窒息的程度，粗暴地、无情地摇动她，直到劳儿·瓦·施泰因睡去。

黑麦在她的身下吱嘎作响。初夏的青麦。眼睛盯牢那扇亮灯的窗户，一个女人在聆听着虚无——饱餐、狂食着这不存在、看不见的演出，有其他人在那里的一个房间的灯光。

某些记忆，经仙女的手指，从远处掠过。劳儿刚躺在田里不久它就轻轻地触碰她，它向她展示着，在夜色渐深的时刻，在黑麦田里，这个女人看着一扇长方形的小窗，一个狭窄的舞台，像块石头一样局促，上面还没有任何人物出场。劳儿她也许害怕了，不过只是一点点，她害怕可能与其他人有更大的分离。但她知道有些人会抗争——她昨天还这样——他们在剩下的一点儿理性使他们突然意识到自己在麦田里时会跑着回家。但这是劳儿学到的最后的惧怕，别人今晚在她的位置上会有的惧怕。他们，会充满勇气地将它囚禁在自己的心房。而她，恰恰相反，她珍爱它，驯服它，用她的手在黑麦田上爱抚它。

地平线，在旅馆的另一侧，失去了一切色彩。夜降临了。

男人的影子在长方形的光线中穿过。第一次，然后是第二次，方向相反。

光线有了变化，它更强了。它不再来自房间深处，窗户的左侧，而是来自天花板。

塔佳娜·卡尔，披着黑发裸露着身体，也穿过了光线的舞台，缓慢地。也许是在劳儿的长方形视线内，她停下来。她将身体转向男人应该在的房间深处。

窗户很小，劳儿应该只能看到两个情人腹部以上的上身。所以她没有看到塔佳娜头发的末梢。

以这样的距离，他们说话时，她听不见。她只能看到他们的面部运动，这面部运动与他们一部分身体的运动一样，无精打采。他们很少说话。并且，只有在他们经过窗户后面的房间深处时，她才看得到他们。他们面部的沉默表情更相像，劳儿发现。

他又在光线中走过，但这次，穿着衣服。过后不久，塔佳娜·卡尔也出现了，还是裸着：她停下来，挺了挺胸，头轻轻地抬起，然后上身做了个旋转的动作，手臂伸向空中，双手达到头部，她把她的头发搅到胸前，卷一卷，撩起来。与她的清秀苗条相比，她的乳房是沉重的，已经相当松塌，是塔佳娜全部身体上惟一处于这种状态的部位。劳儿应该记得从前它们是多么挺拔高耸。塔佳娜·卡尔与劳儿·瓦·施泰因年龄一样大。

我想起来了：当她摆弄自己头发的时候，男人走过来，他俯下身，将他的头搭在她柔软、浓密的黑发上，亲吻她，她，继续撩起她的头发，任他亲抚，她继续撩头发又放下来。

他们从窗户范围内消失了很长一会儿。

塔佳娜又一个人回来，她的头发重新散落着。她走向窗前，嘴里衔着一支烟，曲臂而倚。

劳儿，我看见她：她没有动。她知道如果人们没有被告知她在麦田里没有人会发现她。塔佳娜·卡尔没有看到黑麦田里的暗点。

塔佳娜·卡尔离开了窗前，再出现时穿着衣服，重新穿上了那身黑套装。他也经过窗前，最后一次，外衣搭在肩上。

房间的灯不一会儿就灭了。

大概是电话叫的一辆出租车在旅馆前面停了下来。

劳儿站了起来。夜色一片。她手脚麻木，开始几步走得趔趄但很快，一走到小广场，她就找到一辆出租车。晚饭的时间到了。她迟到很久。

她丈夫在街上，他在等她，惊慌失措。

她撒了谎，大家相信了她。她说她为了买一样东西而不得不去了远离市中心的地方，这东西她只能到市郊的苗圃去买，是一些苗木，她想用来在花园与街道之间建一道篱笆。

大家对她在阴暗无人的路上走了这么长时间温柔地表示同情。

劳儿对麦克·理查逊的爱对她的丈夫来说是妻子操守的最安全保障。她不可能再找到一个与T滨城的那位一模一样的男人，要不她就得编造出这样的男人来，而她什么都不编造，若安·倍德福认为。

其后的日子里，劳儿寻找着塔佳娜·卡尔的地址。

她没有停止她的散步。

但舞会的光线突然破碎了。她不再看得清。灰色的霉气将情侣的脸、身体一律包裹起来。

卡尔一家从未在沙塔拉居住过。劳儿和塔佳娜是在中学里相识的，她们去 T 滨城度假。他们的父母可以说是互不相识。劳儿忘记了卡尔一家的地址。她给校友联谊会写信：父亲退休后，卡尔一家搬了家，他们住在海边，离 T 滨城不远。关于塔佳娜，自这次搬家以后就没有消息了。劳儿坚持着，她向卡尔太太写了一封尴尬的长信，告诉她说她非常想找到塔佳娜，她惟一从来没有忘记过的女友。卡尔太太亲热地给劳儿回信，告诉她女儿的地址，说她八年前嫁给了沙塔拉的柏涅大夫。

塔佳娜住在一幢很大的别墅里，在沙塔拉城南，森林附近。


有好几次劳儿都散步到这幢别墅周围，就像城里所有的别墅一样，这别墅她已经看见过。

她来到一个缓坡上。一个很大的林木葱郁的花园让人看不清别墅的正面，但是从后面，通过一个宽阔小径的蜿蜒通道，看得更清楚些。有带小阳台的楼层，还有一个大阳台，那是塔佳娜夏天常去的地方。别墅的栅栏门开在这一边。

急匆匆去塔佳娜家大概不是劳儿的计划，但首先要绕房子走一圈，在它周围的街巷里转一转。谁知道？塔佳娜或许会出来，她们就这样重逢，她们就这样再见，表面上看是不期邂逅。

这并没有发生。

第一次，劳儿大概看到塔佳娜·卡尔在大阳台上，躺在一条长椅上，穿着泳衣，晒着太阳，闭着眼睛。第二次也是这样。有一次，塔佳娜·卡尔大概不在。有她的长椅，一张矮桌还有一些彩图杂志。这一天是个阴天。劳儿耽搁了一会儿。塔佳娜没有出现。

于是劳儿决定造访塔佳娜。她对丈夫说她想再见过去中学时的女友，塔佳娜·卡尔，她收拾东西时偶然又看到了她的照片。她以前和他说过吗？她不记得了。没有。若安·倍德福甚至连这个名字都一无所知。

因为劳儿从来没有表达过去看谁或再见谁的愿望，这一破天荒之举令若安·倍德福感到惊讶。他询问劳儿。她抓住给他的惟一理由不放：她想知道一些过去中学里的女友尤其是这位塔佳娜的消息，记忆里，她是最讨人喜欢的一个。她是怎么知道她在沙塔拉的地址的？她看到她从市中心的一家电影院里出来。她给她们的校友联谊会写了信。

若安·倍德福在这么些年里习惯于看到妻子满意知足，一点儿也不为自己多要求些什么。劳儿与人闲谈的形象是无法想象的，甚至在认识她的人看来有些令人生厌。不过，看起来若安·倍德福没有做什么来阻止劳儿终于像其他女人一样行为处事。证明她这些年来大大好转的日子，应该迟早会到来，若安·倍德福大概记得他这样希望过，要么就是他宁愿她停留在U桥镇那十年之中，继续处在那无可指责的潜在性之中？我想象若安·倍德福产生了一种恐惧：他不信任的应该是他自己。对劳儿的主动他大概假装高兴。他对她说，所有使她摆脱日常琐事的事情，都让他高兴。她难道不知道吗？那她的散步呢？他可以认识塔佳娜·卡尔吗？劳儿答应过些天就可以。

劳儿为自己买一件连衣裙。她将对塔佳娜·卡尔的探访推迟了两天，好有时间买这件不易买到的裙子。她决定买下这件盛夏穿的、白色的连衣裙。家里所有人都认为，这裙子非常适合她。

这一天，她背着她的丈夫、孩子、仆人们，准备了好几个小时。不只是她丈夫，所有人都知道她要去看一个中学时非常要好的女友。大家为此惊讶，但都默不作声。出门的时候，大家对她赞赏不已，她认为有义务与大家说清楚： 她选择这件白色连衣裙是为了塔佳娜·卡尔能更好地、更容易地认出她来；她想起来了，那是在海边，在 T 滨城，她最后一次见到塔佳娜·卡尔，十年以前，并且在那个假期里，应一个男朋友的要求，她一直穿白色衣服。


长椅还在那个位置上，桌子也是，杂志也是。塔佳娜·卡尔也许在家。是星期六下午四点钟左右。天气晴朗。

我是这样认为的：

劳儿，再一次，围着别墅转了一圈，不是希望与塔佳娜不期而遇而是试图使这种让她激动、奔忙的烦躁平静一下： 对于那些还不知道自己的安宁生活从此将永远被打破的人，任何东西也不要显露出来。塔佳娜·卡尔在几天之内就变得对她如此珍贵，如果她的尝试失败了，如果她要是看不到她，城市就会变得令人无法呼吸，枯燥乏味。应该成功。对这些人来说，这些日子将比一个更遥远的未来更明确，它们将是她的所作所为，将出自她之手，她，劳儿·瓦·施泰因。她将制造必要的条件，然后她将打开应该打开的大门： 他们将进去。

围着房子转，稍有些超过她预定的探访时间，心情愉快。

劳儿·瓦·施泰因是在哪个失落的空间学会了粗暴的意志和方法?

晚上到塔佳娜家对她来说本来也许更合适。但她判定她应该显示出周到审慎,她遵循了中产阶级之间惯常的走访时间,塔佳娜和她都属于这个阶级。

她敲响了栅栏门。她可以说看到自己粉红色的血升到了脸颊上。今天,她应该美丽得引人注目。今天,根据她的意愿,人们应该对劳儿·瓦·施泰因注目。

一个女仆在大阳台上出现,看了她一会儿,消失在内室中。几秒钟以后轮到塔佳娜·卡尔,穿着蓝色连衣裙,来到阳台上看。

大阳台离栅栏门有百来米远。塔佳娜努力想认出不期而至的来人。她没有认出,命令开门。女仆重新消失。随着一声电动开关响,劳儿吓了一跳,栅栏门打开了。

她进了花园。栅栏门又关上了。

她在花园的小径上往前走。当两个男人走到塔佳娜身边时,她距她还有一半的路程。其中的一个男人就是她要找的。他是第一次看见她。

她向前面几个人微笑着,继续缓缓地向大阳台走去。小径两侧的草坪上有一些花坛,绣球花在树阴下枯萎着。它们已经变味儿的汁液大概是她惟一的思想。绣球花,塔佳娜的绣球花,与现在的塔佳娜同享此时,她片刻之间就要叫出我的名字。

"是劳拉吗,我没有弄错吧?"

他看着她。她发现他的目光同在街上一样饶有兴致。正是塔佳娜,这是她的声音,温柔,忽然变得温柔,具有古老的色彩,她那孩童似的忧郁声音。

"可不,这不是劳儿吗?我没有弄错吧?"

"是我,"劳儿说。

塔佳娜跑着走下台阶，来迎接劳儿，就要到她面前时停下来，惊喜莫名却又略带惊慌地看着她，神情从快乐到不快，从恐惧到放心，劳儿这个擅入者，学校操场上的小丫头，T滨城的劳儿，那个舞会、舞会、疯女人，她一直爱着她吗？是的。

劳儿落到她怀中。

大阳台上的男人们看着她们拥抱。他们听塔佳娜·卡尔讲过她。

她们离大阳台很近。分秒之间阳台与她们相分的距离就会永远地被越过。

在距离消失之前，劳儿所找的男人忽然落到了她的目光正中。脑袋放在塔佳娜肩上的劳儿，看着他：他有些轻轻摇晃，他转过眼去。她没有弄错。

塔佳娜身上不再有学生宿舍里新衣物的味道了，在宿舍里她的笑声随着她逐个找人讲明天在何好去处而在夜晚响个不停。明天在那儿了。此时披金戴银的塔佳娜散发着琥珀的香气，现在，惟一的现在，在旋转，在灰尘中旋转，最后落在了叫喊之上，羽翼被折的轻柔叫喊，那折痕只有劳儿·瓦·施泰因能觉察到。

"天啊！十年我都没有看到你了，劳拉。"

"十年，确实，塔佳娜。"

她们拥抱着走上台阶。塔佳娜向劳儿介绍皮埃尔·柏涅，她的丈夫，还有雅克·霍德，他们的一个朋友，也就是我，距离被越过了。

我三十六岁，从事医生职业。我来到沙塔拉只有一年。我在省医院皮埃尔·柏涅主管的部门工作。我是塔佳娜·卡尔的情人。


　　劳儿一进到房里就再没有看过我一眼。

　　她马上跟塔佳娜谈起最近收拾顶楼一个房间时偶然找到的一张照片： 她们两个都在上边，手拉着手，在学校的院子里，穿着制服，十五岁。塔佳娜想不起这张照片来了。我自己相信它的存在。塔佳娜要求看一下这张照片。劳儿答应了她。

　　"塔佳娜和我们谈起过您，"皮埃尔·柏涅说。

　　塔佳娜不善言谈，而这一天她比往日更甚。劳儿·瓦·施泰因说什么她都听着，她诱导她谈最近的生活。她既想让我们了解她，她自己也总想知道得更多，关于她的生活方式，她的丈夫，她的孩子，她的房子，她的时间安排，她的过去。劳儿言词不多但讲得清楚、明晰，足以让任何关心她现状的人放下心来，但不是她，塔佳娜。塔佳娜，她对劳儿的担心是与别人不一样的： 她这样完好地恢复了理智让她悲伤。爱情应该是永远不可能完全治愈的。并且，劳儿的爱情又是不可言喻的，她一直承认这一点，尽管她对它在劳儿的发疯中所起的作用还是持保留态度。

　　"你把自己的生活说得像本书，"塔佳娜说。

　　"年复一年，"劳儿说——她带着含混的微笑——"我看不出我的周围有什么不同。"

"给我讲点东西，你知道是什么，我们年轻的时候，"塔佳娜恳求着。

劳儿竭尽全力地试图猜想出青年时期的什么东西、哪一个细节会让塔佳娜找回一点她在中学时对她怀有的热烈友谊。她没有找到。她说：

"如果你想知道，我觉得是人们弄错了。"

塔佳娜没有回答。

谈话流于一般，放慢下来，陷入迟钝，因为塔佳娜窥伺着劳儿，她的每一次微笑，每一个动作，并且只顾这些。皮埃尔·柏涅和劳儿谈到了沙塔拉，谈起自两个女人的青年时期以来它所发生的变化。劳儿对沙塔拉的扩大、新街的开辟、城郊的建设规划了如指掌，她用沉稳的声音谈起这些就像谈到她自己的生活一样。然后，沉默重新降临。大家谈起了 U 桥镇，大家谈着。

没有任何东西能让人哪怕是稍纵即逝地从这个女人身上看出麦克·理查逊给劳儿·瓦·施泰因所带来的奇异哀伤。

有关她的疯狂，被毁灭、夷平的疯狂，看来没有任何东西存留下来，没有任何遗迹，除却这天下午她在塔佳娜·卡尔家中的出现。这一出现的原因为平直单调的地平线装点上色彩，不过有些勉强，因为完全有可能是她感到烦闷，便来到了塔佳娜家。塔佳娜还是在想为什么，为什么她就在这儿了。不可避免的：她什么也没跟塔佳娜说，什么也没讲，她们的中学回忆，她看上去有着非常受损的、遗失的记忆，在 U 桥镇度过的十年，她几分钟就说完了。

我是惟一知情的，由于她在拥抱塔佳娜时看我的那无边的、饥饿的目光，我知道她在这里的出现有一个明确的原因。这怎么可能？我怀疑。为了在寻求这一目光的确切意义上找到更多乐趣，我更加怀疑。它与她目前的所有目光都不同。一点儿也没留下来。但她现在对我所表示的毫无兴趣，过分得已经不自然了。她避免看我。我没有和她说话。

"怎么弄错了？"塔佳娜终于问。

她神情紧张，不喜欢人这样问她，但还是做了回答，为使塔佳娜失望而难过：

"在原因上。在原因上人们弄错了。"

"这我知道，"塔佳娜说，"也就是说……我说呢……事情从来不是那么简单……"

皮埃尔·柏涅，又一次，改变了话题，他显然是我们三个之中在劳儿谈起她的青年时期时惟一一个难以接受她的面部表情的人，他重新说话，和她说话，说什么？说她的花园很美，他曾路过那里，在房子和人来车往的街之间建一道篱笆真是一个好主意。

她看上去嗅到了什么，怀疑在塔佳娜与我之间有友谊之外的关系。当塔佳娜稍微放下劳儿，停止追问她时，这一点看上去更明显：塔佳娜在她的情人们面前总是因对最近森林旅馆之约的回忆而激动不已。不论是走动、起身、整理头发还是坐下来，她的动作都是肉感的。少女的身体，它的创伤，它令人快乐的劫难，在喊叫，在呼唤失去的合为一体时的乐园，在不停地呼唤，呼唤着让人来安慰它，这身体只有在旅馆的床上才是完整的。

塔佳娜递上茶。劳儿用眼睛跟着她。我们看着她，劳儿·瓦·施泰因和我。塔佳娜的任何其他方面都变成次要的了：在劳儿和我的眼中，她只是雅克·霍德的情妇。我依稀听见她们两个现在用轻缓的语调说起她们的青春，说起塔佳娜的头发。劳儿说：

"啊！你披散的头发，晚上，全宿舍的人都来看，大家都帮助你。"

从来没有说到劳儿的金发，也没有说到她的眼睛，从来没有。

我会知道为什么，知道我该怎样做，为什么，我。

这事发生了。当塔佳娜再次整理她的头发时我想起了昨天——劳儿看着她——我想起来，昨天，我的头埋在她的胸间。我不知道当时劳儿看到了，可是她看塔佳娜的眼神让我想起来了。当塔佳娜在森林旅馆的房间里赤裸着梳理头发时，可能发生在她身上的事情，我觉得已经不那么一无所知了。

从如此伟大、如此强烈、据说使她失去理智的爱情中平静地还魂归来，这后面隐藏着什么呢？我严阵以待。她温情脉脉，面带微笑，她谈着塔佳娜·卡尔。

塔佳娜，她不相信舞会是导致劳儿·瓦·施泰因疯狂的惟一效力，她追溯得更早，她生命中更早的时候，比青年时期更早的时候，她在别处看到它。她说，在中学里，劳儿就缺少某些东西，她已经奇怪地有些心智不全，她以要求自己做什么样的人却没有能变成这样一个人的方式度过了她的青春期。在学校里她是温柔与冷漠的奇迹，她变换着女友，她从不与烦恼抗争，从来没有流过一滴少女的泪。当传闻说她与麦克·理查逊订婚时，塔佳娜对这个消息半信半疑。谁会发现劳儿，谁会吸引她全部的注意力？或者吸引她至少足够一部分的注意力使她投入到婚姻中去？谁会征服她那颗欠缺的心？塔佳娜还认为自己弄错了吗？

我觉得塔佳娜也跟我讲了一些传言，很多传言，也包括劳儿·瓦·施泰因结婚时在沙塔拉的流言。说她当时已经怀了她的第一个女儿？我记不清了，此时在远处流传的谣言，我不再能将之与塔佳娜的叙述区分开来。此时，在这些传播流言蜚语的人之间，只有我，我知道：我什么都不知道。这是我有关劳儿的第一个发现：对她一无所知就是已经了解她了。依我看，对劳儿·瓦·施泰因还可以知道得更少，知道得越来越少。

时间过去了。劳儿待在那儿，一直很快乐，不用说这是因为重新见到塔佳娜。

"你有时路过我家门口吗？"塔佳娜问。

劳儿说有这么回事儿，她下午散步，每天，今天她是有意来的，找到那张照片后，她给学校写了好几封信，然后又给她父母写了信。

她为什么还要待着不走？

已经是晚上了。

晚上，塔佳娜总是忧伤。她永远不能忘记。今晚上也是，她看了会儿外面：情人们初次出门旅行的白旗一直飘扬在变得黑暗的城市上空。失败不再是塔佳娜的命运，它四处散播，流在宇宙之间。塔佳娜说她很想旅行一次。她问劳儿是否她也有这样的愿望。劳儿说还没有想过。

"也许吧，可是去哪儿呢？"

"你会找到的，"塔佳娜说。

她们很吃惊彼此从来没有在沙塔拉城里碰到过。不过确实，塔佳娜说，她自己出门很少，这个季节她常去父母家。错了。塔佳娜有空余时间。我占用了她所有的空余时间。

劳儿背书似的讲起她的生活，从结婚开始：她的生育，她的假期。她详细地——她也许以为这是人们想知道的——讲述她在 U 桥镇最后住过的房子有多大，一间一间地讲着，讲了相当长时间，使得塔佳娜·卡尔和皮埃尔·柏涅重新感到局促不安。我没有丢掉一个字。她实际上讲的是一个住所随她的到来而变得空寂。

"客厅大得可以跳舞。我一点也没有办法，怎么布置家具都不够。"

她还在描述。她谈到 U 桥镇。突然，她不再为了让我们高兴而乖乖地讲了，就像她本来打算的那样。她讲得更快，声音更高，目光也放开了我们：她说大海离她在 U 桥镇住的别墅不远。塔佳娜吓了一跳：大海离 U 桥镇要两个小时。但劳儿什么也没注意到。

"也就是说要是没有那些新盖的大楼本来可以从我的房间看到海滩。"

她描述这个房间，中途留下了错误。她又回到 T 滨城，她没有把它和任何其他东西混淆，她重新出现了，把握着自己。

"有一天我会回去的，没有理由。"

我想再看到她的眼睛看着我，我说：

"为什么不这个夏天回去？"

她看了我，如我所愿。她没有控制住的目光改变了她思想的方向。她胡乱地回答：

"也许今年。我很喜欢海滩——"转向塔佳娜——"你记得吗？"

她的眼睛天鹅绒一般柔和，只有深色眼睛才这样，不过它们又混杂着死水与淤泥，此刻波澜不兴，只流过一丝睡意蒙眬的柔情。

"你的脸总是那样温柔，"塔佳娜说。

笑了，笑容里，是开心的嘲弄，在我看来，来得不是时候。塔佳娜忽然意识到什么。

"啊！"她说，"有人当时对你这么说的时候，你也这样嘲笑。"

她也许刚刚睡了很长一段时间。

"我没有嘲笑。是你这样认为的。你那么美，塔佳娜，噢！我记得太清楚了。"

塔佳娜起身拥抱劳儿。另一个女人让位于后者，无法预料的，被移动的，难以辨认的。如果她嘲笑会嘲笑谁呢？

我应该认识她，因为她希望这事情发生。她对我来说如玫瑰，她微笑，嘲笑，为了我。天气热，在塔佳娜的客厅里突然喘不过气来。我说：

"您也很美呀。"

一个猝不及防的头部动作，就像我打了她一个耳光一样，她转向我。

"您觉得？"

"是的，"皮埃尔·柏涅说。

她又笑了。

"怎么可能！"

塔佳娜神情变得沉重。她热切地打量她的女友。我明白她差不多确信劳儿没有完全康复。她大大地放下心来，我知道；劳儿残存的疯狂，即便光彩尽失，也打败了事物可怕的转瞬即逝，稍许减缓了那些逝去的夏日荒谬的逃遁。

"你的声音变了，"塔佳娜说，"但你的笑声我就是在铁门后面也能听出来。"

劳儿说：

"不要担心，你不该担心，塔佳娜。"

她垂下眼等着。没有人回答她。她是在和我说话。

她向塔佳娜俯过身去，神情好奇，饶有兴致。

"她从前什么样？我记不清了。"

"烈性子，有点。你那时说话快。让人听不大清。"

劳儿开心地笑了。

"我耳聋，"她说，"可是没有人知道，我像聋子一样说话。"

星期四，塔佳娜讲，她们俩拒绝和学校一起列队出去，她们在空旷的操扬上跳舞——跳舞吗，塔佳娜？邻近楼房，总是那一幢楼房的电唱机放着老舞曲——她们等待的电台恋旧歌曲节目，女学监们没了踪影，学校的大操场上只有她们俩，这一天，听得到街上的噪音。来，塔佳娜，来，我们跳舞吧，有时更激烈，她们在一起玩闹，喊叫，玩互相恐吓的游戏。

我们看着她听塔佳娜说话，她看上去是让我作为这段过去的见证。是这样吧？她是这么说的吧？

"塔佳娜和我们说起过那些星期四，"皮埃尔·柏涅说。

塔佳娜就像每天一样任黄昏的微曦落入，我可以长时间地看着劳儿·瓦·施泰因，相当长时间地看着她，在她走之前，为了永远不再忘记她。


塔佳娜点亮灯时，劳儿不情愿地起身。她要回到什么样的虚幻住处去呢？我还不知道。

她站起身来，正要离开时，她终于说出了她要说的：她要再见到塔佳娜。

"我要再见到你，塔佳娜。"

这样一来，本来应该显得自然的事倒显得虚假了。我低下眼睛。正寻找我目光的塔佳娜落了空，像硬币落地一样。为什么看上去不需要任何人的劳儿要再见到我，我，塔佳娜？我走到台阶上。夜还没有完全降临，我发觉了，远没有降临。我听塔佳娜问：

"你为什么要再见到我？那张照片那么让你产生再见到我的愿望吗？我不太明白。"

我转过头来：劳儿·瓦·施泰因失态了，她的眼睛在寻找我，她从谎言到真诚，勇敢地停在了谎言上。

"有那张照片的原因，"她补充说——"也因为这些日子我该认识些人。"

塔佳娜笑了：

"这可不像你，劳拉。"

我见识了劳儿在说谎时自然得无与伦比的笑。她说：

"走着看吧，看我们会怎么样，我觉得跟你在一起真好。"

"走着看吧，"塔佳娜开心地说。

"你知道人们可以停止去看我，我理解。"

"我知道，"塔佳娜说。

这个星期沙塔拉有剧团巡回演出。难道不是见面的一个机会吗？她们然后去她家，塔佳娜终于可以结识若安·倍德福。皮埃尔·柏涅与雅克·霍德不是也可以一起来吗？

塔佳娜犹豫着，然后她说她会来，说不去海边了。皮埃尔·柏涅有空。我试试看，我说，取消晚上的一个饭局。这天晚上我们和塔佳娜应该去森林旅馆。

塔佳娜成了我在沙塔拉的女人，成了供我糟蹋的绝妙美人，我再也离不开塔佳娜。

第二天我给塔佳娜打电话，我对她说我们不去倍德福家。她相信了我的诚意。她对我说，她不可能不接受劳儿这第一次邀请。

若安·倍德福回到他的房间去了。他明天有场音乐会。他要练习小提琴。

　　在夜晚的这一时刻，在十一点半钟左右，我们在孩子们的游戏室。房间很大，没什么家具。有一张台球桌。孩子们的玩具在一个角落，排放在箱子里。台球桌很旧，大概在劳儿出生以前施泰因一家就有了它。

　　皮埃尔·柏涅在击球算分。我看着他。走出剧场的时候，他对我说应该让塔佳娜和劳儿·瓦·施泰因两个单独待一会儿，然后再和她们在一起。他补充说，很有可能劳儿有一些重要的贴心话要和塔佳娜说，看她表示要再见到她时的迫切就可以证明这一点。

　　我绕着台球桌转。窗户向花园开着。一扇通向草坪的大门也开着。游戏室连着若安·倍德福的房间。劳儿和塔佳娜会像我们一样听到小提琴声，但没有我们这儿听到的声音大。一个门厅将她们两个与男人们所处的两个房间隔开。她们也应该能听到台球桌上的球沉闷的互相撞击声。若安·倍德福在双弦上拉着很高的音。它们那单调的投入传出狂乱的乐音，正是这一乐器本身的吟唱。

　　天气很好。不过劳儿还是有悖惯例地关上了客厅的窗洞。当我们来到这座阴暗的、窗户敞开的房子面前时，她对表示惊讶的塔佳娜说，这个季节她都是这样做的。今天晚上，不。为什么？大概塔佳娜问了她。是塔佳娜要向劳儿敞开她的心扉，我们从来没有一起谈过的心里话，不是劳儿，这我知道。

劳儿领塔佳娜看了她三个在熟睡的孩子。听得到她们克制的笑声在楼层间回响。然后她们又下楼回到客厅。我们已经在台球房了。我不知道劳儿没有看到我们是否惊讶。我们听到关三个窗洞的声音。

她，在门厅的另一侧，而我在这儿，在我漫步着的游戏室，我们等着彼此再见。

戏很有趣。她们笑过。有三次，只有劳儿和我笑。幕间，我走过正在匆匆交谈的塔佳娜与若安·倍德福身边，我明白他们在谈劳儿。

我走出台球房。皮埃尔·柏涅没有注意到。通常，因为塔佳娜的缘故，我们不愿意长时间面对面相处。我不相信皮埃尔像塔佳娜以为的那样还蒙在鼓里。我绕着房子走了几步，来到客厅的一个侧窗洞后面。

劳儿坐在这个窗洞对面。她还没有看到我。客厅比台球房要小，布置了几把不甚协调的椅子，还有一个很大的黑木玻璃橱，里面放着一些书和一套蝴蝶标本。墙上空无一物，白色。一切都一尘不染，直线排列，大多数椅子都靠墙放着，不足的光线从天花板上洒落下来。

劳儿站起来，递给塔佳娜一杯樱桃酒。她，还没有喝。塔佳娜大概正要跟劳儿吐露一个隐情。她说着什么，停歇下来，垂下眼睛，又说了句什么，还不是要说的事。劳儿走动着，试图避开这一击。她不要听塔佳娜的隐情，无需去听，就好像这会让她尴尬。我们在她的手中？为什么？怎么样？我一无所知。

两天以后，后天，我才能在森林旅馆见到塔佳娜。我愿意是今天晚上从劳儿家出来以后。我相信今天晚上我对塔佳娜的欲望将得到永远的满足，无论这任务执行起来多么艰巨、多么困难、多么长久、多么令人疲惫，而我将面临着某种确信。

哪种确信？它与劳儿有关，但我不知道它怎么与她有关，不知道它的意义所在，不知道在我对塔佳娜的熊熊欲火中劳儿的哪一个身体空间或精神空间会被照亮，我不想去知道。

这会儿塔佳娜站了起来，激烈地说了什么。劳儿先是走开了，然后又回来，走近塔佳娜，轻轻地抚摸她的头发。

戏散场后，一直到最后一分钟，我都努力要将塔佳娜带到森林旅馆去，而我应该见的却是劳儿。我不能这样对待一个女友，塔佳娜说，这么长时间没见面，她有着那样的过去，现在又是这样脆弱，你没注意到吗？我不能不去。塔佳娜相信了我的诚意。过一会儿，过一会儿，不到两天我就将占有整个的塔佳娜·卡尔，完完全全，自始至终。

劳儿一直抚摸着塔佳娜的头发。先是她专注地看着她，然后她的眼睛开始走神，她像一个要认出什么的盲人一样抚摸着。这时是塔佳娜后退了。劳儿抬起眼睛，我看到她的嘴唇在说着塔佳娜·卡尔。她的目光蒙眬、温柔。看着塔佳娜的这一目光落到我身上：她瞥见了窗洞后的我。她没有表示出一点儿激动。塔佳娜什么都没有觉察。她向塔佳娜走了几步，她走过来，她轻轻地拥抱她，并且不易觉察地将她引到朝向花园的落地窗前。她打开落地窗。我明白了。我顺着墙往前走。到了。我待在房子拐角上。这样，我就能听到她们说话。突然，她们交错的声音，轻柔和缓，在夜色的稀释下，女性味儿十足地向我袭来。我听见了。如劳儿所愿，她在说：

"看所有这些树，我们的这些树，多么温馨怡人！"

"最难的，对你来说是什么，劳拉？"

"固定的时间。孩子、吃饭、睡觉。"

塔佳娜抱怨着，长长地叹息一声，倦倦地说：

"我家更是乱得一团糟。我丈夫很富有，可我没有孩子，你说怎么办……你说怎么办……"

劳儿，用和刚才一样的动作，将塔佳娜带回到客厅中央。我又回到我刚才看见她们的那个窗洞。我听得见她们，也看得见她们。她递给她一把椅子，这样她就背朝花园。她坐在她对面。整排窗洞都处在她的目光之下。如果她想看是可以看的。她一次也没这样做。

"你希望改变吗，塔佳娜？"

塔佳娜耸了耸肩，没有回答，至少我什么也没听见。

"你错了。不要改变，塔佳娜，噢，不，不要。"

塔佳娜在说：

"最初我可以选择：像我们年轻时一样生活，一般的对生活的看法，你记得，或者过一种非常具体的生活，像你一样，你明白我的意思，对不起，不过你明白的。"

劳儿听着。她没有忘记我的存在，但她确实为兼顾我们两个而为难。她说：

"我没能选择我的生活。对我来说，据说这样更好，我又会怎样做呢，我？但是现在我想象不出我还能有任何一种其他的生活来代替它。塔佳娜我今晚非常幸福。"

这次是塔佳娜站起来拥抱劳儿。我看得很清楚。劳儿显示出轻微的抗拒，但塔佳娜以为那是因为劳儿的羞怯。她没有为此感到不快。劳儿逃脱掉，站到房间中央。我躲在墙后面。当我再一次去看时，她们又回到了各自的椅子上。

"听若安拉琴。有时他一直拉到早晨四点钟。他完全将我们忘记了。"

"你一直听吗？"

"差不多一直听，尤其当我……"

塔佳娜在等。后面的话再没说出来。塔佳娜又说：

"将来呢，劳儿？你什么也没有设想？没有一点儿不同的考虑吗？"——塔佳娜说得多么温柔。

劳儿拿起一杯樱桃酒，轻啜着。她在思考。

"我还不知道，"她终于说了，"我想得更多的是第二天的事而没想那么远的事。房子这么大。我总是又有点什么事情要去做。这是很难避免的。噢，我说的是家务事，你知道，买一些东西，要买的东西。"

塔佳娜笑了。

"你装傻，"她说。

她又站起来，在客厅里走了一圈，有点失去耐心的样子。劳儿没有动。我藏了起来。我不再看得见。她大概现在又回到自己的位置。是的。

"买什么东西？"塔佳娜突然问道。

劳儿抬起头，慌乱？我大概要冲到客厅里，让塔佳娜住口。劳儿马上用负疚的语调说：

"噢！再也配不成套的一些盘子，比如。是的，还是希望在郊区的一家商店能找到。"

"若安·倍德福跟我谈起你上个星期去郊外买了一次东西，那么远，那么晚了……真是非同寻常！有这么回事儿吧，劳拉，告诉我？"

"这么短的时间他就跟你说了？"

我从一个窗洞到另一个窗洞，为了看得更清楚或听得更清楚。劳儿的声音里不再有不安。她身体稍稍转向塔佳娜。她要说的话她不感兴趣。她看上去在听，听塔佳娜听不到的某些东西：我顺着墙根走来走去的脚步声。

"事情是自然而然说起来的。我们谈起了你，你的生活，你的秩序，他看上去为此有一丝苦恼。你知道吗？"

"在这方面他从来没说过什么，我想不起来了，"劳儿补充说——"依我看我出去的时候他很高兴，"劳儿还补充说，"你听这音乐，还有他们玩台球的声音。他们也把我们忘记了。我们很少接待客人，尤其是这么晚的时候。我喜欢这样，你看。"

"你想要买一些小灌木，是吧？做篱笆用的苗木？"塔佳娜这次过于自然地问道。

"若安的一个朋友对我说这个地区有时可以种些石榴树。这样我就开始寻找。"

"有千分之一的机会能找到，劳儿。"

"不，"劳儿神情严重地说，"没有任何机会。"

这一谎言并没有让塔佳娜为难，正相反。劳儿·瓦·施泰因在说谎。这一次，塔佳娜谨慎有加，有所预防地变换了一下方式，冒险进入另一个区域，更远的区域。

"在中学时我们是那么要好吗？那张照片上我们俩怎么样？"

劳儿带着遗憾的语调说：

"我又把它弄丢了。"

塔佳娜现在清楚了：劳儿·瓦·施泰因对塔佳娜·卡尔也说谎。谎言来得粗暴，不可理喻，具有某种深不可测的幽晦。劳儿向塔佳娜微笑。看上去塔佳娜在卷起行装，她要放弃了。

"我不知道我们是否非常要好，"劳儿说。

"在中学的时候，"塔佳娜说，"中学，你不记得了吗？"

塔佳娜目不转睛地盯着劳儿：她要将她一劳永逸地抛弃，还是相反要再见到她，满怀激情再见到她？劳儿一直在向她微笑，神情漠然。她是否和我在一起，在窗洞后面？或在其他的地方？

"我不记得了，"她说，"不记得有任何友谊，任何诸如此类的东西。"

她好像明白了应该加以注意，她好像有些担心将要发生的事情。我看到了，她的眼睛在寻找我的眼睛。塔佳娜还什么也没看见。她说，她也开始说谎了，她试着说：

"我不知道我是否会像你看上去希望的那样经常再见到你。"

劳儿变得恳切起来。

"啊，"她说，"你会看到的，你会看到，塔佳娜，你会习惯我的。"

"我有情人，"塔佳娜说，"我的情人们完全占据了我空余的时间。我愿意这样。"

劳儿坐下来。一种失落的忧郁映在她的目光里。

"这些词，"她低声说，"我原来不知道你会用，塔佳娜。"

她站起来。她踮着脚尖离开了塔佳娜，就好像不要把身边熟睡的孩子吵醒一样。塔佳娜跟着她，面对她自以为使劳儿更加忧伤的局面，她有些懊悔。她们来到窗边，离我很近。

"你觉得我们的朋友雅克·霍德怎么样？"

劳儿向花园方向转过身去。提高了声音，语气呆板、背诵似的说道：

"所有的男人中最好的一个对我来说死去了。我没有看法。"

她们沉默了。我从她们背后看着她们，两人被围在落地窗的窗帘内。塔佳娜喃喃地说：

"这么多年过去了，我想问你是否……"

我没有听到塔佳娜这句话余下的内容，因为我正往台阶上走，那里站着劳儿，背朝着花园。劳儿的声音总是清楚、响亮。她要避免窃窃私语，她愿为人所知。

"我不知道，"她说，"我不知道自己是否还在想着他。"

她转过身来，微笑着，几乎不加停顿地说：

"雅克·霍德先生在这儿，您没有在台球房？"

"我从那儿来。"

我走到光线里。对塔佳娜来说一切看上去都自然而然。

"您好像有点儿冷吧,"她对我说。

劳儿让我们进屋。她为我倒了樱桃酒,我喝了。塔佳娜若有所思。她是否觉得被打扰,有那么一点儿被打扰,因为我过来得太早?不,她是因为太专注地想着劳儿。劳儿呢,她将手放在膝盖上,身体向前弓着,以很亲热的姿态对着她。

"爱,"她说,"我记得。"

塔佳娜目视着虚空。

"那个舞会!噢!劳儿,那个舞会!"

劳儿没有改变姿势,眼盯着塔佳娜眼前的同一块虚空。

"怎么?"她问,"你怎么知道?"

塔佳娜有所怀疑。她终于喊了起来。

"可是劳儿,我整整一夜都在那儿,在你身边。"

劳儿没有惊讶,甚至没有努力去回忆,无济于事。

"啊,是你,"她说,"我都忘了。"

塔佳娜她相信吗?她犹豫着,窥伺着劳儿,喘不过气来,出乎意料地得到肯定。而劳儿带着恍若青春岁月已迁徙百年的破碎的好奇问:

"我痛苦了吗?告诉我,塔佳娜,我从来也不知道。"

塔佳娜说:

"没有。"

她长时间地摇头。

"没有。我是你惟一的证人。我可以说:没有。你向他们微笑。你没有痛苦。"

劳儿将她的手指插入脸颊深处。两个人沉浸在那次舞会中,把我忘记了。

"我想起来了,"她说,"我大概微笑过。"

我在房间里围着她们转。她们沉默下来。

我出去了。我要找在台球房的皮埃尔·柏涅。

"她们在等我们。"

"我找您来着。"

"我在花园里。现在过来吧。"

"有把握吗？"

"我觉得她们谈话时有没有我们在场她们无所谓。也许她们还更喜欢这样。"

我们走进了客厅。她们还在沉默。

"您不去叫若安·倍德福？"

劳儿站起来，走进门厅，关上一扇门——小提琴的声音顿时减弱。

"他愿意今晚离我们远一些。"

她为我们倒上樱桃酒，自己也喝了一口。皮埃尔·柏涅一口气喝干，沉默使他害怕，他难以忍受。

"如果塔佳娜想走，"他说，"我随时听从她的吩咐。"

"噢！不要，"劳儿请求着。

我站着，在房间里徘徊，眼睛看着她。事情应该是明显的。但塔佳娜完全陷入到 T 滨城的舞会之中去了。她没有要走的愿望，她没有回答她丈夫的话。那个舞会也是塔佳娜的舞会。她又看，她在她的周围看不到任何人存在。

"若安越来越喜欢音乐了，"劳儿说，"有时他一直拉到早晨。这越来越常见。"

"是一个大家都在谈的人物，大家谈他的音乐会，"皮埃尔·柏涅说，"很少在晚餐、晚会上他不是个话题。"

"差不多是这样，"我说。

劳儿说话是为了把他们留下来，把我留下来，寻找着如何让我更便于行事。塔佳娜没有听。

"您，塔佳娜，您谈过他，"皮埃尔·柏涅说，"因为他娶了劳儿。"

劳儿坐在椅子边上，如果有人发出离开的信号，她随时准备起身。她说：

"若安是在有趣的情形下结的婚。大概也是为这个人们才谈他，他们记得我们结婚的事。"

这时候，我向塔佳娜问道：

"麦克·理查逊那时是怎么样的？"

她们没有吃惊，她们永无穷尽地互相看着，永无穷尽，共同确定着那不可能性，不可能讲述、描述那些时刻、那一夜，而那一夜只有她们才了解其真正的浓厚，她们看到了它的时间一个小时一个小时地滴落，一直到最后的时辰，直待爱情换了手，换了名字，换了错误。

"他从来没有回来过，从来没有，"塔佳娜说，"那是怎样的一夜！"

"回来？"

"他在 T 滨城什么都没有了。他的父母去世了。他也卖掉了自己的财产，一直没有回来。"

"我知道，"劳儿说。

她们自顾自地说着。小提琴在继续演奏。大概若安·倍德福也是为了今晚不和我们在一起才去拉小提琴的。

"他也许死了？"

"也许。你那时爱他如命。"

劳儿轻轻地撇嘴，表示疑惑。

"警察，他们为什么要来？"

塔佳娜看着我们，有点儿出乎意料，惊慌失措：这，她是不知

64

道的。

"不，你母亲说起过但他们没有来。"

她思考。这时，幽暗回来了。但它只回到舞会，还没有到其他任何地方。

"可是我觉得是这样。他应该离开的？"

"什么时候？"

"早晨？"

劳儿是在沙塔拉度过的整个青年时期，在这里，她父亲原籍德国，是大学里的历史老师，她母亲是沙塔拉人，劳儿有一个大她九岁的哥哥，他在巴黎生活，她从来不谈这惟一的一个亲属，劳儿是在学校放暑假时遇到 T 滨城的男人的，某个上午，在网球场，他二十五岁，是附近大地产主的独生子，无业，有教养，出色，非常出色。性情阴郁，劳儿一看见麦克·理查逊就爱上了他。

"既然他变了，他就该离开。"

"那女人，"塔佳娜说，"她是安娜-玛丽·斯特雷特，一个法国女人，法国驻加尔各答领事的妻子。"

"她死了？"

"不。她老了。"

"你怎么知道？"

"我夏天有时看到她，她来 T 滨城待几天。结束了。她从来没有离开她的丈夫。他们之间持续了很短的时间，几个月。"

"几个月，"劳儿重复着。

塔佳娜抓起她的手，放低了声音。

"听着，劳儿，听我说。你为什么要说假话。你是故意这样做吗？"

"在我周围，"劳儿又开始说，"人们在原因上弄错了。"

"回答我。"

"我说谎了。"

我问：

"什么时候？"

"任何时候。"

"在你喊叫的时候？"

劳儿没有企图后退，她把自己交给了塔佳娜。我们没有动，一个动作也没做，她们忘记了我们。

"不，不是那个时候。"

"你当时愿意他们留下来？"

"也就是说？"劳儿说。

"您当时想做什么？"

劳儿沉默了。没有人坚持。然后她回答我。

"看他们。"

我走到台阶上。我等她。自从第一刻起，当她们在大阳台前拥抱的时候，我就在等劳儿·瓦·施泰因。她要这样。今天晚上，将我们留下来，她是在玩火，以这一等待为戏，将之不停地向后推移，好像她还在 T 滨城等待要在这里发生的事情。我弄错了。我们这是和她去什么地方？人们可以不停地弄错但这次不，我停下来：她要看到明日的黑暗，和我一起到来，向我们前行，将我们吞没，那将是 T 滨城之夜的黑暗。她就是 T 滨城之夜。过一会儿，当我亲她的嘴的时候，门户将打开，我将进去。皮埃尔·柏涅在听，他不再说走了，他的窘迫消失了。

"他比她年轻，"塔佳娜说，"但夜尽的时候他们看上去年龄一般大。我们都有了很大的、数不过来的年龄。你是最老的。"

每次她们中有一个说话，一道闸门就打开了。我知道最后一道闸门永远也不会到来。

"你注意到了吗，塔佳娜，跳舞的时候他们说了什么，最后？"

"我注意到了但我没听到。"

"我听到了：也许她要死去。"

"不。你一直待在那儿，待在我身边，绿色植物后面，舞厅深处，你不可能听到。"

劳儿醒过来。现在，她忽然变得无动于衷，漫不经心。

"这么说，抚摸我手的那个女人，原来是你，塔佳娜。"

"是我。"

"啊！没有人，没有人想到这个！"

我进来了。她们两个人都想起来我一句话也没有漏听。

"天开始亮的时候他用眼睛找你但没有找到。你知道吗？"

劳儿什么也不知道。

对劳儿的接近是不存在的。人们无法接近她或远离她。应该等待她过来找你，等待她要。她要，这我明白，她要的是她在此时此刻布置好的某个空间被我遇到，被我看见。哪个空间？它是否住满T滨城的鬼魂，还有塔佳娜这惟一的幸存者，是否布满虚幌的陷阱，还有二十个以劳儿为名的女人？它是别样的吗？过一会儿就将发生由劳儿操纵的我向劳儿的自我介绍。她将怎样将我带到她身边？

"十年以来我相信只剩下三个人，他们和我。"

我又问：

"您想要什么？"

带着不折不扣的同样的犹豫、同样的沉默间歇，她回答：

"看他们。"

我看到了一切。我看到了爱本身。劳儿的眼睛被光亮刺透：周围，一个黑圈。我同时看到了光亮和包围它的黑圈。她向我走来，一直是同样的脚步。她既不能走得更快也不能放慢脚步。她动作中的任何一点改变在我看来都是一场灾难，是我们的故事的最后失败：没有人会去赴约。

可是我对自己无知到这一程度而她又催促我知道的是什么呢？那一时刻在她身边的将是谁呢？

她走过来。继续走过来，甚至当着别人的面。没有人看见她往前走。

她又说起麦克·理查逊，他们终于明白了，他们试图离开舞会，他们走错了，朝着想象中的门走去。

当她说话的时候，当她有所动作、看着或者漫不经心的时候，我觉得自己目睹了一种说谎的个人方式，决定性方式，一片广阔的但是有着铜墙铁壁般边界的领域，谎言的领域。为了我们，这个女人就 T 滨城、沙塔拉、那个夜晚说谎，为了我、为了我们，她过一会儿将就我们的相遇说谎，我预感到了，她也就她自己说谎，为了我们她说谎是因为她和我们处在相离相异的状态，这一离异是她一个人宣读的——但在无语中宣读——在一个离她而去而她又不知自己做过的如此强烈的梦中。

我如饥似渴地想饮啜劳儿·瓦·施泰因口中流出的混浊无味的言语之乳，成为她谎称之物的一部分。无论是她掠我而去，历险从此变得不同，还是她将我同其余之物一起捣碎，我都将卑躬屈膝，但愿同其余之物一起被捣碎，变得卑躬屈膝。

一段久久的沉默降临。我们对自己所保持的不断增强的注意力是沉默的原因。没有人意识到，还没有人，没有人？我肯定吗？

劳儿走向台阶，缓慢地走，同样折回。

看着她，我想这对我也许就足够了，看着她，任事情这样进行，没有必要在动作、在我们将要说的话上更往前行。我的手成了陷阱，在陷阱中将她固定，将她留住，不让她总是来来往往于时间的尽头。

"太晚了，皮埃尔起得又太早，"塔佳娜终于说。

她以为劳儿出门是要请他们离开。

"噢，不，"劳儿说，"我去关若安书房的门时他都没有注意到，不，求你了塔佳娜。"

"你替我们向他致歉，"塔佳娜说，"没有关系。"

坏了，我没有留心事情的进程，我看着劳儿：塔佳娜的目光现在是严峻的。事情没有按照她希望的方式发展。她刚刚发现：劳儿没有说出一切。在房间里，在一个人与另一个人之间，是否有一种潜流，有一种她比任何其他人更生担心的毒药的味道，有一种在她面前形成而她又被排除在外的默契存在？

"这房里发生着某些事情，劳儿，"她边说边努力试图微笑，"或许只是个印象？你是否在等让你担心的某个人，在夜间的这个时辰？你为什么要这样留我们？"

"某个只为您一个人而来的人，"皮埃尔·柏涅说。他笑。

"噢，我不这么认为，"劳儿说。

她这种嘲笑的方式塔佳娜不再喜欢。不。我也弄错了。塔佳娜什么都不知道。

"实际上，如果你们想回去，你们可以这样做。我本想我们今晚一起再多待会儿。"

"你向我们藏着什么东西，劳拉，"塔佳娜说。

"即便劳儿说出这个秘密，"皮埃尔·柏涅说，"它也许也不是劳儿以为的那一个，她言不由衷，这秘密有所不同，它与……"

我听见说：

"够了！"

塔佳娜保持着平静，我又弄错了。塔佳娜说：

"太晚了，让人犯迷糊。原谅他。给我们说点儿什么，劳儿。"

劳儿·瓦·施泰因看上去在休息，有点儿厌倦了太容易到来的一场胜利。我以明确的方式知道的，是这一胜利的关键所在：光亮的退却。在我们之外的其他人看来，这时候她的眼睛是过于快乐的。

她没有面对任何人，说：

"这是幸福。"

她脸红了。她笑了。这词让她觉得好笑。

"不过，现在你们可以走了，"她补充道。

"你不能说为什么吗？"塔佳娜问。

"说不清楚，没有必要。"

塔佳娜跺脚。

"不管怎样，"塔佳娜说，"一句话，劳儿，关于这种幸福。"

"这几天我遇到了一个人，"劳儿说，"幸福来自这一相遇。"

塔佳娜站起身。皮埃尔·柏涅也站起身。他们走近劳儿。

"啊！原来如此，原来如此，"塔佳娜说。

她刚刚与惊骇擦肩而过，我不知是哪种惊骇，她有了一个病愈者的微笑。她几乎在喊。

"你可要注意喽，劳儿，噢！劳拉。"

劳儿也起身了。在她面前，在塔佳娜身后，是雅克·霍德，我。他想自己刚才弄错了。劳儿·瓦·施泰因寻找的不是他。涉及到的是另一个人。劳儿说：

"我青年时期的故事对我没什么妨碍。即使事情重新开始，对我一点也没有妨碍。"

"注意喽，注意，劳儿。"

塔佳娜向雅克·霍德转过身来。

"一起走？"

雅克·霍德说：

"不。"

塔佳娜看着他们俩，一个挨一个地看。

"噢，是这样，"塔佳娜说，"您要与劳儿·瓦·施泰因的幸福相伴了？"

她送走柏涅夫妇回来。她缓缓地到达，背靠在落地窗上。她低着头，身后的手紧紧抓住窗帘，待在那儿。我要倒了。某种虚弱从我体内升起，某个层面被越过，血被淹没，心像淤泥一样，柔腻，生垢，要睡去。谁代替我给她遇到了？

　　"那么，那场相遇？"

　　女人弓着背，瘦瘦的，穿着她的黑衣裙。她抬起手，叫我。

　　"噢！雅克·霍德，我确信您猜到了。"

　　她剧烈呼救。马戏。

　　"还是说出来，说吧。"

　　"什么？"

　　"那人是谁。"

　　"是您，您，雅克·霍德。我七天前遇到您，先是一个人，然后有一个女人相伴。我跟你们一直跟到森林旅馆。"

　　我害怕了。我想回到塔佳娜那边，在街上。

　　"为什么？"

　　她的手放开了窗帘，直起身，过来了。

　　"我选择了您。"

　　她过来，看着，我们还从来没有接近过。她的皮肤是赤裸透明的一种白色。她亲我的嘴。我什么也没给她。我太害怕了，我还不能够。她觉得这种不能够是预料中的。我在T滨城之夜里。完了。在那里，人们什么都不给劳儿·瓦·施泰因。她来拿。我又想逃之夭夭。

"您要什么？"

她不知道。

"我要，"她说。

她不言语了，看着我的嘴。然后就这样，我们四目相对。专制，不可抗拒，她要。

"为什么？"

她做了个手势：不，她说我的名字。

"雅克·霍德。"

贞洁的劳儿说出了这个名字！谁会注意到以名指人的不可靠性，除了她，劳儿·瓦·施泰因，所谓的劳儿·瓦·施泰因？迅如闪电的发现，来自那个被其他人遗弃，不被他们所识，自己也看不到自己的人，沙塔拉所有男人共有的虚幻既定义着我自己也定义着我血液的流淌。她采摘了我，把我在巢中擒获。我的名字头一次说出来没有指称。

"劳拉·瓦莱里·施泰因。"

"是的。"

透过她被烧毁的存在，被破坏的天性，她以微笑迎接我。她的选择不带任何偏好。我是她决定跟踪的沙塔拉男人。我们现在拴在了一起。我们的荒芜在扩大。我们重复着我们的名字。

我再次接近这个身体。我要触摸它。首先用我的手然后用我的唇。

我变得笨手笨脚起来。在我的手放到劳儿的身体上那一刻，一个陌生死者的回忆来到我的脑际：他将为永恒的麦克·理查逊、T滨城的男人尽责，与他相混，彼此不分地搅在一起合二为一，不再能认出谁是谁，在前、在后还是在过程中，将在一起失去踪迹，失去名字，将这样一起死去，因为忘记了死亡，一块一块地忘记，从一个时间到另一个时间，从一个名字到另一个名字。道路打开了。她的嘴向我的嘴张开。她放在我臂上的张开的手预示着一个多形状的、惟一的未来，这手光彩夺目，联结着弯曲、折曲的指骨，似羽毛一样轻飘，在我眼里似鲜艳的花朵。

她身材修长、优美、挺拔，因遵循着某种持续的内敛以及童年形成的某种立姿而变得僵直，长大了的寄宿女生的身材。但在她的脸上以及手指的姿态上显示的，则是完完全全的柔顺谦恭，尤其是当她的手指在触摸一个东西或我的手的时候。

"您的眼睛有时那样明亮，您的头发又是那样金黄。"

劳儿的头发上有她手上的那种花粒。她神采飞扬，说我没有弄错。

"是这样。"

她的眼睛在低垂的眼睑下熠熠生辉。应该习惯这些蓝色小行星周围的空气稀薄，她那目光就沉落、悬挂在上面，怅然若失。

"您从一家电影院出来。那是上个星期四。那天天气很热，您想起来了吗？您把外衣拿在手上。"

我听着。在语词之间小提琴声不断浸进来，在某些音群中激昂不已，又趋和缓。

"您甚至都没有想过，您当时不知道自己要做什么。您从那个黑色过道、从那家电影院出来，您一个人去看电影是为了打发时间。那一天，您有时间。一到大街上，您就看您周围走过的女人。"

"不是这样的！"

"啊！也许，"劳儿嚷道。

她的声音又重新放低了，大概就像她青年时期一样，但还保持着细微的缓慢。她自己投到我的怀中，眼睛闭着，等待着应该到来的另外的东西到来，而她的身体已经在叙说着即将到来的庆典了。

这就是，她低声说：

"后来，来到汽车站那个广场的女人，她是塔佳娜·卡尔。"

我没有回答她。

"是她。您是一个迟早要向她走去的男人。我知道。"

她的眼睑带着细小的汗珠重新阖上了。我吻着闭上的眼睛，一动不动地隐藏的眼睛就在我的唇下。我放开她。我离开她，我来到客厅的另一头。她待在她所在的地方。我打听情况。

"不是因为我长得像麦克·理查逊吧？"

"不，不是这个，"劳儿说，"您不像他。不——"她拖长着词句——"我不知道是什么。"

小提琴声停下来。我们沉默了。琴声重新响起。

"您的房间亮着灯，我看到了塔佳娜在灯光下走。她赤身裸体披着她的黑发。"

她没有动，眼睛看着花园，她在等待。她刚刚说塔佳娜赤身裸体披着她的黑发。这句话还是她说出的最后一句话。我听到："赤身裸体披着她的黑发，赤身裸体，赤身裸体，黑发。"最后两个词尤其带着一种均等、奇异的密度在回响。塔佳娜确实像劳儿刚刚描述的那样，赤身裸体披着她的黑发。她就是这样在封闭的房间里，为了她的情人。句子的密度突然增大，空气在它的周围劈啪作响，句子爆炸了，它炸裂了意义。我听到它带着震耳欲聋的力量，我不理解它，我甚至都不再理解它没有任何意义。

劳儿一直在我的远处，原地不动，一直面朝花园，眼睛都不眨一下。

已经赤身裸体的塔佳娜的赤裸被过度曝光放大，被它变本加厉地剥夺微乎其微的可能的意义。虚无是雕塑。底座在那里：句子。虚无就是塔佳娜赤身裸体披着她的黑发，这个事实。它在变形、挥霍，事实不再包含事实，塔佳娜走出她自己，通过打开的窗户蔓延，在城市里，大路上，污泥，液体，赤裸的潮汐。它来了，塔佳娜·卡尔赤身裸体披着她的黑发，突然，来到劳儿·瓦·施泰因和我之间。那句话刚刚死去，我再听不到什么，一片沉寂，它死在劳儿的脚下，塔佳娜在它的位置上。像盲人一样，我触摸，我辨识不出任何我已经触摸过的东西。劳儿期待我的，不是在她的目光中认出某种调和，而是我不再害怕塔佳娜。我不再害怕。现在，我们是两个人，看着塔佳娜赤身裸体披着她的黑发。我盲目地说：

"美妙可人的婊子，塔佳娜。"

头动了动。劳儿有一种我还不了解的口音，哀怨且尖利。离开了森林的野兽在睡，它梦见出生的赤道，一阵战栗之中，它的太阳之梦在哭泣。

"最好的，所有的婊子中最好的是吧？"

我说：

"最好的。"

我走向劳儿·瓦·施泰因。我拥抱她，我舔她，我嗅她，我吻她的牙。她没动。她变得美丽了。她说：

"真是非同寻常的巧合。"

我没有回答。我又把她丢在那儿，离开她，她一个人在客厅中央。她看上去没有觉察到我离开了。我又说：

"我要离开塔佳娜·卡尔。"

她任凭自己滑落到地上，沉默无语，她做出一个无限恳求的姿势。

"我恳求您，我祈求您：不要这样做。"

我向她冲过去，扶起她。别人可能会弄错。她脸上没有现出一丝痛苦，而是表达着信任。

"什么？"

"我恳求您。"

"说为什么？"

她说：

"我不愿意。"

我们被封闭在什么地方。所有回音都死寂了。我开始看得清楚，一点一点，非常非常少。我看到一些墙，平滑，没有任何可以抓握之处，刚才它们没在那儿，现在刚刚围绕着我们升起来。好像有人向我表示愿意搭救我，我不理解。我的无知本身也被封闭了。劳儿站在我前面，她又恳求我，我突然对翻译她感到厌倦。

"我不会离开塔佳娜·卡尔。"

"对。您应该再见她。"

"星期二。"

小提琴不响了。它退出了，留在它后面的是最近回忆中迸发的火山口。我被劳儿以外的其他人所惊吓。

"您呢？您？什么时候？"

她说星期三，地点，时间。

我没有回我自己的家。城里什么都没开。这样我就来到了柏涅夫妇的别墅前，然后我顺着园丁出入的门进去。塔佳娜的窗户是亮着灯的。我敲窗玻璃。她有习惯。她很快穿好衣服。早晨三点钟了。她蹑手蹑脚，尽管我确信皮埃尔·柏涅心知肚明。但她坚持这样做就好像事情仍旧是个秘密。在沙塔拉，她以为自己在别人眼里是个忠实的女人。她在意这一名声。

"可是，星期二呢？"她问。

"星期二照常。"

我把车停在了远离栅栏门的地方。我们去森林旅馆，顺着别墅开的时候，车灯全关掉了。在车里，塔佳娜问：

"我们走后劳儿怎么样？"

"中规中矩。"

星期二，预定时间，已经是日落时分了，当我在等待塔佳娜·卡尔的森林旅馆房间里向窗前走去的时候，我相信在山脚与旅馆中间的地方看到了一个灰色形体、一个女人，黑麦秆间那灰黄色的头发瞒不过我，这时尽管我对一切都有所准备，我还是感受到一种强烈的激动，我无法立即说出它的真正性质，它处在怀疑与惊骇、恐慌与喜悦之间，诱使我要喊"当心"，要求救，要一劳永逸地拒绝或一劳永逸地爱上全部的劳儿·瓦·施泰因。我抑制住了一声叫喊，我希望上帝的帮助，我跑着出门，我又原路走回，我在房间里转来转去，过于孤独地面对着爱或不再爱，备受煎熬，因我的生命对这一事件可怜地缺乏认识而备受煎熬。

其后，激动的心情有点儿平静下来，缩成了一团，我可以包容它了。这一时间与我发现她也大概在看我的时间吻合。

我在说谎。我一直在窗前没有动，甚至可以以眼泪为证。

突然，那一块黄色不再与先前一样，它动了动，然后固定下来。我认为她大概意识到我发现了她的存在。

我们就这样互相看过了，我相信这一点。多长时间？

我转过头来，竭尽全力，看她所不在的麦田右边。从这一边，穿着黑色套装的塔佳娜到达了。她付了出租车钱，开始缓慢地在桤木间走过。

她没有敲门就打开了房间的门，轻轻地。我让她和我一起到窗前来，待一会儿。塔佳娜过来了。我将山丘和黑麦田指给她看。我站在她身后。这样，塔佳娜，被我展示给她看了。

"我们从来不看景色。旅馆的这一侧还是相当美的。"

塔佳娜什么也没看到，她回到了房间里头。

"不，这景色是凄凉的。"

她叫我。

"没什么可看的，来吧。"

没必要对她有任何接近的表示，雅克·霍德就和塔佳娜·卡尔到了一起。

雅克·霍德狠狠地占有了塔佳娜·卡尔。她没有做出任何反抗，什么都没说，什么都没拒绝，为这样的占有而惊叹。

他们的快感是巨大的，共享的。

这一绝对遗忘劳儿的一刻，这一刻，这一闪电释发的瞬间，劳儿在她窥伺的一成不变的时间里没有任何希望会感受到，劳儿要它这样发生。它发生了。

缠在她身上的雅克·霍德不能与塔佳娜·卡尔分开。他对她说话。塔佳娜·卡尔对雅克·霍德向她说的话的所指目标没有把握。毫无疑问，她不相信这些话是说给她的，也不因此就是说给另外一个今天不在的女人的，但它们表达着他内心的需要。为什么是这一次而不是另外一次？塔佳娜在他们的故事中寻找，为什么。

"塔佳娜你是我的生命，我的生命，塔佳娜。"

她的情人这天的疯话，塔佳娜首先是带着她所喜爱的快意听着，那是躺在一个男人怀里做一个所指不明的女人的快意。

"塔佳娜我爱你，我爱你塔佳娜。"

塔佳娜接受着，安慰着，带着母性的温柔：

"是的。我在这儿。在你身边。"

首先是在快意中听着，乐于见到别人在她身边是多么无拘无束，然后，突然，她呆住了，面对着这些话的不良指向。

"塔佳娜，我的姊妹，塔佳娜。"

听到这儿，听到她如果不是塔佳娜他会说出的话来，啊！甜言蜜语。

"还能再为你做什么，塔佳娜？"

我们三个在那儿大概有一个小时了，其间她看到我们轮流地在窗户的框架内出现，在这面什么都不映照的镜子面前她有滋有味地品尝着她所希望的对她的排除。

"也许在不知不觉之间……"塔佳娜说，"你和我……"

终于到了晚上。

雅克·霍德又重新开始越来越吃力地占有塔佳娜·卡尔。有一个时刻，他不间断地向另外一个看不见也听不到的女人说话，在这样的亲密无间中，他看上去奇怪地存在着。

再往后，雅克·霍德再也无法再占有塔佳娜·卡尔的时刻来临了。

塔佳娜·卡尔以为他睡着了。她让他这样歇着，蜷在他身上，而他远在千里之外，不在任何地方，在田野里，她等待他再一次抓住她。但是，徒劳无益。在她以为他睡着了的时候，她对他说：

"这些话，你不该说，这些话，很危险。"

塔佳娜·卡尔后悔了。她不是他本来可以去爱的那个女人。可是她难道本来不是可以和另一个女人一样，成为他的所爱吗？一开始就说好了她只是沙塔拉的女人，其他什么都不是，什么都不是，她并不认为麦克·理查逊闪电般的移情别恋对这一决定起过什么作用。可是突然之间多可惜呀，这些情话，烟消云散了？

塔佳娜说，这个晚上，是 T 滨城舞会后第一次，她找到了，在嘴中品尝到了共享的滋味，内心的甜蜜。

我又回到窗前，她一直在那儿，在田野里，单独一个人在麦田里，以一种她无法在任何人面前证实的方式。我从她那儿知道了这一点，也同时知道了我的爱，握在儿童手中不可侵犯的、硕大无比的自足。

他又回到床上，靠着塔佳娜·卡尔躺下。他们在清爽的夜色中拥抱在一起。打开的窗子飘进麦香。他告诉了塔佳娜。

"黑麦的味道？"

她闻到了。她对他说天色已晚她该回去了。她跟他约到三天以后，担心他会拒绝。他反倒接受了，甚至都没有查看一下那天他是否有空。

在门口，她问他是否可以给她讲讲他现在的状况。

"我要再见到你，"他说，"一次一次地再见到你。"

"哎！你不该这样说，你不该。"

她走了以后，我关掉了房间的灯，以便劳儿能离开麦田，回到城里，不用担心碰到我。

第二天我借故在下午离开医院一个小时。我找她。我又经过那家电影院门前，她是在那里发现我的。我来到她家门前：客厅的门开着，若安·倍德福的汽车不在那儿，这是个星期四，我听到了小女孩的一声笑，它来自草坪而台球房就是朝向草坪的，然后又听到两声交织在一起的笑，她只有女儿，三个。一个女仆下台阶往外走，年轻且相当漂亮，系着白围裙，她走在一条通向草坪的小径上，注意到我停在街上，向我微笑，消失了。我走了。我要避免朝森林旅馆的方向走，可我还是去那儿了，我停下车，我远远地绕旅馆走了一周，我又去黑麦田转了一圈，麦田里空荡荡的，她只有在我们、塔佳娜和我在的时候才来。我又动身了。我轻缓地在主干街道上开着车，我灵机一动想到她也许在塔佳娜住的那片街区。她在那儿。她在靠近她家房子的那条林阴道上，距那座房子有二百米远。我停下车，步行跟踪她。她一直走到大道的尽头。她走得相当快，她走路的姿势从容、优美。她看上去比我前两次见她时更高了。她穿着灰披风，戴着无檐黑帽。她向右转，朝着她家的方向走去，她消失不见了。我回到车上，疲劳不堪。这么说，她还继续着她此前的散步，而我，如果我无法做到等到约会的时候才见她，也可以在她散步时遇到她。她走得相当快，她放慢脚步，有时甚至停下来，然后重新上路。她比在她家时更高、更修长。那件灰披风我认出来了，那顶无檐黑帽我还没见过，她在黑麦田时没戴着它。我永远不会去跟她打招呼。我也不。我不会去跟她说："我无法一直等到那一天，那个时辰。"明天。星期天，她出门吗？星期天到了。这一天无边无际、美妙亮丽。我不在医院值班。我与她有一天之隔。我一个小时一个小时地寻找她，开车、徒步。她哪儿都不在。她的房子一直那样，门户敞开着。若安·倍德福的汽车一直不在那儿，没有小姑娘的笑声。五点钟我要去柏涅夫妇家喝茶。塔佳娜提醒我劳儿后天星期一的邀请。愚蠢的邀请。就好像她要和别人一样，塔佳娜说，规规矩矩地生活。晚上，今天这个星期天的晚上，我又回到了她家门前。门户敞开的房子。若安·倍德福的小提琴声。她在那儿，她在客厅里，坐着。头发披散着。她的周围三个小女孩在走动，不知在忙些什么。她没有动，神情茫然，她没有和孩子们说话，孩子们也没有跟她说话。我待了有一阵时间，小女孩们一个一个地亲她，离开了。二楼的窗子亮灯了。她待在客厅里，姿势没变。突然，她自己冲自己笑了。我没叫她。她站起身，关灯，消失。是第二天了。


是青镇火车站附近的一家茶馆。从沙塔拉到青镇坐客车不到一个小时的路，是她定的地点，这家茶馆。

我到的时候她已经在那儿了。人还不多，时间还早。我立刻看到了她，一个人，周围桌子空无一人。从茶馆的深处，她向我微笑，一种客套、习惯性的微笑，与我所了解的有所不同。

她几乎是彬彬有礼、亲切可人地迎接我的到来。但当她抬起眼睛的时候，我看到了一种野蛮的、疯狂的喜悦，她全部的生命大概都为之兴奋不已的喜悦：在那儿面对着他的喜悦，面对着与他有关的一个秘密的喜悦，这秘密她永远也不会揭示给他，他知道这一点。

"我找您，我在街上四处走。"

"我散步，"她说，"我忘了跟您说吗？每天长时间散步。"

"您跟塔佳娜说了。"

再一次地，我认为我能够就此打住，停在那儿，只是看着她。

一看她我就崩溃了。她并不要求任何言语，她可以忍受无限沉默。我想做什么，说什么，发出长长的吼叫，它由熔入、回流到同一个岩浆的所有词语组成，劳儿·瓦·施泰因听得懂这一吼叫。我沉默着。我说：

"我从来没有这样等待过这什么都不会发生的一天。"

"我们走向某些东西。即使什么都不发生我们也是朝着某个目标前进。"

"哪一个！"

"我不知道。我只知道一些关于生活的静止不变的东西。所以一旦这静止被打破，我就知道。"

她又穿上了第一次去塔佳娜·卡尔家时穿的同一件白色连衣裙。可以通过解开搭扣的灰色披风看到它。因为我在看连衣裙，她索性把灰披风脱掉。她向我显露出她赤裸的双臂。夏日映在她清新的双臂上。

她往前倾着身，低声说：

"塔佳娜。"

我并没有怀疑这是一个提出的问题。

"我们星期二见过。"

她知道。她变得美丽，是四天前的深夜我从她那里夺来的那种美丽。

她一口气问下去：

"怎么样？"

我没有马上回答。她以为我理解错了她的问题。她继续问：

"塔佳娜当时怎么样？"

如果她没有谈起塔佳娜·卡尔，我也会谈起的。她焦虑不安。她自己也不知道接下来会发生什么，她的问题会引起什么后果。我们两个人都面对着她的问题，她的坦白。

我接受了这个。星期二我已经接受了。甚至大概在我和她相遇的最初时刻就接受了。

"塔佳娜美妙可人。"

"您不能没有她，是吧？"

我看到一个梦境几乎抵达。肌肤撕裂，流血，醒觉。她试图听到内心的嘈杂，她没有做到，她被她欲望的结果、即便是未完成的结果淹没。她的眼皮因强烈的光线作用而跳动。这一时刻非常漫长的终结在持续的时候，我停止去看她。

我回答：

"我不能没有她。"

然后，不由自主地，我又看了她。她的眼中溢满了泪水。她抑制住一种非常大的痛苦，她没有在这痛苦中沉沦下去，相反她竭尽全力地将它保持在接近它的最高表达即幸福的表达上。我没有在她的生命的这一无定状态中给予她帮助。这一时刻结束了。劳儿的泪被咽下去了，回到她体内所存的泪河之中。这一时刻没有滑动，既没有滑向胜利也没有滑向失败，也没有染上什么色彩，惟有快感、惯于否定的快感流逝过去。

她说：

"您将看到，过一些时候，塔佳娜和您之间将更好。"

我朝她微笑，依旧是在既无知又通晓的状态下，面对着只有她自己能指称却也并不了解的未来。

我们两个都一无所知。我说：

"我愿意。"

她的脸变得苍白。

"可是我们，"她说，"我们会对此怎么办呢？"

我理解，这一判决，该由我替她宣读。我可以把自己放到她的位置上却是在她所不愿的那一边。

"我也愿意，"她说。

她降低了声音。在她的眼睑上，有我自那一夜以来尝到过滋味的汗珠。

"可是塔佳娜·卡尔在那儿，是您生命的惟一。"

我重复道：

"我生命的惟一。当我谈起她时我就是这么说的。"

"应该这样，"她说——她补充道，"我已经，那样爱您了。"

这个词穿过空间，寻觅并停落。她把这个词放到了我身上。

她爱，爱那个该爱塔佳娜的人。没有人。我身上没有人爱塔佳娜。我是她以惊人的执着正在构建的一个前景的一部分，我不会去抗争。塔佳娜，渐渐地，穿入，破门而进。

"来吧，我们走一走。我给您说些事情。"

我们走到了林阴道上，车站后面没有多少人。我挽起了她的胳膊。

"塔佳娜在我到达后稍迟来到房间。有时她故意这样做，试图让我以为她不来了。我知道。但昨天我疯狂地想和塔佳娜在一起。"

我在等待。她没有提出问题。怎么知道她了解呢？怎么知道她确信我在黑麦中发现了她呢？是因为这一点：她不提问题？我继续说：

"她到的时候，带着那种值得称赞的神情，您知道，她的那种愧疚与装羞的神情，但我们知道，您和我，我们知道塔佳娜在那后面隐藏的是什么。"

"小塔佳娜。"

"是的。"

他向劳儿·瓦·施泰因讲述:

塔佳娜脱掉衣服,雅克·霍德看着她,饶有兴致地看着这个不是他的所爱的女人。每当一件衣服脱落,他总是更进一步地认出其存在与否与他无关的这一欲壑难填的身体。他已经勘察过这一身体,他比塔佳娜本人更了解它。不过,他还是长时间地看着她身上白色的林中空地,这种白色,在她身体各个部位的边缘产生细微的色调变化,或是动脉的纯青色,或是日晒的茶褐色。他看着她,一直看到每个部位、所有部位甚至全部身体都变得面目皆非。

可是塔佳娜说着话。

"可是塔佳娜说了什么,"劳儿低声说。

要是能让她中意,需要编造上帝我也会编造出来。

"她说了您的名字。"

我没有编造。

他将塔佳娜·卡尔的脸埋在被单里,这样他手中就控制着无头的身体,任其摆布。他使它转过来,把它放平,随心所欲地摆弄,分开四肢或把它们再并拢一处,全神贯注地注视着它不可逆转的美,进去,不动,等待着在遗忘中如胶似漆,遗忘来了。

"塔佳娜真是懂得如何任人摆布,多美妙啊!肯定是非同一般的。"

这次约会,塔佳娜和他,他们从中获得了很多的快乐,比以往更甚。

"她没再说什么?"

"她在盖着她的被单下讲劳儿·瓦·施泰因。"

塔佳娜讲了市立娱乐场舞会的很多细节,并且常常回到同样的细节,据说在这次舞会上劳儿失去了理智。她又长时间地描述了穿着一身黑衣的纤瘦女人安娜-玛丽·斯特雷特以及她和麦克·理查逊这新成的一对情侣。她也讲述了他们如何有力量再把舞跳下去，如何让人惊讶莫名地看到这一习惯在这样的一夜风暴中能够被他们保持下去，而这一夜的风暴看上去驱散了他们所有的习惯，甚至——塔佳娜说——爱的习惯。

"您想象不出的，"劳儿说。

应该重新让被单下的塔佳娜沉默。可是随后，又过了一会儿，她又开始了。分手的时候她问雅克·霍德他是否又见到了劳儿。尽管他们两个在这个问题上什么也没有约定，他还是决定向塔佳娜说谎。

劳儿停下来。

"塔佳娜不会理解的，"她说。

我俯下身，我闻到她的脸。她有一种幼儿的肤香，爽身粉一样的香味。

"与我们的习惯相反，我让她第一个离开。我关了房间的灯。我在黑暗中待了很长一段时间。"

她的答话有所偏离——瞬息之间正可以说起其他——她神情黯然地说：

"塔佳娜总是那么急匆匆的。"

我回答：

"是的。"

她目视着林阴道，说：

"塔佳娜和您之间在那个房间里发生的事情我无法知道。我永远也不会知道。您给我讲的时候，涉及到的是另一回事。"

她重新走起来，低声问：

"被单下藏着头的塔佳娜，那不是我，对吧？"

我抱住她，我大概把她弄疼了，她轻叫一声，我放开了她。

"那是为了您。"

我们贴着墙走，躲着。她在我的怀中呼吸。我看不到她那么温柔的脸，看不到她白皙的轮廓，也看不到她几乎总是惊愕的眼睛，几乎总是惊愕、寻觅的眼睛。

就这样想到了她会离我而去，这想法对我来说变得难以忍受。我对她说了这一刚出现在脑中的折磨我的想法。她，她没有任何同样的感受，她感到吃惊。她不明白。

"我为什么要离开呢？"

我表示了歉意。但恐慌在那里，我无能为力。我意识到她不在、她昨天不在，我任何时候都想她，已经想她了。

她和她丈夫说了。她对他说她认为在她和他之间事情结束了。他没有相信她。她从前不是也对他说过类似的事情吗？不，她从没有这样做过。

我问： 她还一直回去吗？

我说得很自然，但是，她没有误解我突然的声音变化。她说：

"劳儿一直回去，只是不和若安·倍德福一起回。"

她离题万里地谈到了她心中的一个恐惧： 在她的周围，人们，尤其是她丈夫，认为她有朝一日旧病复发不是没有可能。正是为此她才没有如己所愿地与她丈夫谈得更清楚。我没有问她的这一恐惧目前是建立在什么基础之上。她没有说。想必她十年以来也从没谈起过这一威胁。

"若安·倍德福以为是将我从绝望中拯救出来，我从来没有揭穿他，我从来没有跟他说实际上是另外一回事。"

"是什么？"

"那个女人一进门，我就不再爱我的未婚夫了。"

我们坐在长椅上。劳儿错过了她打算乘的那趟火车。我吻了她，她回吻我。

"当我说不再爱他时，我想说的是您想象不出在无爱的路上人们会走得多远。"

"说一句给我听听。"

"我不知道。"

"塔佳娜的生活，对我来说，一点儿也不比一个我甚至都不知道姓名的陌生、遥远的女人的生活更重要。"

"不止如此。"

我们没有分开。她在我的唇下，热烈撩人。

"这是一种替代。"

我没有放开她。她和我说话。火车经过。

"您要看他们？"

我吻住她的嘴。我让她放心。但她挣脱开，看着地上。

"是的。当时我不再处在我的位置上。他们带走了我。我又成了一个人。"

她轻轻皱了皱眉，这在她是那样异乎寻常——我知道这点——已经让我惊慌不安了。

"我有时有点害怕会重新开始。"

我没有再抱她入怀。

"不。"

"可是又不害怕。那是个说法。"

她叹了口气。

"我不明白是谁处在我的位置上。"

我将她揽向自己。她的嘴唇清凉，几乎是冰冷的。

"不要改变。"

"可是如果有一天我……"她撞到那个她找不到的词上——"他们还会让我去散步吗？"

"我将把您藏起来。"

"那一天他们会弄错吗？"

"不。"

她转过身来，高声说话，带着极大信任的微笑。

"我知道，不论我做什么，您都会理解的。应该向别人证明您是对的。"

我要在这一刻将她永远带走。她蜷缩着准备被带走。

"我愿意和您在一起。"

"为什么不？"

"塔佳娜。"

"确实。"

"您可以照样爱着塔佳娜，"她说，"没什么区别，对……"

她补充道：

"我不明白所发生的事情。"

"没什么区别。"

我问：

"为什么两天后，要有这顿晚餐？"

"应该有，为了塔佳娜。让我们沉默一会儿。"

她沉默着。我们一动不动地待着，我们的脸差不多碰到一起，一句话也不说，很长时间。火车的声音融汇成一种喧嚣，我们听到了。她没有动，双唇微启，对我说：

"在某种状态下，感情的所有痕迹都被驱散了。当我以某种方式沉默的时候我并不爱您。您注意到了吗？"

"我注意到了。"

她伸展四肢，她笑了。

"然后我又重新开始呼吸，"她说。

我应该在星期四五点钟见塔佳娜。我和她说了。

这样就有了劳儿家这次晚餐。

柏涅和我不认识的三个人被邀请了。一个年老的妇人，她是U桥镇音乐学院的教师，她的两个孩子，一个年轻男士和一个年轻女士，后者的丈夫只能在饭后才来，若安·倍德福看上去非常希望见到他。

我是最后一个到的。

我没有和她定约会。上火车的时候她对我说今晚我们再约。我等着。

晚餐在相对的寡言少语中进行。劳儿没有做出任何让谈话热络一些的努力，也许她没有注意到。整整一个晚上，她都没有费心说明一下为什么她把我们聚在一起，哪怕是拐弯抹角的暗示也没有。为什么？我们大概是她惟一足够了解的人，所以才被请到她家来。若安·倍德福有些朋友，主要是音乐界朋友，据塔佳娜告诉我，他与他们相见总是在外面，不带着他妻子。劳儿将她所有的相识聚到了一起，这很清楚。可是为什么？

在老妇人与若安·倍德福之间形成了个别交谈。我听到："如果年轻人知道我们的音乐会存在，相信我，音乐厅一定会爆满。"年轻女士在和皮埃尔·柏涅说话。我听到："十月的巴黎。"然后是："……我终于做了决定。"

塔佳娜·卡尔、劳儿·瓦·施泰因和我，我们三人再次处在一起：我们沉默无言。塔佳娜昨夜给我打了电话。昨天我找了劳儿，但在城里和她家里都没找到。她饭后和女儿们待在一起的客厅，没有亮灯。我睡得不好，总是被一种疑虑缠绕：白日里一切都会烟消雾散，人们会有所觉察，人们会不再让劳儿一个人在沙塔拉外出。

塔佳娜看上去急于想看到晚餐结束，她烦躁不安。依我看，她大概有什么事情要问劳儿。

我们一直是差不多完全沉默着。塔佳娜问劳儿她去哪里度假。法国，劳儿说。我们又沉默了。塔佳娜轮番看着我们，她大概注意到上一次在劳儿家我们彼此间的互相关注消失了。自从我们上次在森林旅馆的约会后——作为一个单身汉我经常到柏涅家吃晚饭——她再没有和我谈过劳儿。

时不时地，谈话出现一些共同话题。人们问女主人一些问题。被邀请的那三个人待她亲切热情。人们待她有点儿过于殷勤，超过了谈话或答话的内容所需。在这样的亲切温情中——她丈夫也注意到了——我看出了往来不断的忧虑，她的所有亲友们应该就生活在这样的忧虑之中。人们和她说话是因为应该和她说话，但人们又担心她的回答。这样的担心是否今晚比以往更甚呢？我不知道。如果不是这样，倒让我放下心来，我便可以将其视作劳儿对我谈起她丈夫时所说的话的证实：若安·倍德福什么也不怀疑，谁也不怀疑，看起来他惟一的顾虑就是避免他妻子脱口说出危险的话来，在大庭广众之下。今晚也许尤其是这样。他对今晚的聚会并没有抱以赞许的姿态，尽管他还是任劳儿来安排了。如果他担心什么人，这个人就是塔佳娜·卡尔，塔佳娜执着地看着他妻子的目光，这目光我看得很清楚，我不时去看，他注意到了。他即使在与老妇人谈他的音乐会时也没有忘记劳儿。他爱劳儿。但是如果他被剥夺了劳儿，他很有可能还会一直这样：和蔼可亲。劳儿·瓦·施泰因对我们两个的吸引——这很奇怪——使我对他敬而远之。我不相信他对劳儿的认识除了通过她曾经疯狂的传闻还有其他什么方式，他大概以为他有一个充满出人意料的魅力的妻子，而其中非同小可的，便是她受到威胁的魅力。他以为在保护着他的妻子。

餐桌上的交谈有所停顿，空中飘荡着劳儿主动宴请之举的明显荒谬性，它使空气变得稀薄，这时候我的爱被看出来了，我感觉到它是可见的并且尽管我不愿意还是被塔佳娜·卡尔看到了。不过，塔佳娜仍旧有所怀疑。

人们谈到倍德福一家以前的房子，谈到花园。

劳儿在我的右首，坐在皮埃尔·柏涅和我之间。突然她向我倾过脸来，没有看我，没有表情，就好像她要问我一个问题却没问出来。就这样，与我这么近，她向餐桌另一侧的老妇人问道：

"花园里又有孩子们去了吗？"

我知道她在我右面，一只手将她的脸与我相分，从模糊一团中突然冒出、升起爱的锋尖，爱的定针。这时，我的呼吸中止，感到窒息，因为有太多的空气。塔佳娜注意到了。她也注意到了，劳儿。她非常缓慢地退回。谎言被掩盖。我恢复镇静。塔佳娜开始猜想大概这是劳儿的病态分神，随后又认为这并非是完全无意的举止，但它的意义何在，她一无所知。老妇人什么也没看到，她回答说：

"花园里又有孩子们去了。他们真可怕。"

"那么，我走之前种的小花丛呢？"

"唉，别提了，劳儿。"

劳儿表示惊讶。她希望生活中没完没了的重复有某种中断。

"人走后应该把房子拆毁。有人这么做。"

老妇人带着友善的嘲讽对劳儿说，别人还可能需要你们遗弃的房子呢，劳儿笑了起来。这笑声感染了我，然后又感染了塔佳娜。

她的女儿们就是在那座花园长大的，她看来在十年的生活中花了很多时间去照料它。她把一个完美状态下的花园留给了新房主。音乐界的朋友们对那里的花坛和树木赞誉有加。这个花园出让给劳儿十年的时间，为了使她今晚在这儿，奇迹般地保持着与出让给她的人们的不同。

她是否怀念那所房子？年轻女士问她，U 桥镇那所又漂亮又大的房子？劳儿没有马上回答，所有人都看着她，她的眼中好像掠过某种东西，似一种战栗。她在某种掠过她的东西的打击下定住了，什么东西？未知的、野蛮的说法，她生命中的野鸟，我们知道什么？它们从四面八方横穿、撞击她？然后这一飞翔的风平静下来？她回答说自己不知道从前住过那里。这句话没说完。两秒钟过后，她恢复镇定，笑着说那是句玩笑话，她不过想说，在这里，沙塔拉，比在 U 桥镇更开心。人们没有点破，她清楚地说的是：沙塔拉，U 桥镇。她笑得有些过多，解释得也过多了。我难过，似有若无；每个人都害怕，似有若无。劳儿沉默下来。塔佳娜大概证实了她料想中的分神。劳儿·瓦·施泰因还是病着的。

人们离开餐桌。

年轻女士的丈夫带着两个朋友到了。他在 U 桥镇继续举办由若安·倍德福开创的音乐晚会，他们很长时间没见面，兴高采烈地交谈着。气氛不再萎靡不振，客人人数一多起来彼此之间的走动交谈大多数人就都不太注意，除了塔佳娜·卡尔。

也许劳儿今晚把我们聚在一起并非轻率之举，也许是为了观察塔佳娜和我在一起的情形，看着自从她闯入我的生活以后我们之间怎么样了。我一无所知。

塔佳娜一个包围式动作，劳儿便被截获了。我想到若安·倍德福与她相遇的那一夜：塔佳娜一边与她说话一边堵住了她的去路，她做得相当机敏，让劳儿意识不到她是无法通过的，塔佳娜就这样阻止着劳儿向其他来客走去，她让她脱离了人群，自己带着她，将她孤立起来。二十来分钟之后就成了这种情形。劳儿看上去很随遇而安地与塔佳娜在一起，在客厅的另一头，坐在台阶和窗洞之间的一个小桌子前面，那一天晚上我就是通过那个窗洞看她们的。

今晚她们两个都穿着深色连衣裙，这让她们看上去更修长、更苗条，也许在男人眼里更看不出她们之间的不同。塔佳娜·卡尔这次与和她的情人们在一起时不同的是，她的发式柔软、散落，结成一团的沉重浓发几乎触及到肩部。她的连衣裙不像她那些午后穿的刻板套装一样紧裹着她的身体。劳儿的连衣裙，与塔佳娜的正相反，依我看，它紧紧地裹着她的身体，使她看上去更具有长大的寄宿女生身上的那种规矩僵直。她的发式与往常一样，在脖颈后面盘了个结实的发髻，也许十年来她一直这样。今晚她化的妆我觉得有点过重，不够精心。

塔佳娜将劳儿成功地据为己有时露出的笑容我是了解的。她在等着她吐露真情，她希望劳儿与她说的悄悄话有些新内容，既让人感动又令人生疑，带些相当拙劣的谎言，以使她塔佳娜看得更清楚。

看着她们这样聚在一处，人们会轻易地认为塔佳娜·卡尔和我是惟一对劳儿潜藏的或外显的怪异全然不在意的人。我相信是这样。

我走近她们的小圈子。塔佳娜还没有看到我。

通过塔佳娜嘴唇的动作我明白了向劳儿提出的是个什么问题。看得出她说的是幸福这个词。

"你的幸福？你说的那个幸福？"

劳儿朝我的方向微笑。过来。她留下时间让我再走近些。我在只盯着劳儿看的塔佳娜的斜对面。我静悄悄地过来，我从别人之间插过来。为了听清楚我走得相当近。我停下来。但劳儿还是没有回答。她抬眼看我，目的在于向塔佳娜示意我的出现。目的达到了。塔佳娜很快抑制住了一种必然的不快：她想见我的地方是森林旅馆，而不是在这儿和劳儿·瓦·施泰因一起。

从远处看我们三个都处在一种表面上的无动于衷之中。

塔佳娜和我在窥探劳儿的回答。我的心在剧烈跳动，我担心这会被塔佳娜看破，她是惟一会发现的，发现她情人血液中的混乱。我差一点碰着她。我后退一步。她什么也没发现。

劳儿要回答了。我听天由命，听任她以发现我的同样方式了结我。她回答了。我的心睡了。

"我的幸福在那儿。"

塔佳娜·卡尔缓缓地向我转过身来，她带着非凡的冷静，微笑着，让我做她的女友这一表白形式的见证。

"她说得多好。您听到了吗？"

"她说了。"

"但说得那么好，您不觉得吗？"

这时，塔佳娜勘察着房内、客厅尽头热闹的人群，这是劳儿的存在的外在标志。

"自从我再见到你以后我很想你。"

劳儿举止幼稚地用眼睛追随塔佳娜的目光环视一遍客厅。她不明白。塔佳娜让自己既语含训戒又温柔体贴。

"可是若安怎么办？"她说，"还有你的女儿们？你要做什么？"

劳儿笑了起来。

"你看他们来着，原来你看的是这个！"

她止不住地笑，塔佳娜终于也笑了，不过是痛苦地笑，她不再扮演上流社会的淑女，我认出了夜里打电话的那个女人。

"劳儿你让我害怕。"

劳儿吃了一惊。她的惊讶直接冲击着塔佳娜没有坦白的害怕。她揭穿了谎言。完成了。她神情凝重地问：

"塔佳娜你害怕什么？"

塔佳娜忽然什么也不再隐瞒。但没有坦白她害怕的究竟是什么。

"我不知道。"

劳儿又看了一下客厅，向塔佳娜解释一件与塔佳娜想知道的事情不同的事情。塔佳娜落入了自己布下的陷阱，她又重新提起劳儿·瓦·施泰因的幸福。

"可什么都不是我所要的，你知道，塔佳娜，有了的东西，发生的事情，什么都不是我所要的。一切都站不住脚。"

"而如果是你所要的，现在难道不是一样。"

劳儿陷入思考，她在脑中搜寻的表情，她貌似遗忘的神态达到了艺术的完美。我知道她在胡说八道：

"是一样。从第一天起就和现在一样。对我来说。"

塔佳娜叹息，长长地叹息，呻吟着，呻吟着，眼泪几乎夺眶而出。

"可是这一幸福，这一幸福，告诉我，啊！告诉我一点儿什么。"

我说：

"劳儿·瓦·施泰因在遇见他的时候，心里大概就已经有了这一幸福。"

塔佳娜带着刚才动作中的那种迟缓向我转过头来。我脸色苍白。帷幕向着塔佳娜的痛楚刚刚开启。但奇怪的是，她的怀疑并没有立即落到劳儿身上。

"您怎么知道关于劳儿的这些事情？"

她是想说：您又不是女人，不是劳儿那样的女人，您怎么知道？

塔佳娜尖酸刻薄、话里有话的腔调与她有时在森林旅馆里说话的腔调如出一辙。劳儿站了起来。为什么有这样的恐惧？她做出一个逃离的动作，她要把我们两个留在那儿。

"不能这么说，不能。"

"对不起，"塔佳娜说，"雅克·霍德最近几天性情古怪。他胡言乱语。"

电话中她问我是否觉察出我们之间以后、往后有可能以一种不是爱情而是互相爱恋的方式。

"你是否可以这样做：就好像有朝一日让自己适应一下，在我身上找出新意并非全无可能，我将改变我的声音、衣裙，我将剪掉我的头发，什么也不剩下。"

我没有放弃自己所坚持的东西。我对她说我爱她。她挂掉了电话。

劳儿放下心来。塔佳娜再次恳求她。

"给我说说这一幸福，给我说说。"

劳儿没有不快，亲切友好地问她：

"为什么塔佳娜？"

"这算什么问题劳儿。"

这时，劳儿开始搜寻，她的面部肌肉抽紧，她艰难地试图谈她的幸福。

"那一天晚上，黄昏时分，但太阳落山已经有些时候了。出现了一个光线更强的时刻，我不知道为什么，有一分钟光景。我并不是直接看到海。我在面前墙上的一面镜子里看到它。我感觉到有一种非常强烈的欲望要去那里，去看。"

她没有继续说下去。我问她：

"您去了吗？"

这一点劳儿即刻回想起来。

"不。我确信，我没有去海滩。镜中的图像在那儿。"

塔佳娜专注于劳儿，忘记了我的存在。她抓起她的手，亲她。

"再跟我说，劳儿。"

"我没有去海滩，我，"劳儿说。

塔佳娜没有坚持。

劳儿昨天白天去海边匆忙旅行了一次，所以我才没有找到她。她什么也没说。黑麦田的画面在我眼前闪回，突如其来，我痛苦不堪地问自己，我问自己对劳儿还能再抱什么指望。什么指望？我被、我可能被她的疯狂本身给愚弄了？她到海边去找什么，我又没有在那儿，去找什么食粮？远我而去？如果塔佳娜不问这个问题，我就问。她问了。

"你去哪儿了？可以问一下吗？"

劳儿对自己要回答的是塔佳娜·卡尔稍有些遗憾，要不就是我又弄错了：

"T 滨城。"


若安·倍德福，大概也是为了拆开我们这个三人小圈子，放起了电唱机。我没有等待，我甚至都没有问一下自己，我没有考虑怎样做更谨慎些，我邀劳儿跳舞。我们离开了塔佳娜，她一个人待在那儿。

我跳得太慢了，常常舞步迟钝，赶不上节奏。劳儿漫不经心，跟着我跳错。

塔佳娜看着我们绕着客厅艰难地转圈。

终于，皮埃尔·柏涅向她走去。他们跳了起来。

劳儿在我的怀抱里有一个世纪。我以不易觉察的方式跟她说话。由于皮埃尔·柏涅多变的动作，塔佳娜在我们看来被隐匿起来，这样她既不能看见我们，也不能听见我们。

"您去了海边。"

"昨天我去了 T 滨城。"

"为什么什么也不说？为什么？为什么要去？"

"我以为……"

她没有说完，我轻柔地坚持。

"试着跟我说说。以为……"

"您会猜到。"

"这不可能，我应该见您，这不可能。"

塔佳娜露面了，她是否注意到我以急切的方式，在重复着什么话？我们沉默了。然后，再一次地，只有若安·倍德福惊讶的目光看着我们，那目光有些不冷不热，不易觉察。

在我的怀抱中，劳儿迷失了——她突然不再跟着我跳——她步履沉重。

"如果您愿意，后天我们一起去 T 滨城。"

"多长时间？"

"也许一天。"

我们应该在火车站碰头，很早。她对我说了一个具体时间。我应该和皮埃尔·柏涅说一下，提前告诉他那天我不上班。我该这样做吗？

我在杜撰：

塔佳娜想，看他们又沉默了。我有经验，我知道怎样使他落入无声的、忧郁的迟钝，他很难从中自拔，他喜欢这样。他和劳儿·瓦·施泰因所保持的沉默，我觉得他从未和我一起保持过，即便是他第一次来找我的时候，一天下午，皮埃尔不在家的时候，他一句话不说，就把我带到了森林旅馆。我不知道的是：这个说他爱、他想、他要再见我的正在消隐的男人，随着他所说的话而更加消隐。我大概有点儿发热。一切都离我而去，我的生活，我的生活。

重新，乖乖地，劳儿跳了起来，跟上我的脚步。塔佳娜看不到的时候，我将她往后移了移，为了看她的眼睛。我看到了：明澈的目光在看着我。我又看不到了。我使她贴在我身上，她没有反抗，没有人注意到我们，我想。明澈的目光穿透我，我又看见它，现在蒙着水汽，走向了更朦胧的其他东西，没有尽头，它将走向我永远也不会知晓的其他东西，没有尽头。

"劳儿·瓦莱里·施泰因，嗯？"

"啊，是的。"

我把她弄疼了。我从颈间带着热气的一声"啊"中感觉到了。

"应该结束。什么时候？"

她没有回答。塔佳娜的监视又开始了。

我在杜撰：塔佳娜对皮埃尔·柏涅说：

"我应该与雅克·霍德谈谈劳儿。"

皮埃尔·柏涅会搞不清真正的意图吗？他对塔佳娜有着久经考验的爱，他拖曳着这一感情，他将一直拖曳到死，他们是连为一体的，他们的家比任何一个家都更坚固，经历了风霜雪雨。在塔佳娜的生活中，第一项也是最后一项不可推卸的责任，就是总是要回家，不可想象她有一天会逃脱此项责任，皮埃尔·柏涅是她的归路，她的歇息地，她惟一的忠贞。

我在杜撰：

今天晚上，皮埃尔·柏涅，耳朵贴在墙上，感受到了劳儿一直听到的他妻子的声音失常。

在他们的生活中他们此刻的亲近，是我在支付费用，他们之间却从来没有谈到过。

皮埃尔·柏涅说：

"劳儿·瓦·施泰因还病着，您看到了，在餐桌上，她心不在焉，给人印象太深刻了，这大概是让雅克·霍德产生兴趣的地方。"

"是吗？可是她，她适于这样的兴趣吗？"

皮埃尔·柏涅安慰道：

"可怜的女人，有什么办法？"

皮埃尔·柏涅把他的妻子紧紧抱住，他要阻止她那尚处初生状态的痛苦长大成形。他说：

"就我说来，我在他们之间什么也没有注意到，什么也没有，坦白地说，除了我刚说到的这一兴趣。"

塔佳娜有些不耐烦但没有显示出来。

"您要是能好好看看的话。"

"我要这样做。"

另外一张唱片换下了第一张。舞伴们没有分开。他们现在到了客厅的另一头。突然变得众目睽睽的，不是他们的笨拙——现已不再那么明显，而是他们跳舞时脸上的表情，既不是亲切可爱的，也不是彬彬有礼的，也不是彼此厌烦的，而是——塔佳娜有道理——严格遵守着令人窒息的持重。尤其是在雅克·霍德同劳儿说话而劳儿回答他的时候，这一持重中没有任何东西发生变化，没有任何东西能让人略微猜想得出所提问题以及将要做出的回答的性质。

劳儿回答我说：

"要是知道什么时候就好了。"

我忘记了塔佳娜·卡尔，这罪行我犯下了。适才的瞬间我在火车上，她在我身边，好几个小时，我们已经向 T 滨城行驶了。

"为什么现在旅行？"

"因为是夏天。是时候。"

因为我没有回答她，她便向我解释。

"并且应该尽快去，塔佳娜已经盯上您了。"

她停下来。劳儿愿意我杜撰的这些发生在皮埃尔·柏涅与塔佳娜之间吗？

"您愿意这样吗？"

"是的。但您也该这样。她应该一无所知。"

她的言谈神情几乎像个上流社会的女人，她这样做可以让没有塔佳娜和皮埃尔·柏涅那么难缠的观察者们安下心来。

"我会弄错。也许一切都是完美的。"

"为什么再一次去 T 滨城？"

"为我。"

皮埃尔·柏涅真挚地朝我微笑。在这微笑的深处，现在有一种确定、一种警告，那就是：明天，如果塔佳娜哭了，我将被省医院他的那个部门解职。我编造着皮埃尔·柏涅说的谎话。

"您多心了，"他对他妻子说，"他对劳儿·瓦·施泰因完全是无动于衷的。他都没怎么听她说的话。"

塔佳娜·卡尔被谎言包围着，她出现了一阵眩晕，死亡的意念凉水一样涌流，它流洒在这一片灼伤上，它淹没了这一耻辱，它流过来，那时就真相大白了。什么真相？塔佳娜叹息着。舞曲结束了。

我和 U 桥镇的女人跳舞了，很好，并且我和她说话了，我也犯下了这一罪行，带着宽慰，我犯下了。而塔佳娜大概确信罪在劳儿·瓦·施泰因。可是我觉得劳儿·瓦·施泰因使人感兴趣的地方，是我自己发现的吗？难道不是她指示给我的，难道不是她的作为？对于被背叛的塔佳娜来说，今晚，许多年以来，惟一的新奇之处就是痛苦。在我的杜撰中，这一新奇钻透了她的心，在她铺张的厚发中打开了汗水的闸门，剥夺了她目光中堂皇的忧伤，使它变得狭隘，动摇它昨日的悲观：谁知道？也许，情侣们初次外出旅行的白旗即将从离我家很近的地方飘过。

塔佳娜穿过大厅，走过来，要我和她一起跳这曲乐声刚起的舞。

我和塔佳娜·卡尔跳舞。

劳儿坐在电唱机旁边。她看上去像是惟一一个没有注意到我们的人。唱片在她手下滑过，她看上去泄气了。今晚，关于劳儿·瓦·施泰因我相信的是：事情在她的周围清晰下来，她从中突然看到了尖锐的鱼骨，拖曳、转动在世界各地的遗骸，已经被老鼠咬了一半的弃物，塔佳娜的痛苦，她看到了，不知所措，她看到了遍地的情感，人们在这一油脂上滑倒。她相信虚实变换的时间是可能的，它被装满又被倾倒，然后又一直准备为人所用，她还相信着，她将总是相信，她永远不会痊愈。

塔佳娜低声、急促地和我说起劳儿。

"劳儿说幸福的时候，她指的是什么？"

我没有撒谎。

"我不知道。"

不顾体面，这在与雅克·霍德有了交往后是第一次，塔佳娜·卡尔当着她丈夫的面向她的情人抬起脸来，那样近，他都可以把嘴唇放到她眼睛上。我说：

"我爱你。"

话一出口，嘴唇就呈半开状，几个词从中流出，直到最后一滴流尽。可是如果又有命令下达，还应该重新开始。塔佳娜看到他的眼睛，它们在低垂的眼睑下，空前专注地看着她的旁侧、她不在的地方，那里是劳儿·瓦·施泰因放在唱片上的无力的手。

今天早晨电话里，我已经和她说了。

她在侮辱下战栗着，但是打击发出了，塔佳娜被击溃。这几个词，她随时都可以获得，塔佳娜·卡尔，今天她在挣扎，但是她听到了这几个词。

"撒谎，撒谎。"

她低下了头。

"我不能再看你的眼睛，你肮脏的眼睛。"

然后又说：

"你以为有了我们在一起做的事情这就无关紧要了，是吗？"

"不。是真的，我爱你。"

"住嘴。"

她运足气力，努力想击得更远、更有力。

"你注意到劳儿那样子、那身体了吗？和我的相比，它就像死尸一样，毫无意义。"

"我注意到了。"

"你注意到她还有其他什么你可以跟我说的吗？"

劳儿一直一个人，在那儿，唱片在她手下滑过。

"很难。劳儿·瓦·施泰因可以说不是任何言行有则的人。"

带着表面听来如释重负的声音，带着几乎可以说是轻快的语调，塔佳娜·卡尔发出了一个她不了解其后果的威胁，对我来说它包含着一种无名的惊恐。

"听着，如果你待我的变化太大，我就不再见你。"


这曲舞跳完后，我走向皮埃尔·柏涅告诉他我打算第三天一天都不去上班。他没有问我为什么。

然后，我又回到塔佳娜这儿，又一次。我对她说：

"明天。六点钟。我会在森林旅馆。"

她说：

"不。"

我去赴约了，六点钟，说好的那天。塔佳娜大概不会来了。

灰色的身形在黑麦田里。我在窗前待了相当长一段时间。她没有动。看上去好像睡着了。

我躺在床上。一个小时过去了，该开灯的时候我把灯打开。

我起床，我脱下衣服，我重新躺下。我浑身燃烧着对塔佳娜的欲念。我为此哭泣。

我不知道做什么。我去了窗前，是的，她在睡。她来这儿是为了睡觉的。睡吧。我又起来，我又躺下。我抚摸自己。他在和永久迷失的劳儿·瓦·施泰因说话，他安慰着她，使她从一个不存在的而她本人也无从知晓的不幸中解脱出来。他这样度过时间。遗忘来临。他打电话给塔佳娜，请求她来帮助他。

塔佳娜进来了，头发松散，眼睛也是红红的。劳儿在她的幸福之中，承载着这一幸福的我们的忧伤，在我看来是可以忽略不计的。麦田的气味一直飘到我身上。现在塔佳娜的气味将它压下去了。

她在床边坐下，然后缓慢地脱掉衣服，在我身旁躺下，她哭了。我对她说：

"我自己也是处在绝望之中。"

我甚至没有尝试去占有她，我知道我无力这样做。我对麦田里的那个身形有太多的爱，从今往后，太多的爱，完了。

"你来得太晚了。"

她把脸埋在被单里，隔着很远的距离说话。

"什么时候？"

我不能再撒谎。我抚摸着她流散在被单之间的头发。

"今年，今年夏天，你来得太晚了。"

"我不能准时来。正是因为太晚了我才爱你。"

她爬起来，扬起头。

"是劳儿？"

"我不知道。"

还是泪水。

"是我们的小劳拉？"

"回家去吧。"

"那个疯子？"

她大喊大叫。我阻止她，用我的手。

"告诉我是劳儿要不我就喊了。"

我最后一次说谎。

"不。不是劳儿。"

她站起来，赤裸着在房间里走动，走到窗前，回来，又回去，她也变得无所适从，她有些话要说，她迟疑不决，要说的说不出来但还是低声说出来了。她通知我。

"我们将停止见面。结束了。"

"我知道。"

塔佳娜对未来一些天将要接踵而来的事情感到羞愧，她将自己的脸埋在双手之中。

"我们的小劳拉，是她，我知道。"

愤怒重新侵袭了她温情的梦。

"这怎么可能？一个疯子？"

"不是劳儿。"

带着更多的镇静，她浑身发抖。她来到我身旁。她的眼睛死盯着我的眼睛。

"我会知道的，你知道。"

她离开我，她面对着黑麦田，我看不到她的脸，她的脸朝向麦田，然后我又看到了，她的脸色没有变。她刚才在看落日，燃烧般的黑麦田。

"我会去做的，温柔地告诉她，我，我知道，一点儿也不会伤害她，告诉她不要打扰你。她是个疯子，她不会痛苦，疯子就是这样，你知道？"

"星期五，六点钟，塔佳娜，你再来一次。"

她哭了。泪水还在流，从很远的地方流过来，从泪水后面涌过来，同所有的泪水一样被等待，终于如期而至，而我好像记得，塔佳娜看上去并没有对此不满意，还显得年轻了。

就像第一次一样，劳儿已经在站台上了，几乎是一个人在那儿，工人们乘坐的火车更早些，凉风在她的灰披风下吹着，她那在站台石板上拉长的身影映衬在晨光日影之中，交互成一种四散的绿色光线，挂落成无数盲目地窜来窜去的光斑影点，挂落在她那笑意盎然、从远处向我迎来的双眸上，它们肉身的矿石在闪耀，在闪耀，无遮无拦。

　　她没有急赶，火车五分钟后才到，她头发有些凌乱，没戴帽子，她来的时候穿过了一些花园，风在这些花园里横冲直撞。

　　走进那矿石，我发现了劳儿·瓦·施泰因发自全身心的喜悦。她沉浸在喜悦之中。这喜悦的迹象几乎难以置信地明显起来，从她自己整个的生命中喷薄而出。严格地讲，在这一喜悦之中，惟一看不出的，只是它来自何方。

　　一看见穿着灰色披风、穿着沙塔拉制服的她，她就是森林旅馆后面黑麦田里的女人。也不是那个女人。在黑麦田的女人与在我身边的女人，我拥有了她们俩，将她们一起藏在我身上。

　　其余的，我忘记了。

　　在一整天的旅行中，这一情况没有发生变化，她在我身边又与我相离，既是深渊又是姊妹。因为我知道——我以前对什么事物有过这样的了解吗？——她对我来说是不可知的，人们不可能像我接近她这样接近一个人，比她自己更接近如此经常飞离世间生活的她。如果在我之后来的其他人也知道这一点，我接受他们的到来。

我们在站台上漫步，什么也没说。我们的目光一接触到一起，就笑。

在旅客列车与工勤车之间的这列火车几乎是空的，只为我们所用。她是有意选择的，她说，因为这列火车非常慢。我们中午时分到达 T 滨城。

"我愿与您一起再见到 T 滨城。"

"您前天已经再见到它了。"

她意识到她说不说无关紧要吗？

"不，我从来没有完全回去过。前天，我没有离开火车站。我在候车室里。我睡着了，没有您我认为这没有必要。我会什么都认不出来。我坐回程的第一趟车回来的。"

她整个人都跌倒在我身上，绵软无力，羞羞答答。她要求得到拥抱却没用言辞表示。

"在我对 T 滨城的回忆中我无法少了您。"

我拥抱她的身体，抚摸她。车厢空寂得如同一张铺好的床。小女孩，三个，从我的脑际掠过。我不认识她们。长女，是劳儿，塔佳娜说。

"塔佳娜，"她低声说。

"塔佳娜昨天在那儿。您说的对。塔佳娜美妙可人。"

塔佳娜在那儿，如同另外一个人，比如塔佳娜，陷在我们中间，昨天的她和明天的她，不论她什么样。她那灼热、被禁言的身体，我深陷进去，对劳儿来说那是低峰时间，那是遗忘她的美景良辰，我插入，我吮吸着塔佳娜的血。塔佳娜在那儿，为了让我在那儿忘记劳儿·瓦·施泰因。在我的身下，她慢慢变得血色全无。

晚风下的黑麦在这个女人的身体周围微微作响，她在看着我和另外一个女人、塔佳娜在一起的一家旅馆。

劳儿，在我身边，接近着，接近着塔佳娜。如其所愿。中途停车到站时车厢还是空的。我们还是单独在车厢里。

"您愿意我一会儿带您去旅馆吗？"

"我想不行。我有这个愿望。比您更甚。"

没有下文。她抓住我抽回去的手，把它们放在她身上。我说，我恳求：

"我受不了，我要天天见您。"

"我也受不了。应该小心。两天前我回去晚了，我发现若安在街上，他在等我。"

我心生疑惑：前一次，这次之前那次，她是否看到了我在旅馆的窗前？她是否看到了我当时在看她？她自然而然地讲那次的事。我没有问她去哪儿了。她说了出来。

"有时我很晚出门，那一次。"

"您又重新这样做了？"

"是的。但他不再等我。这就严重了。至于我们两个的见面，不能天天这样，因为有塔佳娜。"

她又蜷缩起来，闭上眼睛，不再说话，专心致志。她心满意足地在我的身旁深深地呼吸。在我的手下、在我的眼前看不出她有任何差异的迹象。可是，可是。此时此刻谁在那里，这么近又这么远？什么样飘荡的思绪此起彼伏，在夜里、日里所有的光影之下，将她缠绕不休？甚至在此时此刻？在我可以相信她就像其他女人一样在这列火车上、在我身旁的此时此刻？在我们周围，是墙：我试图爬上去，我攀住，我掉下来，我重新开始，也许，也许，我的理智没有变化、无所畏惧，我掉下来。

"我想和您谈谈我爱您所感到的幸福，"她说，"几天以来我一直需要和您说一说。"

阳光透过车窗洒在她身上。她的手指摆动强调着她说的话，然后又落到她的白裙上。我看不见她的脸。

"我不爱您可是我又爱您，您理解我的。"

我问：

"您为什么不自杀？您为什么还没有自杀？"

"不，您弄错了，不是这么回事。"

她不带忧伤地说。如果我弄错了，那也没有别人错得严重。关于她，我只能从更深层的地方弄错。她知道这一点，她说：

"您这是头一次弄错。"

"您高兴吗？"

"是的。尤其是以这种方式。您这样接近……"

她讲了实际地爱着的幸福。在她日复一日的生活中，与一个不是我的男人在一起，这幸福波澜不兴地存在着。

几小时以后或几天以后，什么时候结局会到来？人们将很快把她收回。人们将安抚她，在沙塔拉她的家中她将被温情包围。

"我对您有所隐瞒，真的。夜里我梦想着和您说。可是白天一到一切烟消云散。我理解。"

"不应该什么都对我说。"

"不应该，不。您瞧，我没有说谎。"

自她去 T 滨城旅行之后，三个夜晚以来，我为她的另一次旅行提心吊胆。恐惧并没有随黎明散去。我没有对她说我在她散步时跟踪她，并且每天都去她家门前。

"有时在白天，可以想象没有您，我毕竟认识您，但您不在那里了，您也消失了；我没有做蠢事，我散步，我睡得很好。自我认识您后，不和您在一起我感觉很好。也许是在这些时刻，当我得以相信您消失了……"

我等着。当她寻找时，她还是可以继续说下去的。她寻找。她合上的眼皮不易觉察地与她的心一起跳动着，她很镇静，今天她高兴说话。

"……的时候我感觉最好，我应该的那样。"

"痛苦什么时候会重新开始？"

她惊讶。

"不。不是的。"

"从来没有过？"

语调变了，她隐藏着什么。

"您瞧，这、这不是很奇怪吗？我不知道。"

"从来、从来没有？"

她寻找。

"当家务做得不好的时候，"她抱怨起来，"不要问我问题。"

"问完了。"

她重新镇静起来，她表情严峻，她在思考，过了很长的一段时刻，她喊出了她的思考。

"啊，我真想能把我的可憎之处给您，因为我长得丑，这样别人不会爱上我，我想把它给您。"

"您给我了。"

她稍稍抬起头来，一开始有些惊讶，然后一下子，由于过分激动而变老、变形，这使她失却了她的优雅、她的细致，使她变得肉感。我想象着她的裸体在赤裸的我身旁，她一丝不挂。奇怪的是，头一次，我在瞬间想到如果那一时刻来临我也许会无法承受。劳儿·瓦·施泰因的身体，如此之远，可又与它自身相融相洽，离群索居。

她继续讲她的幸福。

"大海在候车室的镜子里。这时候海滩上空无一人。我坐的是一列非常慢的火车。洗海水浴的人都回去了。大海就像我年轻时的一样。那时候，甚至在那之前，您根本没在这座城市。如果我相信您就像别人相信上帝一样，我会问自己为什么是您呢，这有什么意义？不过海滩上空无一人，就如同上帝没有完成它一样。"

我又给她讲大前天在我房间里发生的事情： 我仔细打量了我的房间并且移动了各种物件，偷偷摸摸似的，并且考虑如果她来了她会有什么看法，也考虑到她在这些物件中的位置，她走来走去，它们则是纹丝不动的。我在想象中把它们移动了那么多次，以致一种痛苦攫住了我，某种不幸留驻在我手中，那就是不能确定这些物件在她的生活中所处的确切位置。我打了退堂鼓，我不再试图将活的她放到死的物中间去。

我对她讲的时候手没有放开她。应该一直抓着她，不要放开她。她待着。她说着。

我理解她要说的意思： 我所讲的关于我房间的物件，是与她的身体有关的，这让她产生联想。她带着她的身体在城市里走。但这还不够。她还问自己这身体应该在哪儿、应该准确地把它放在哪儿，才能让它停止抱怨。

"我不比以前知道得少很多。我很长时间都没有把它放在它应该在的地方。现在我觉得我接近它会感到幸福的地方。"

我用张开的手以越来越急切和粗鲁的方式触摸她的身体时，通过她的脸也只有通过她的脸，她感受到了爱的快感。我没有弄错。我这么近地看着她。她炽热的呼吸燃烧了我的唇。她双目死闭着，当它们再睁开时，我也第一次看到了她昏迷的目光。她虚弱地呻吟着。目光浮出水面，落在我身上，忧郁且空洞。她说：

"塔佳娜。"

我让她放下心来。

"明天。就在明天。"

我把她抱在怀里。我们看窗外景色。到了一站。车停下来。一个小城围绕着一个新漆成黄色的市政厅。她开始具体回忆起地点来。

"这是 T 滨城的前一站，"她说。

她说，她自言自语。我专心致志地听着一个有些不连贯、对我毫无意义的独白。我听着她的记忆在运转，在理解着她一个个叠放在一起的空壳，如同在做着遗忘了规则的游戏。

"那儿有小麦。成熟的小麦。"她补充说——"多有耐心啊。"

她是乘这列火车坐在这样的一个车厢里回去的，周围是她的父母在擦拭她额头上流的汗，他们让她喝水，让她躺在座席上，母亲称她为她的小鸟、她的美人。

"这片树林，火车从更远处经过。田野里一点儿影子都见不到，可那天却是阳光灿烂的，我眼睛疼。"

"可是前天有太阳吗？"

她没注意。前天她看到了什么？我没有问她。她目前正处在连续认出地点、事物的一个机械性进程中，是这些东西，她不会弄错，我们正是在开向 T 滨城的火车上。她在一个好像对她暂时有用的脚手架上堆集着树林、小麦、耐心。

她非常专注于她寻求重见的东西。她是头一次这样远地离我而去。可是，时不时地她就朝我转过头来并向我微笑，就像——我不该如此认为——某个不会遗忘的人一样。

接近在缩短，困扰着她，最后她几乎一直说个不停。我没有全部听到。我一直把她抱在怀里。就像有人吐了，我们轻轻抱住他。我也开始看这些不可毁灭的地点，它们此时成了我来临的地点。我进入劳儿·瓦·施泰因记忆的时辰到了。

舞会将是旅行的尽头，它像沙中塔一样倒塌，就像此时此刻的旅行本身。她生平最后一次再见到她这一记忆，她将它埋葬。将来她会记起的，是今日这一视见、身旁的这一陪伴。它会像现在的沙塔拉一样，在她目前的脚步下被毁弃。我说：

"啊，我真爱您。我们怎么办？"

她说她知道。她不知道。

火车更趋缓慢地在阳光明媚的田野上行驶。地平线越来越清晰。我们将在吉时良辰到达一个阳光普照的地区，阳光使海滩上空无一人，将是中午时分。

"当您就像那天晚上那样看着塔佳娜却对她视而不见时，我觉得好像认出了一个被忘记的人，舞会中的塔佳娜本人。这样，我就有些害怕。也许我不该再看到你们在一起，除非……"

她很快地说话。也许这次她说的话是被火车的第一下刹车打断的：我们到了 T 滨城。她站起身，来到车窗前，我也站起来，我们一起看到迎面而来的海水浴场。

在直射的光线下熠熠生辉。

这就是大海，风平浪静，在一片疲乏的蓝色中因海底的深浅不同而呈现出变幻的虹色。

火车向它低驶过去。大海上面，齐天高的地方，悬挂着一片紫色的雾，阳光此刻正破雾而出。

可以看到海滩上只有很少的人。海湾那壮观的曲线被一大圈更衣室装点得五颜六色。错落有致、洁白高耸的路灯给这个地方平添了一种都市大道的高傲姿态，一种奇怪的高度，城市的高度，就好像大海曾经延伸到城市，自童年以来。

在 T 滨城的市中心，是市立娱乐场，乳白的颜色，像只庄重的大鸟，它那规整的围着栏杆的双翼，它那悬垂的阳台，它那绿色的穹顶，它那垂向夏日的绿色的遮帘，它的大而无当，它的鲜花，它的天使，它的装饰，它的金银，它一如既往的洁白，似奶、似雪、似糖。

在尖锐、拖长的刹车声中，它缓缓地驶过。它停下来，看来是完全停下来了。

劳儿笑了，开着玩笑。

"T滨城的娱乐场，我可是认识的。"

她走出车厢，在过道上停下，思考。

"我们不至于还在候车室里待着吧。"

我笑了。

"不。"

在站台上，街上，她挽着我的手臂走，我的女人。我们走出了我们的爱之夜、火车的车厢。由于有了我们之间所发生的事情，现在我们彼此的触碰就更容易、更亲近了。我现在了解她如此温柔的脸——还有她的身体、她的眼睛、她去看的眼睛也是温柔的——的力度和敏感，它沉浸于浮在肌肤平面的无休止的童年的温馨之中。我对她说：

"一起坐火车后我更了解您了。"

她理解我要说的是什么意思，她放慢脚步，好像要克制住后退的欲望。

"您现在参加了人们十年以来不要我做的这一旅行。他们真蠢。"

走出火车站，她在街上左右张望，在行走方向上犹豫不决。我把她带到娱乐场的方向上，此时娱乐场的主体建筑被城市遮挡着。

在她身上什么也没发生，除了表面上认出什么东西，总是非常纯粹、非常镇定，也许有点儿自得其乐。她的手在我的手中。原本的回忆早于这一回忆，早于回忆自身。在T滨城发疯之前她原是头脑清醒的。我讲什么呢？

我说：

"这个城市将对您一点儿用也没有。"

"我会记住什么呢？"

"来这里就像在沙塔拉一样。"

"这里就像在沙塔拉一样，"劳儿重复。

街很宽，和我们一起走向大海的方向。迎面来的年轻人顺坡而上，有的穿着游泳裤，有的穿着鲜艳的连衣裙。他们有着同样的肤色，头发因沾过海水而顺贴，他们看上去要回到家庭成员非常多的同一个大家庭中。他们分手，道别，约好一会儿再见，大家一起到海滩上。他们大部分都是回到有家具的单层小屋中，越往前走，他们走过的街上就越显得冷清空落。女人们的声音喊着一些小名。孩子们回答着来了。劳儿带着好奇凝视着她的青春。

我们不知不觉就来到了娱乐场。在我们左边，一百米的地方，它在那儿，在一片草坪中央，从火车站我们看不到它。

"我们过去吧，"劳儿说。

一条长长的走廊穿越娱乐场，一头通向大海，另一头通向 T 滨城的中心广场。

T 滨城的市立娱乐场里，一个人都没有，除了门口存衣处的一位妇人，以及一个穿着黑衣背着手踱着方步的男人，他打着哈欠。

有花枝图案的暗色的大幕帘，关闭着所有的门窗，横穿走廊的风将它们吹得不停地摆来摆去。

风吹得稍强些时，可以看到关闭的窗子后面空寂的大厅，一个游戏厅，两个游戏厅，一些覆盖着绿钢板大转盘的上了锁的赌桌。

劳儿在每一个门口都要探探头，笑一笑，就好像这再见的游戏让她很开心。这笑传染了我。她之所以笑，是因为她在寻找某些她以为会在这里找到、她应该找到的东西，而她又找不到。她走过来，又走过去，掀开一个幕帘，探过头去，说不是这个，不用说，不是这个。她让我见证着她每次落下幕帘时的徒劳无功，她看我，她笑。在长廊的阴影中，她的眼睛闪闪发光，明亮照人。

她的眼睛什么都不放过。包括通知晚会、竞赛的布告，陈列珠宝、衣裙、香水的橱窗。除我以外的其他人在此刻会弄不清楚她的意图所在。我成了一种出乎意料的、不可抗拒的快乐的旁观者。

踱方步的男人向我们走来，向劳儿倾下身去，问她是否需要他的服务，他是否可以帮助她。劳儿窘迫地转向我。

"我们找舞厅。"

男人和蔼可亲，他说在这个时辰，娱乐场当然是关门的。今晚，七点半钟。我解释着，我说我们看一眼就心满意足了，因为我们年轻时来过这里，为了再看一看，我们只想看一眼。

男人笑了，理解了，让我们跟他走。

"全关上了。你们看不清楚。"

他转到与前一条走廊成直角排列的走廊上：刚才这样走才对。劳儿止住了笑，她放慢脚步，落在后面跟着我们。我们到了。男人掀起一个门帘，还没有看见什么，他问我们到底是否记得舞厅的名字，因为娱乐场有两个舞厅。

"闲言厅，"劳儿说。

"喏，就是这儿。"

我们进去。男人放下门帘。我们是在一个相当大的厅里。围绕中央舞池摆着一些桌子。一侧有一个用红幕布遮蔽起来的舞台，另一侧是一条两边有绿色植物的过道。一张铺着白色桌布的桌子在那儿，窄而长。

劳儿看着。在她身后我试图将我的目光紧紧跟随她的目光，这使我开始回忆，每一秒钟都更多地回忆起她的回忆。我回忆起与见过她的那些人相毗连的事件，我回忆起黑暗的舞厅之夜中模糊瞥见旋即消逝的近似轮廓。我听到了一段没有历史的青春的狐步舞曲。一个金发女子在放声大笑。一对情侣向她走来，缓慢的火流星，爱的初生的下颌，她还不知道这意味着什么。次要事件的劈啪作响，母亲的叫喊，出现了。宽广且阴沉的黎明草地到来了。一阵壮观的沉静掩盖了一切，吞噬了一切。一点痕迹留存下来，一点。惟一的，不可磨灭的，还不知道在哪儿。什么？不知道？一点痕迹都没有，一点都没有，一切都被掩埋了，劳儿与一切。

男人走着，在走廊门帘的后面走来走去，他咳嗽着，他没有等得不耐烦。我走近劳儿。她没看见我过来。她断断续续地看，看不清楚，闭上眼睛为了更好地睁开，更好地看，她的表情认真、固执。她可以这样无休止地再看下去，愚蠢地再看不可能再被看到的东西。

我们听到了一声电源开关响，大厅被十盏吊灯一起照亮，劳儿发出一声叫。我对那男人说：

"谢谢。不用了。"

男人关上灯。大厅由于光线对比的缘故变得更黑暗了。劳儿走出来。男人在门帘后等着，面带微笑。

"有很长时间了吗？"他问。

"噢，十年了，"劳儿说。

"那时我在这儿。"

他改变了表情，认出了劳拉·施泰因小姐，闲言厅里不知疲倦地跳舞的女孩，十七岁，十八岁。他说：

"对不起。"

他大概知道后来发生的故事，我是这样看的。劳儿完全没有注意到被这人认出来。

我们从通向海滩的大门出来。

我们毫不迟疑地去了海滩。坐了半天的火车，劳儿伸着懒腰，长长地打着哈欠。她笑了，她说：

"早晨起那么早，我都困了。"

阳光，大海，它降低，降低，身后留下天蓝色的沼泽。

她躺在沙滩上，看着沼泽。

"我们要去吃饭，我饿了。"

她睡着了。

她的手和她一起睡着了，放在沙子上。我摆弄她的结婚戒指。戒指下面的肌肤更加白皙、细腻，像伤疤上的一样。她什么都不知道。我取下戒指，我闻它，没有味道，我重新给她戴上。她什么都不知道。

　　我没有试图同劳儿·瓦·施泰因致命的无味记忆抗争。我睡了。

她一直在睡，姿势都未变。她睡了一个小时了。阳光略微斜照过来。她的睫毛被照出了影子。有一点儿风。她的手还在她刚睡时放的地方，向沙子里更陷进去一些，看不见她的指甲。

我醒之后她很快就醒了。这边的海滩人很少，泥沙多，人们都去远处、几公里以外洗浴，海水很低，是平潮的时刻，下面有一些愚蠢的海鸥在叽叽喳喳。我们相互打量。我们相遇不久。我们首先惊讶。然后我们找到了我们现在的记忆，美妙、清新的早晨的记忆，我们拥抱，我把她抱紧，我们就这样待着，没有说话，一个字也没有说出，一直到海滩的另一边、洗浴的人聚集的地方——劳儿脸埋在我的脖颈中看不见——有了一阵人群攒动，大家聚集在某个东西周围，也许是条死狗。

她站起来，带我到一个她认识的小餐馆。她饿极了。


我们就这样在 T 滨城，劳儿·瓦·施泰因和我。我们吃着。其他的进展本来可以出现，其他的运行，在处于我们这个位置的其他人之间，有着其他的名字，其他的时限本来可以生成，更长一些或更短一些，其他的充满遗忘、向遗忘垂直下坠、猝然进入其他记忆的故事，其他的有着无尽的爱的长夜，我知道什么？这与我无关，劳儿是对的。

劳儿吃着，她在充饥。

我拒绝可能使我们分开的终结的到来，拒绝它的轻而易举、它令人神伤的简单易行，而既然我拒绝这一个，我就接受了另一个，一个有待发明的、我所不知的、还没有人创造出来的终结：劳儿·瓦·施泰因没有终结的终结，没有终结的初始。

看着她吃，我在遗忘。

我们无法避免在 T 滨城过夜。这一明显事实在我们吃饭时落到我们头上。它与我们巩固在一起，我们忘记了会有别的做法。是劳儿说的：

"如果您愿意，今晚我们就留在这儿。"

我们不能回去，确实如此。

我说：

"我们留下来。我们没有其他办法。"

"我要给我的丈夫打电话。我在 T 滨城留下的理由还没有充分到让他……"

她补充说：

"过后，我会非常听话。既然我已经跟他说我们的故事已经结束了，难道我，我还不能改变一下吗？我能，您瞧。"

她抓住这一信念不放。

"看着我的脸，应该看得出来，对我说我们不能回去。"

"看得出来，我们不能回去。"

她的眼里不间断地溢满滚滚而来的泪水，她含着泪笑，我不了解这一笑。

"我要和您在一起，但要依我所愿。"

她让我去订一个房间。她要在海滩上等我。

我去了一家旅馆。我订下房间，我问，别人答，我付钱。我和她一起在等我自己：大海终于涨潮了，海水一块一块地淹没了蓝色的沼泽，沼泽带着同样的缓慢渐渐地失去了自己的个性，与大海融为一体，这片沼泽这样了，其他的在等待着它们的轮回。沼泽的消亡使劳儿充满了糟糕的忧伤，她等待，预料、看到了这一消亡的出现。她认出了它。

劳儿梦想着另一种时光，在那里，将要发生的同样的事情会以不同的方式发生。另外的方式。千遍万遍。到处发生。不分彼此。在其他人之中，成千上万的人，和我们一样，梦想着这种时光，不可避免。这一梦想传染了我。

　　我不得不为她脱去衣服。她自己不会去做。她现在赤身裸体。谁在那儿，在床上？她认为是谁？

　　躺着的她一动不动。她忧心忡忡。她一动不动，待在我把她置放的地方。当我也脱下自己的衣服时，她用眼睛满房间跟随着我就像在看一个陌生人。这是谁？危机出现了。我们在此刻的处境，我们单独在这个房间里的情形，她和我，引发了这一危机。

　　"警察在下面。"

　　我没有反驳她。

　　"楼梯上在打人。"

　　我没有反驳她。

　　她认不出我，一点儿也认不出。

　　"我不明白了，是谁？"

　　然后，她艰难地辨认我。

　　"我们要走。"

　　我说警察会把我们抓起来。

　　我在她身旁、在她紧闭的身体旁边躺下。我闻到了她的气味。

我抚摸着她，眼睛没有看她。

"哎，您把我弄疼了。"

我继续。在触摸中我辨识出一个女人的身体的岗峦起伏。我在上面画了一些花。她不再抱怨。她不再动，大概记起她是和塔佳娜·卡尔的情人在一起。

可她这时终于怀疑起这一身份来，她惟一识别的身份，她惟一一直在要求、至少在我认识她的时候要求的身份。她说：

"是谁？"

她呻吟着，要我告诉她。我说：

"塔佳娜·卡尔，比如。"


我疲乏不堪，精疲力竭，我让她帮我：

她帮我。她会。在我之前是谁？我永远也不会知道。我无所谓。


然后，在喊叫之中，她辱骂起来，她同时恳求、乞求再要她或饶了她，被围捕的她试图逃离房间，逃离床，却又赶过来为了被捕获，乖乖地被捕获，在她与塔佳娜·卡尔之间不再有区别，惟一不同的是她的眼中没有愧疚之色，另外她有对自己的指称——塔佳娜不指称自己——并且用两个名字指称：塔佳娜·卡尔和劳儿·瓦·施泰因。


是她把我叫醒的。

"该回去了。"

她穿好了衣服，灰披风在身上，站着。她继续与夜里的她保持相像。她样子很规矩，因为她本来还想留下来，本来想一切重新开始却发现不该这样。她目光低垂，她一点儿也没有提高的声音放慢了。

在我穿衣服的时候她走到窗前，而我也避免再接近她。她提醒我应该在六点钟到森林旅馆见塔佳娜。她忘记了很多事情，却没有忘记这一约会。


在街上，我们互相看了看。我叫她的名字，劳儿。她笑了。

车厢里并不是只有我们俩，应该小声说话。

她应我的要求谈起麦克·理查逊。她说他非常喜欢打网球，他写了一些诗她觉得很美。我坚持让她说说。她能给我说得更多些吗？她能。我痛苦不堪。她说着。我还要求。她慷慨大度地赐我痛苦。她背诵着在海滩上的那些夜晚。我要知道得更多。她给我说了更多。我们笑着。她就像第一次、在塔佳娜·卡尔家时那样说话。

痛苦消失了。我对她说。她不再说话。

结束了，真的。她可以向我讲述关于麦克·理查逊的一切，她所要讲的一切。

我问她是否相信塔佳娜会告诉若安·倍德福在我们之间发生了某些事情。她听不懂这个问题。但是听到塔佳娜的名字，想起那个对自己的命运还懵懂无知的黑发小脑袋，她笑了。

她没有谈塔佳娜·卡尔。

我们等最后的乘客下了车才走出车门。

对劳儿的远去我还是感受到几多艰难。什么？等一下。我让她不要马上回去，时间还早，塔佳娜可能在等着。她预想到这一点？我不相信。她说：

"为什么今天晚上？"


我到森林旅馆时，夜幕降临了。

劳儿比我们来得早。她在黑麦田里睡着了，疲惫不堪，因我们的旅行而疲惫不堪。

# 有关劳儿的一些背景材料

　　在诅咒世界的毁灭、兆示大地的沉沦方面，玛格丽特·杜拉斯从不吝惜笔墨，人们不仅能看到《毁灭，她说》（一九六九年）这样意指明晰的书名，也能听到她作品中人物的妄语谵言："让世界消亡！让世界消亡！"（《卡车》，一九七七年）早已将虚构与现实、文学与生活的界限打破的女作家，在作品之外更是无时无处不在激扬着她的愤懑与厌世。一九七九年的一天，在极度消沉、濒于自绝（这早已不是第一次了，正如她酒精中毒被送进医院急救一样）的边缘，她与一位打过电话来的朋友又谈到了"世界的末日"，并使用了"沉没"这个词。朋友问她："您真的认为末日将临吗？请设想一下，一个世纪以后再没有人读您的作品了。"她马上回答："我？我的作品会有人读的。在盖洛普民意调查上，我属于人们最后还要读的那一打作家中的一个。"

　　不难看出，对杜拉斯来说，写作的诱惑还是大于死亡的冲动，而对其作品在她死后是否有读者的在意更胜于"时日何丧，予及汝皆亡"似的"终极关怀"。人们无法知道她希冀传世的是哪些作品，也很少有作家像她那样懂得什么是文学时尚，但从她自己的倾向、作品本身的价值尤其是作品所提出的问题看，这里面大概至少有这部与童话《睡美人》有互文关系的经典之作，小说《劳儿之劫》，或译《劳儿的劫持》。

　　这是一部奇特的小说，从书名开始就浸透着某种隐晦和歧义。事实上，国内法语界人士尚未就书名达成一致，有的译成《洛尔·

维·斯坦的迷狂》，有的译成《劳拉·维·斯坦的沉醉》。《劳儿的劫持》也是个无奈的选择。法文书名 Le Ravissement de Lol V. Stein 中，定冠词 le 与介词 de 除外，只有女主人公的父姓 Stein 较少疑问，"施泰因"是日耳曼语系中的姓氏（书中交待劳儿的父亲原籍德国），在杜拉斯的文学世界中，它常常与犹太性相连。至于 Lol V.（劳儿·瓦），那是 Lola Valerie（劳拉·瓦莱里）的简写、缩写，书中女主人公在发疯后就是这样自称并这样让人称呼她的。论者一般都注意到从 Lola 到 Lol 的转换中名字的西班牙性及女性特质的减损与消失，从 Valerie 到缩写 V.的变动中真实名字的隐藏与截断。至于难以定夺的 Ravissement，它是杜拉斯有意选用的多义词，主要有"强夺、绑架、劫持"与"迷狂、狂喜、迷醉"两层意思，也与宗教的乐极升天及世俗的诱拐妇女有些关联。依杜拉斯本人的说法："这本书应该叫做 Enlèvement（劫持、诱拐），之所以用 Ravissement，是想保留它的歧义。"（《法兰西文学报》，一九六四年四月三十日至五月六日）然而，即便做出了"劫持"的选择，书名还是令人困惑：劳儿到底是劫持的主体还是被劫持的对象，也就是说，她是劫持者还是被人劫持？或许，这正是作者设置的诱饵，正如拉康所说"劫持者乃杜拉斯本人"，是我们读者被杜拉斯诱拐、劫持，中了魔一样被吸引到她的文本世界之中，与她的笔下人物一起经受着某种痴迷、狂乱。

至于女主人公劳儿乃至整部小说的来历，据法国符号学家让-克罗德·高概教授在《杜拉斯文本的符号学分析》中记载："有一天［杜拉斯］去一家治疗心理脆弱患者的医院。里面的男女通常是一些接受药物治疗的病人。她到的那一天，是一个节庆的日子。大家在庆新年，有一个舞会。进入舞厅的时候，病人在跳舞，当然有些人病症严重得一眼就能让人看出他们是病人。在那里跳舞的其他人中有一位年轻女人面部绝对平静。她跳得如此之好，人们会误认为她一点儿病也没有。可是，这是一个精神分裂症患者，病情非常严重。正是看到了这么个人才使杜拉斯产生了写一部精神病人的书的灵感，后来就写出了《劳儿之劫》。"（《话语符号学》，北京大学出版社，一九九七年）

《劳儿之劫》一发表，就引起了广泛的争议。从当时发表的一些主要书评文字中可以窥见其反响之一斑。

雅克琳·皮亚捷（《世界报》，一九六四年四月二十八日）：

据书名看，应该把《劳儿之劫》当作一次着魔来接受。除此之外，该书是让人不适、令人生厌的。［……］

玛格丽特·杜拉斯意图何在呢？描写一例神经官能症还是把握女性在爱情痛苦的反弹上的极端显现？［……］

神经官能症、痴迷着魔、被过去的创伤纠缠不休，难道这些主题不都令人想起罗伯-格里耶的《去年在马里昂巴德》吗？［……］但是杜拉斯并没有凭借自己的想象力将两人之旅贯彻到底。［……］她的作品中最缺少的，便是对着魔迷狂的演绎阐发。她很快就跌落到自己的世界之中，这世界自《如歌的中板》以后越来越局限于爱的创伤。

罗贝尔·康泰（《费加罗文学报》，一九六四年五月七日）：

读《劳儿之劫》，首先让人有点怀恋《昂代斯玛先生的午后》行文的完美、自如［……］但过不久便会注意到本书中的缺陷恰是它的长处所在［……］，对话的作用只是为了让我们去感受沉默的内涵［……］，那些看来叙述得很笨拙的场景是为了向我们提示某些缺失、某些空洞、甚至是某种虚无。我们之所以有这样的感受，大概是因为这一虚无也在我们的生活之中，而我们也不愿意对它有一个更清醒的认识。

**女基督徒独立青年团阅读委员会：**

　　一个知晓事物等级之所在的基督徒面对这部贫瘠的作品不可能不表示惊讶，作者的聪明和才智不足以掩盖书中内容的空乏。[……]

　　所有的叙述都以冷峻、客观的方式进行，自始至终没有任何道德判断介入。俨然一份临床报告。冰冷的语调为这一极其险峻的叙事添上了某种高洁的色彩，而这种高洁又通过非常古典、纯粹的语言得到强化。可是，这种对神经官能症的研究还属于文学吗？[……]

　　玛格丽特·杜拉斯在现代小说中占据着首要的位置。人们不可忽视她写的书[……]。但是，喜欢她以前作品的人这次定将对这本书感到失望，即便它对应着"一种新美学"。

　　《劳儿之劫》看来是部失败之作。

**克洛德·莫里亚克（《费加罗报》，一九六四年四月二十九日）：**

　　这也许是玛格丽特·杜拉斯最美的小说。令人困惑并且有着看似简单的假象。[……]

　　玛格丽特·杜拉斯身上所迸发的，是才华和聪慧。在文学事业中，没有比女作家听凭其感受去理解、去阐释更罕见、更美的了。聪明才智在这里服务于她随着迹象的出现去破解、去翻译的本能。

　　这部小说技巧娴熟细腻。它得到"新小说"作家的赞美，他们从中发现了他们自己所关注的事情，但杜拉斯却以一种个人的方式和语气将其表达出来[……]玛格丽特·杜拉斯停留在句子的表层、面部的平面。但是，借助她独特的才能，她懂得在词语的闪烁模糊及动作的犹豫不决中截取出更深层的隐秘来。

克洛德·鲁瓦（《解放报》，一九六四年四月七日）：

　　《劳儿之劫》是一部独特的作品，首先是晦涩难懂[……]。玛格丽特·杜拉斯的小说和电影剧本是一些悲剧诗篇，其中的人物常处在一个放大并加强着日常特征的危机时刻。[……]
　　杜拉斯运笔强劲且迟缓地表达出生命中的这些时刻，这样的时候我们感受到自己是无能为力的旁观者，在命运面前感到迷惑、恐慌不安；她用慢镜头的手法表达一些与撞车、垂死和地震相类似的事故，[……]
　　"世上的任何爱也不能代替爱本身，"杜拉斯的一部小说（《塔尔奎尼亚的小马》）中有个人物如是说。她所有作品要表达的别无其他。[……]与玛格丽特·杜拉斯堪为同类的不是新小说的作家们，而是写出了伟大的形而上中短篇小说的契诃夫。

　　劳儿甚至牵动了结构主义大师、心理学家雅克·拉康的神经，他为此专门著有《向写了〈劳儿之劫〉的杜拉斯致敬》（一九六五年）一文，开始了对这部小说的精神分析解读。而杜拉斯本人对拉康在"致敬"中所流露出的男权中心思想的不满，作品本身的女性人物——男性叙述者——女性作家写作方式及其所提出的问题，又使得对小说的女权主义批评形成不小的规模。可以说，是拉康的"致敬"使得《劳儿之劫》受到了知识界先锋派、精神分析学家及女权批评家的广泛关注，从而激发了文学评论界对杜拉斯与《劳儿之劫》的研究热情；又是拉康的盛名及其一以贯之、在"致敬"中丝毫不见藏掖的矫饰语言与晦涩文体，吓跑了许多的普通读者，使《劳儿之劫》渐渐被公众视为难读、难懂的作品，杜拉斯本人也因而渐有了隐晦作家之名，直到一九八四年《情人》的成功才使她重新"通俗"。

尽管小说中劳儿的女友塔佳娜将劳儿的病因部分地归咎于劳儿少时就有的某种心不在焉、某种若有所失、某种心智不全，拉康还是像书中叙述者雅克·霍德一样，更倾向于考察"舞会事件"本身。在拉康看来，构成场景即所谓"原始场景"的，是舞会中两个一见钟情的男女跳舞时的忘我与沉醉(Ravissement)，众目睽睽之下劳儿成了被排除在外的第三者：一个女人突然出现，就"劫持"了她的未婚夫。整部小说可以说是这一场景的不断回闪与重现，它与另一个幻象中的场景一起不断缠绕着劳儿：她的未婚夫在他们去过的旅馆房间里"为另一个女人、一个不是她劳儿的女人脱下衣服"。劳儿走向了沉默与沉睡，十年一梦的婚姻生活，却在自己的家门口被另一对情人的亲吻唤醒。她走进这个二人世界，"劫持"了女友的情人，以欲望的主体身份重演了"原始场景"的三人剧。

只是，在拉康看来，这不是能导致"治愈的事件"，新的三人剧更像是系了个更紧的打不开的结，劳儿沉溺于更强、更深的欲望之中："看"。她的"看"动摇着雅克的"我思"，分裂了认识的主体，"使叙事的声音变成了叙事的焦虑"，使叙述者——男主人公无所适从、不知所终。正如拉康所说："这种三人的存在，是劳儿安排的。正是因为雅克·霍德的'我思'以过于接近[病者]的治疗——小说结尾处他陪她'朝拜圣地'而不是让事件发生——缠绕着劳儿，劳儿才变疯了[……]小说的最后一句话将劳儿拉回到黑麦田，看来是一个不够果断的结尾，它让人猜想应对那种令人感动的理解有所提防。被理解不适合劳儿，'劫持'是不可救药的。"

拉康认为，创作了劳儿这一人物形象的杜拉斯走在了精神分析之前，应该向艺术家"致敬"："尽管玛格丽特·杜拉斯亲口告诉我说，她不知道在她所有的作品中劳儿来自何方，并且我自她其后的话中也能隐约看到这一点，但我认为一个精神分析学家有权采取的——或许不被如此认可的——立场的惟一好处，便是继弗洛伊德之后提醒人们：在这一方面，艺术家总是走在他前面，他没有必要在艺术家为他开辟了道路的地方再以作为心理学家而自鸣得意。""我在《劳儿之劫》中正是认识到这一点，玛格丽特·杜拉斯看起来不需要我也知道我教授的东西。"文章最后，论及"精神分析的伦理"时，拉康甚至将玛格丽特·杜拉斯与写了《七日谈》的玛格丽特·德·那伐尔及"年鉴学派"史学家吕西安·费伏尔相提并论，称赞杜拉斯描述了"生之磨难"的"真历史"，创造了"个人灵魂的神话"，说她在"以无可名状之物礼赞空虚生命之无语婚庆"的时候，为"无望之慈善注入了生机"。

可是，对拉康的"致敬"，杜拉斯似乎并不十分领情。当然，能得到拉康的好评和善解是让她高兴的，她也表示出起码的礼尚往来："关于《劳儿之劫》，人们对我说的最漂亮的话出自一个批评家之口，类似说'《劳儿之劫》是我写的'。"但是，女性作家的敏感马上使她显示出对男权中心式话语的反感："是谁让劳儿·瓦·施泰因从棺材中走出来的？不管怎么说，是个男人，是拉康。"（《话多的女人》，一九七四年）对"杜拉斯看起来不需要我也知道我教授的东西"这句话，杜拉斯更是总要抑制不住地抨击："这是男人、主人的话。至少是有权力的男人的话，显而易见。作为参照

136

的，是他。'我教授的东西'，她，这个小女人，居然知道。这份敬意是巨大的，但这份敬意最后绕到他自己头上去了。"(《玛格丽特·杜拉斯在蒙特利尔》，一九八一年)

女性批评家、符号学家朱丽娅·克里斯蒂瓦在《劳儿之劫》发表二十年以后对杜拉斯作品主题的总体考察，为我们提供了一个稍有距离的观照。在《黑太阳——消沉与忧郁》(一九八七年)一书中，克里斯蒂瓦专辟了一章(最后一章)"痛苦病：杜拉斯论"。作者认为，现代世界进入了空前的危机状态，继可见的政治、经济、宗教危机后，使现代人感受最深的是思想与言语、表现与意指的危机。内心痛苦与精神张力的无以名状使文学与艺术转向了非理性、空白和沉默。在文学语言越来越内在化的时候，杜拉斯似乎掌握着将个体的体验外化的某种文法，以某种显得滞重、令人感觉不适的语言去尽量贴近笔下人物的心理创伤和精神障碍。于是我们就在《劳儿之劫》中看到了与人物和叙述者的心智衰退相联的不合常规的言语使用。这种对内在不适与心理病症的忠实也体现在价值判断的消失、净化作用的减退上："没有治愈，也没有上帝，没有价值，也没有美，除了处在深度分裂中的病态美。大概，艺术从来没有这样缺少疏导，缺少净化。"为此，《黑太阳》的作者提醒人们：杜拉斯的作品不适合脆弱的读者，因为它让人"与疯狂擦肩而过"，"它不是从远处展示着、观察着、分析着疯狂，让人有距离地承受，期望着一个出路"，"相反，它与疯狂合为一体，直向你冲来，没有距离，来不及躲开"。

至于劳儿，在克里斯蒂瓦看来，她的问题不是压抑，而是"性冲动枯竭"，她所能激起的只是"迷恋"而不是快感，她的痛苦与女性存在的深度分裂实为一体。是痛苦的无可言说使杜拉斯在"修辞的滞重"之外又选择了"语义的漂洗"，构筑起一个"令人不安且传染着痛苦之病的空间"："她说话的时候，只是想说难以表达出做劳儿·瓦·施泰因是多么令人厌倦，多么漫长无期，漫长无期。人们让她努把力。她说，她不明白为什么。她在寻找惟一一个词上面临的困难似乎是无法逾越的。她看上去什么都不再等待。她是否想着某件事，她自己？人们问她。她听不懂这一问题。人们会说她自暴自弃了，说不能摆脱这一点的无尽厌倦没有被思考过，说她变成了一个沙漠，在沙漠之中一种游牧的特性将她抛向了永无休止的追逐，追逐什么？不知道。她不回答。"

克里斯蒂瓦大概是要给杜拉斯以及她的劳儿做出社会历史学的解释，我们似乎还可循着同样的逻辑提出社会伦理学的问题，比如劳儿的疯狂是否反理性、反社会、反道德、反规范尤其是情爱的规范，因她的"乌托邦"是一个没有排他性的三人世界？我们甚至可以追问：在世界的普遍沉沦面前，杜拉斯是否想说，除了死亡，疯狂几乎是惟一的选择，惟一可以让人接受或者说不能不如此接受的生存状态？

作者杜拉斯本人似乎更愿意"就事论事"，让人更多关注她的作品、人物。比如，她将劳儿与《副领事》中到处流浪、失去一切的印度丐女做比较："劳儿的疯狂是区域性的疯狂，个人的疯狂。丐女的疯狂是无限广泛的疯狂，就像整个领土都被占据一样。"（《玛格丽特·杜拉斯在蒙特利尔》）又比如，她说："我书中的所有女人，不论年龄大小，都来自劳儿，也就是来自某种自我遗忘。"（《物质生活》，一九八七年）而对各种各样的解读、批评，杜拉斯显得比较开通："这毕竟是一部到处都有翻译的书［……］自劳儿从我这里出去、我第一次看见她以后，再也没有找到她。劳儿，她属于你们，是你们造就了她。"（《玛格丽特·杜拉斯的地方》，一九七七年）也许，杜拉斯说这话时忘记了，劳儿正如她作品中的许多人物一样，很难在一部书中自生自灭，他们会在其他作品中以这样或那样的方式再次出现，直至最后的消失，许多人物都是随着杜拉斯的去世而消失的。

　　在一九六五年出版的或可称为杜拉斯另一部经典之作的《副领事》中，劳儿的未婚夫麦克·理查逊与他的情人安娜-玛丽·斯特雷特出现了，没有任何地方提到劳儿。在据《副领事》改编的电影《印度之歌》（一九七五年）中，劳儿和舞会的故事出现在画外音中。

　　一九七一年发表的小说《爱》似乎是《劳儿之劫》的续篇，占据中心的是沙塔拉与 T 滨城的舞厅。一个疯女人（劳儿？）在海边不停地走着，跟在一个"疯囚犯后面"（劳儿的情人雅克？），而在她身后跟着一个旅行者（劳儿的未婚夫麦克？）。人们谈到舞会，旅行者与女人也来到 T 滨城的娱乐场，他走进"不再有舞会"的舞厅，而她则睡在海滩上。女人，与一前一后的两个男人一样，无名无姓。在电影《恒河女子》（一九七二年）中，画外音讲着没有命名的劳儿的故事，其中提到"救护车来到黑麦田把她接走"，但人物的"记忆丧失了"，成为"灰烬"。

　　劳儿最后一次出现，是在《物质生活》（一九八七年）中，杜拉斯提到一部遗失的名为《劳儿·瓦·施泰因的电影》的电影稿本。据她回想，她最后看到的劳儿是这样的："衰老的劳儿脸上涂着浓妆，从 T 滨城娱乐场的舞厅出来，被人抬在轿上，如中国女人。轿子是男人们抬的，放在肩上，像棺材一样。"不难看出，劳儿的终点就是她的起点，故事开始的地方；而杜拉斯也和她的劳儿一样，被回归初始所纠缠：这里，她根本没有进入文学想象，她只是又看到了世纪初的印度支那，她十八岁走出却从来没有真正离开过的印度支那。

　　从此，杜拉斯的"睡美人"劳儿再也没有醒来，而杜拉斯也于一九九六年三月永远地沉默了。

翻译《劳儿之劫》是一种挑战，这挑战来自小说的叙述和语言；也是一种考验，对翻译者的神经与理解力的考验。因为它看上去讲的是一个疯女子的故事，而讲这个故事的人不能说没被传染上某些相关的病症。

故事讲到将近一半的时候，匿名的外在于叙事的"我"突然拥有了名字和身份，从此，"我"的主要功能似乎不仅在于讲故事了……

"这个词，这个并不存在而又确实在那儿的词，在语言的转弯处等着你，向你挑战。"

一个完整的句子，表述着简单的事实，被拆散，被打破，被割裂，碎尸一般；而承载着某种不定的情境、状态或认识的一个火车一样的长句终于走到尽头时却遭遇猝不及防的质疑和否定。与此相比，"她"（劳儿）与"她"（塔佳娜）的混同，"我"与"他"（同是雅克·霍德）的分裂，实在是一些微不足道的小说做法。

在这同生命本身一样破碎、一样隐晦的语言面前，翻译又是什么呢？准确与忠实当然是最好的意愿。而对于在汉语中很少被如此严格对待的生命体验，怎能指望方块字早已准备好一些现成的表达方式呢？在译文中寻找文雅与优美肯定是徒劳的，因为一些接近此类标准的如"中规中矩"、"言行有则"似的四字结构，在如此极端的经验与语言面前，早已是离题千里了。

或许，译者由于过分投入于他的工作，也传染上了书中的某些语言病症？

劳儿的疯狂。这是书中其他人的说法，塔佳娜也属于其他人，在他们看来，归根结底，劳儿是个疯子。"我"在书中试图接近劳儿，以"我"的方式，去爱，去理解，问题是"我"无法向其他人证明这样做是正确的。劳儿是这样对"我"说的:"我知道,不论我做什么,您都会理解的。应该向别人证明您是对的。"

使翻译工作得以进行下去的,是一个词,是对一个词的寻找。"在寻找惟——一个词上面临的困难似乎是无法逾越的。"这个词,最近,被来这里讲学的保罗·利科,一个法国哲人,说出来了。他当时谈到自杀,但这也令人想到疯狂,他说:

> 我尊重,我尊重这一行为。这是生与死交汇的一种情形、一个点,是生的最后行为,是死的最初行为。这是生命的大神秘。而我,我没有判断。[……]有的人因为绝望而自杀。如果有绝望存在,那它是对什么绝望,那它就证明着什么。它证明着我不能提供救助。自杀的问题是苟活下来的我的问题,它是苟活的我的失败,是苟活者的失败。

尊重。我要找的就是这个词。

王东亮

一九九九年初秋　蔚秀园

# 名可名，非常名

## ——译本修订后记

I

《劳儿之劫》讲的是劳儿的故事，一个很常见的女孩子失恋的故事：一个年轻姑娘被未婚夫抛弃，痛苦得难以自拔，失去了部分理智。另一个男子走近她，娶她为妻，带她到另一个地方生活，生儿育女。若干年以后，姑娘故地重游，偶然的事件唤起了她沉睡的记忆，爱的创伤复发，也许从来没有治愈。

这样的故事无处不在，并且不限于男女情爱。就好像我们来到这个世界上，就是为了受伤，为了受伤以后疗伤，而所谓的日子或许只是疗伤的过程，对治愈的期盼，以及对不可救药的确认。

这样的故事，一千个作家有一千个讲法。杜拉斯的讲法有些特别，她不是自己在讲劳儿的故事，而是让书中一个人物、一个叫雅克·霍德的男人来讲。这个叙述者不是传统小说中常见的那个全知全能的"上帝"，也不是视角有限却能冷眼旁观的所谓"见证人"。他努力筛选材料，辨别真伪，试图去讲述劳儿生活的主要线索和重要事件，可是故事讲到快一半的时候，他自己却走进了故事，参与了事件，使故事时间和叙述时间重合，使叙述者和人物混为一体。

这首先是一个所知有限的叙述者，他习惯使用否定句和疑问句：

"她有一个大她九岁的哥哥——我从未见过他";

　　"关于劳儿·瓦·施泰因的童年……，我也从来没有听到什么给我留下特别印象的事情";

　　"她自己的一部分总是与你远离，与现在远离。远离到哪里呢？"

　　"她从他身边走过时，他们互相认出来了吗？"

即便是正常的陈述，他也不忘记时常加以否定和质疑：

　　"二者信步而行，无论走到哪里都不再相分相离。哪里？"

　　"[她]首先要绕房子走一圈，在它周围的街巷里转一转。谁知道？"

　　"……一种游牧的特性将她抛向了永无休止的追逐，追逐什么？不知道。"

　　为了能够讲述劳儿的故事，这个实际上一无所知的叙述者雅克·霍德，只能借助一些道听途说："沙塔拉不是一个大得可以听不到闲话吞得下奇闻的城市"，或者依赖他的情人、劳儿当年的女友塔佳娜的记忆。可是，在发现自己和那些"传播流言蜚语之徒"一样"什么都不知道"，而塔佳娜所讲的也是"虚实莫辨的故事"以后，他"对任何东西都不再确信"，并坦言自己要"杜撰"、"虚构"、"编造"劳儿的故事，讲述他的劳儿·瓦·施泰因的故事。

　　在这个实为杜拉斯虚构而杜拉斯虚构中的叙述者又再次虚构的劳儿的故事中，惯常的名与实、词与物之间的关系消失了，出现的是一些缺失，断裂，破碎，乃至空无。

　　劳儿的名字。劳儿对自己的名字有着不同寻常的使用。让劳儿发疯的舞会事件发生后，在痛苦和愤怒之中，她改变了自己的名字。原来完整的名姓组合 Lola Valerie Stein（劳拉·瓦莱里·施泰因）被她改成了 Lol V. Stein（劳儿·瓦·施泰因）。从此，她不仅这样指称自己，也要别人这样指称她。单从字形看，一个完整的有国别和性别指向的 Lola Valerie 就变成了被删减、被截断、被隐藏的 Lol V.，成了一个看不出属于哪一国家、哪一语言名称系统的残缺的存在。在小说结尾处，与雅克·霍德在 T 滨城的旅馆房间里，劳儿又有了对自己的另一个指称：塔佳娜·卡尔和劳儿·瓦·施泰因。劳儿对自己名称的改动，可以说隐含着某种自我寻找和认同，也可以说是在知晓所指本质上无可确定之后对能指的恣意和游戏。当劳儿第一次对雅克·霍德说出他的名字时，雅克·霍德惊讶地发现自己的名字"头一次说出来没有指称"："谁会注意到以名指人的不可靠性，除了她，劳儿·瓦·施泰因，所谓的劳儿·瓦·施泰因？"而这样的识见，也几乎成了劳儿的一个行为策略，在沙塔拉匿名漫游的时候，"她相信自己熔入到一个性质不定的身份之中，可以有无限不同的名称来命名，但这身份的可见性取决于她自己"。

劳儿的言说。劳儿出场的时候看起来是个快乐女孩，在中学的操场上，伴着远处传来的恋旧歌曲，她叫着女友："跳舞吗，塔佳娜？""来，塔佳娜，来呀，我们跳舞，塔佳娜，来吧。"舞会事件后，她先是愤怒地自说自话，继而厌倦地大喊大叫，最后逐渐停止说话，沉默不语。结婚、生育，过上所谓正常生活后，她周围的人常常处在一种关切的忧虑之中，"人们和她说话是因为应该和她说话，但人们又担心她的回答"，她丈夫惟一的顾虑就是避免他妻子在公众场合脱口说出什么不妥的话来。实际上，劳儿与别人交流时多数时间是"中规中矩"的，只有在说到过去的伤痛、今日的欲念时，才偶尔有辞不达意、答非所问甚至完不成句子的情况出现。

自以为对劳儿有所理解并深爱着劳儿的叙述者雅克·霍德认为，出现这样的情况，是因为劳儿"撞到那个她找不到的词上"，如果有足够的耐心和爱，去倾听，去等待她寻找，她也许会找到，会把中断的句子继续下去。不过，劳儿找到的词、说出的句子有的时候却有"震耳欲聋的力量"，在她听凭自己的欲念说出塔佳娜"赤身裸体披着她的黑发"时，"最后两个词尤其带着一种均等、奇异的密度在回响……句子的密度突然增大，空气在它的周围劈啪作响，句子爆炸了，它炸裂了意义"。

在劳儿思想着她的"舞会"，她"永恒的舞会"的时候，她却一直找不到她在寻找的那个词，"她在寻找惟——个词上面临的困难似乎是无法逾越的"。生活在"因为缺少一个词而无以言状的惟一的大悲和大喜"之中，她继续寻找这个词，她相信这个词可能存在："这会是一个缺词，一个空词，在这个词中间掘了一个窟窿，在这个窟窿中所有其他的词会被埋葬。也许不会说出它来，但却可以使它充满声响。这个巨大的无边无际的空锣也许可以留住那些要离开的词，使它们相信不可能的事情，把所有其他的不是它的词震聋，一次性地为它们、将来和此刻命名。"

"可是无名的痛苦又怎样可以言说呢？"

这个词，她终于没有找到。因为没有找到这个词，劳儿没有回复到完整的 Lola Valerie Stein，也没有再成为其他的指称，她依旧是 Lol V. Stein，带着这个名字所指称的所有缺失，所有残破，所有空无。

童话一般结构的劳儿的故事结束了。真正的白马王子麦克·理查逊走了，只会杜撰的说书人雅克·霍德成了他的替身，他吻醒了睡美人劳儿，与她共度一段劫难，但是不能最后拯救她。睡美人又睡去了。

很难给这个讲述爱与疯狂的故事做出什么合乎理性的结论，因为书中的许许多多都超出了我们平常得以安身立命的所谓理性。杜拉斯进入的是一个我们在生活中情愿回避的领域，进入这一领域需要有一些胆识和勇气：

"她发现了一个感觉生命的新源泉，一片世界在逃遁、意义在消逝的精神领地。自从《劳儿之劫》以后，她力图洞穿这一不可言喻之境。杜拉斯在我们最为幽晦的感知区域点燃烈火；将她认为过于贫瘠平乏的真实推向极限；拓宽、扩展着我们的理解界域。她感兴趣的，不是我们每个人内心存有什么，而是在我们前面、也许我们够不到但却应该努力去征服的东西。"（洛尔·阿德勒，《玛格丽特·杜拉斯》，伽里玛出版社，一九九八年，页四四〇至四四一）

II

《劳儿之劫》五年前曾以《劳儿的劫持》（春风文艺出版社，二〇〇〇年一月）之名出版。这次再版修订，主要检查了语言理解方面的错误和疏漏，对译文进行了一些加工，使之尽量符合中文表达习惯。另有三处明显修改，分别涉及到书名、人名和地名。

在《有关劳儿的一些背景材料》中，译者提到过法文书名中的 ravissement 是杜拉斯有意选用的多义词，既可以表示与理性消减有关的状态如"迷狂、狂喜、迷醉"，也可以表示某种强力行为如"强夺、绑架、劫持"。汉译中找不到如英文 ravishing 一样的近似对应词（单看小说的英译名 The Ravishing of Lol V. Stein 就可以知道西文互译与西文汉译会有多大的不同），只能在两个词义间进行选择。

原译本选择的是"劫持"，作为支持的是杜拉斯本人的声明，原文如下：Ce livre devait s'appeler 《 Enlèvement》. J'ai voulu, dans Ravissement conserver l'equivoque.（ *Lettres françaises*, 30 avril-mai 1964），译为："这本书应该叫作 Enlèvement（劫持、诱拐），之所以用 Ravissement，是想保留它的歧义。"另外，小说中的人物行为线索也大致围绕着两起与强取、劫夺有关的事件：T 滨城的舞会上，一个神秘的黑衣女人一出场就让劳儿的未婚夫麦克·理查逊神魂颠倒，众目睽睽之下就把她的未婚夫劫走了，一去不返；十年以后，劳儿本人以看似自然实际"专制、不可抗拒"的方式俘获、劫持了她少年女友塔佳娜的情人，小说的叙事者雅克·霍德。

但是，"劫持"不能令人满意，作为书名它显得生硬、突兀，封闭了语义的空间，容易令人想到绑架、劫匪等暴力行为，虽然书中情劫、爱劫、诱劫等场景未必不传递着另一种意义上的暴力。

在对书名一直不满意的译文修订工作中，在与一个心仪杜拉斯的朋友的通信交流中，译者想到了单字"劫"：劳儿在舞会上经历的难道不是一场劫难？未婚夫麦克的移情别恋难道不是一种劫数？与若安·倍德福的十年婚姻生活难道不是一种劫后余生？回归故乡沙塔拉难道不是再蹈劫火、再度劫波？小说结尾她重返黑麦田难道不预示着她的爱和她的疯狂都将同样地万劫不复？

现代汉语中的"劫"字有着土生土长的词义如"威逼、胁迫"、"抢夺、强取"、"盗贼、劫匪"等，也有着源自西天印度表示时间却早已超越了时间概念的蕴涵："佛教名词。梵文 kalpa 的音译，'劫波'（或'劫簸'）的略称。意为极久远的时节。"（《汉语大词典》第二卷，一九八八年，页七七八）不过，即便是本来意义的比世纪还长的时间，这"劫"看起来对劳儿也再合适不过。舞会上，眼见得未婚夫投入到另一个女人的怀抱，她一下子老了"几百岁"；舞会以后，她觉得"做劳儿·瓦·施泰因是多么令人厌倦，多么漫长无期，漫长无期"；当她第一次走出家门也是若安·倍德福第一次见到她的时候，她语似恳求地对他说："我有时间，太长了"……

与书名的改变相比，一个人名和一个地名的改变实在是无足轻重的。

劳儿的丈夫名为 Jean Bedford，原译为让·倍德福，全名在文中无论什么地方出现都没有问题，但是当"让"这个单名在人物的对话中出现时，会干扰中文阅读，有时会让人误以为是作为动词和介词的"让"。修订本通改为"若安"，以避混淆。没有考虑到法语人名翻译的习惯问题，因为从字面上、从小说内容上无法确定 Jean Bedford 是法国人，正像无法从劳儿的原名确定她是哪国人一样：Lola（劳拉）是西班牙女性常用的名字，Valerie（瓦莱里）是法语单名（若安·倍德福在小说中不带重音称劳儿为 Lola Valerie，表明他至少不是法语国家的人），父姓 Stein（施泰因）是德语姓氏，与犹太人有不少关联，杜拉斯笔下的很多人物似乎都有犹太血统。

专名的国际化、非确指性似乎也体现在地名上。

《劳儿之劫》中三个主要地名分别为 S.Tahla，T.Beach，U.Bridge。S.Tahla 是劳儿的故乡，故事的起点和终点；T.Beach 是舞会事件发生地，劳儿心之所系的港湾，而舞会则是"她每天都要登上的航船"；U.Bridge 是劳儿丈夫工作的地方，他们在那里生活了十年，养育了三个女儿。S.Tahla 在杜拉斯其后出版的其他书中写为 S.Thala，作者和论者通常暗示它源自希腊语 thalassa（"海"）。

考虑到词源因素及小说中地名三足鼎立的情况，原译本中分别把它们译为 S 海市，T 滨城，U 桥镇。

这样的处理，在这部小说的范围内是无可非议的，但是如果我们把视野放宽一些，比如去阅读被视为《劳儿之劫》的续篇《爱》的时候，问题就出现了。在更合适的书名应该是"爱之劫后"或"劳儿之劫后"的这部以单字"爱"为名的小说中，书中人物没有名字，S.Thala 是惟一被命名的，似乎比人物更重要。在直指存在、略有诗化的叙述语言中，在与大海和故乡相关的指涉中，S.Thala 作为音响形象的能指似乎也参与着文本意义的构建。显然，在下文的情况下，再把它译为 S 海市似乎实感太强，物化太重，韵味全无：

> "S.Thala，是我的名字"（《爱》，伽里玛出版
> 社，一九七一年，页六二）
> "我的 S.Thala"（页一〇二）
> "在他身后，S.Thala 在燃烧"（页一二九）

姑且将 S.Thala 半音译为"沙塔拉"（沙子、沙滩也是《爱》中的主要意象，同大海、烈火、灰烬一样），为了阅读《爱》，也为了强化能指的声响效果以及与具体空间概念渐渐脱离的走向。《劳儿之劫》中故事地点三足鼎立的效果似乎不那么强了，不过，这三个地方对劳儿来说，本来就不具有同等的意义。她是沙塔拉的女儿，沙塔拉的漫游者，沙塔拉的疯女人。她永远要回来、从来也没有真正离开的，就是沙塔拉。劳儿就是沙塔拉，杜拉斯不止一次这样说过。

"名可名，非常名。"就好像一个东方先哲在遥远的古代说这样

一句话的时候，想到了不知历经多少个世纪以后，会有个西方女子写出一个奇异的故事来，为他这句话作个注。

王东亮

二〇〇四年初冬　哨子营

副 领 事

献给 Jean C.

她走着，彼得·摩根写道。

怎样才能回不去呢？应该让自己迷失。我不明白。你会明白的。我需要一个指示，好让自己迷失。应该义无反顾，想办法让自己辨认不出任何熟悉的东西，迈步走向那最为险恶的天际，那种辽阔无边的沼泽地里，数不尽的斜坡莫名其妙地纵横交错。

她正在这么做。她一连走了很多天，沿着斜坡走，又背向而去，涉水过河，径直向前，转向更远的沼泽，又迈步走向更为遥远的其他沼泽。

脚下还是洞里萨平原，她还认得出。

要知道，吸引你前行的天际或许不是最为险恶的，尽管会让人产生这样的想法；让人根本意想不到的天际，才是最为险恶的所在。

低着头，她向着险恶的天际走去，低着头：她认出了泥沙里的贝壳，它们还是洞里萨湖的贝壳。

应该坚持下去，直到排斥你的东西最后转过来吸引你，这是她所理解的母亲将她逐出家门时说的那番话。她坚持着，她相信那番话，她走起来，她泄气了：我还太小，我还是要回来的。如果你回来，母亲说，我就在你的米饭里放上毒药，毒死你。

她低着头走着，走着。她很有力量，饥饿也同样有力量。她徘徊在洞里萨平原，那里天地相连形成一条直线，她漫无目的地走着。她停下来，又走起来，头上顶着碗，又走起来。

饥饿和行走在洞里萨的大地上生根，播种，繁衍出更为辽远的饥饿和行走。向前走已经不再有什么意义。睡梦中，母亲手中拿着一根棍子，看着她：明天一早太阳一出来，就给我滚，你这个大了肚子一辈子也嫁不出去的老姑娘，我还要照顾那些剩下的孩子，他们有朝一日也要离开家门……给我滚得远远的……无论有什么情况都不要回来……无论什么情况……滚得远远的，远到我完全想象不出你所到达的地方……给你的母亲下跪，然后滚开。

　　父亲对她说过：如果我没有记错，我还有个堂兄在九龙江平原，他家孩子不太多，他也许能收留你做个丫鬟。她还没有问九龙江平原在什么方向。雨天天在下。天空布满乌云，不停地向北方翻滚着。洞里萨湖在涨水，帆船在大湖中前行。只有在雨后转晴的间隙，才能从湖的这一岸看到对岸：水天相连之际，有一排蓝色的棕榈树。

　　离开家这一路上，她一直都看得见湖的对岸。她从来没有到过那里。如果到了对岸，她是不是就开始迷失？不会的，因为从对岸她还能看到此岸，她出生的地方。洞里萨湖水面平静，暗流潜涌，水色凝重昏暗，令人望而生畏。

　　她不再看湖了。她又来到一片斜坡纵横交错空旷奇异的沼泽地。此刻那里空无一人。一切都沉寂不动。她走到空旷的沼泽地的另一边，身后是一条铁轨，暴雨过后闪出熠熠的光辉。她看见似乎有活物穿过。

　　某天早晨，一条河流横在她的面前。河道有种令人心安的走势，徐缓沉静。她父亲有一次说过，如果沿着洞里萨湖走，就永远不会迷路，迟早会看到岸边洗澡的人；他还说洞里萨湖就像个淡水的海洋，这个国家的孩子们之所以能活下来，多亏了湖水里有那么多的鱼类。她走着。她逆流而上走了三天，来到了大河面前，心想到了河的尽头她就到了北方，大湖的北方。她会面对着大湖停下来，留在那里。歇息的时候，她打量着自己的一双大脚，脚底已经感觉不到橡胶鞋底的存在，她不由得揉搓起来。鞋里有青青的稻粒，还有一束束芒果树和香蕉树的枝叶。她一连走了六天。

她停下来。在大河挡住去路之前，她为了寻找北方一直沿着河走，她是不是走过了头呢？她继续沿着河走，紧贴着蜿蜒的河流，晚间有时也在河中游上一程。她又走起来，她在看：对岸的水牛是不是比其他地方的水牛更矮壮些？她停下来。孩子在她的肚子里搅动不停：就像鱼儿在她肚子里打架，那恼人的孩子自顾自闷声快活地玩耍着。

她问路：九龙江平原在哪个方向？她想，如果她知道是在哪个方向，她会走向相反的方向。她寻求着让自己迷失的另一种方式：往北而行，越过她的村庄，然后就是暹罗山，在到达暹罗山之前停下来。到了北方不再有河流，我就可以摆脱沿河而行的习惯，在还没到达暹罗山之前，我就选定一个地方留下来。她看见南方消融在大海里，而北方则安然不动。

没有人知道九龙江平原在什么方向。她走着。洞里萨湖发源于北方，所有注入湖中的河流也是如此。这些河流聚拢一处，看起来像一头长发，披着长发的头顶朝向南方。应该顺势来到头顶，直到尽头，从那里向南看，包括家乡的村庄在内，眼前一望无际。那些矮壮的水牛，那些粉红色的石头，有时大块大块地堆在稻田里，这些不同之处意味着方向没有错。她觉得，先前围着她的村庄打转已经结束了，最初的方向是错的，第一步就错了。她心想：这回我走对了，我选择去北方。

实际上她走错了。她选择了沿菩萨河逆流而上，可菩萨河起源于豆蔻山脉，在南方。她望着天边的群山，问人那是不是暹罗山。人们告诉她那是相反的方向，这是柬埔寨。她大白天在一个香蕉园里睡着了。

　　饥饿难耐，大山的陌生并不要紧，它催人欲睡。饥饿比大山更有作用，她开始睡觉。她睡着了。她睡醒起身。她上路，有时朝着群山走去，如同向着北方走去。她又睡了。

　　她找吃的。她睡。她不再像在洞里萨的时候那样走路了，她步履艰难，忽左忽右。她绕过一个小城，人们告诉她说那是菩萨城。过了菩萨城的那个地方，她往前又走了一段，踉跄而行，差不多是直行着，朝群山走去。她从来不问洞里萨湖在哪里，哪个方向。她认为，关于这个方向，洞里萨的方向，人们不会跟她说实话。

　　她路过一个废弃的采石洞，她走进去，睡下。这是菩萨城的周边地区。走进采石洞，她看到一些棚顶。有一次，她大概走了两个月，这一次她不清楚了。在菩萨城一带，被赶出家门的妇女、老人、疯疯傻傻的人数以千计。他们彼此擦肩而过，寻找吃食，互不搭话。大自然啊，给我一点吃的吧。有水果，泥巴，彩色的石头。她还没有掌握去捕捉靠着水岸打盹的鱼儿的窍门。她母亲曾对她说：吃吧，吃吧，到时候不用惦记你母亲，吃吧，吃吧。午休的时辰，她一直在找吃食。平原啊，给我点儿东西嚼嚼吧。她去采集果子，野香蕉，稻谷，芒果，她将这些东西带回采石洞吃。她咀嚼着稻谷，吞咽着温热香甜的果浆。她睡了。稻谷，芒果，是需要的。她睡了。她醒转过来，看着四周。除了采石洞右侧高耸的菩萨城，就是天地之间她那青春的直线。其他什么也看不见。什么都没有可是一切都蠢蠢欲动。在洞里萨也是什么都没有，可是在来到这里之前，她对此却很茫然。采石洞左侧是豆蔻山，上面是参天大树，地上是红白相间的大坑，声音就是从那里传来的，有带链条的机器的声响，有重物坠落的闷响，也有大坑周围的男人们的叫喊。有多长时间了？

这豆蔻山，身前身后的山，有多长时间了？这条河，雨后溢满泥水的河，有多长时间了？是这条河，又一条河，一直把她带到这里的。

肚子愈来愈鼓。撑起了她要一天天往上提的裙子，她现在走路时双膝外露。在陌生的国度，她的肚子就像细小的谷粒，长在石头间温热轻柔，令人想到某种要放到口中的食物。天经常下雨。雨后饥饿愈加强烈。肚子里的孩子什么都吃，稻谷，芒果。真正陌生的，是食物愈见缺乏。

她醒了，来到外面，开始在采石洞周围徘徊，就像此前在洞里萨北面徘徊一样。路上，她遇到一个人，打听九龙江平原的方向。那人不清楚，人家不想回答。她继续打听。每被人回绝一次，那个方向就更拥堵一些，凝固下来。但有一次，一位老者回答了她。九龙江平原吗？应该顺着湄公河往下走，大概是这样。可是，湄公河在哪里呢？应该沿着菩萨河顺流而下，一直到洞里萨湖，到了洞里萨湖继续顺流而下，应该是这样的。河水都是流向大海的，从来如此，到处都是这样，水乡泽国的九龙江平原就在大海那边。那么，在您看来，如果沿着菩萨河逆流而上呢？恐怕就要碰到难以逾越的高山了。高山后面呢？听说是暹罗湾。我要是你的话，孩子，我就往南去，在那边据说上帝也更和善。

她现在清楚了洞里萨湖的方向，也知道了自己处在它的什么方位。

她在离菩萨城不远的那个采石洞又停留一阵。

她走出采石洞。当她停步在单独的茅舍而不是村里那种成排的茅舍前时，她就会被人赶走。当她与单独的茅舍保持一段距离等待在门外时，过一会儿也会被赶走，进了村子情况也是这样。她在河边的竹林里等待，她悄然无踪地穿过村庄，与别的女乞丐没什么两样。她们混进集市里，与卖鱼汤的小贩擦肩而过，她们打量着肉案上油光发亮的猪肉，成群的绿头苍蝇也和她们一样打量着猪肉，但它们离得更近。碰到老太太或者卖鱼汤的，她每次都要一碗米饭。她什么都要，米饭，猪骨头，鱼，那种死鱼。给我一条死鱼有什么大不了的？因为她太小了，有时人们就给她。但通常是拒绝。不给，给了你明天还要来，还有后天、大后天……人们打量着她：不给。

在采石洞的地面上，她发现了自己的头发。她在头上拽一下，手里就是一大撮，没有痛感，拽下这些头发。她站在那里，挺着肚子，饥肠辘辘。饥饿就在她的面前，她不再回头，她能在路上丢失什么呢？再生出来的头发就像鸭绒一样，她成了一个脏女人，真正的头发不再长，它们的根死在了菩萨城。

她开始寻找栖身地，她认出了那些刻着字的界碑，那些山坡上的大坑，粉红色的，绿色的。她每天晚上回到采石洞，那里是封闭的，并且地面干燥，比沼泽斜坡那里蚊子要少，没有阳光直射，光线比较暗，待在那里可以大睁着眼睛看外面的光亮。她睡了。

她从洞里面看着外面在下雨。从开采大理石的山上，时不时就传来一声轰响，成群的乌鸦被抛向天空；菩萨河的河水日渐一日地淹没河边的竹林；一些狗经过这里，不叫也不停下，她呼唤它们，而它们却径直而过——她心想：我是一个没有食物味道的女孩。

她吐了，她使劲要把孩子吐出来，把他连根拔除，但吐出来的却是酸酸的芒果汁。她睡得很多，她变得嗜睡如命，这还不够：孩子没日没夜要吞噬她，她侧耳倾听，听到了肚子里那不停的噬食声，他吃得她骨瘦如柴，吃掉了她大腿、胳膊、面颊上的肉——她伸手去摸，在洞里萨时还饱满的地方，现在成了干瘪的洞——也吃掉了她的发根，吃掉了一切。孩子一点一点地侵占了属于她的东西，只有饥饿还属于她，他没有吃掉她的饥饿。她胃里酸得直冒火，就像人在睡着的时候火辣辣的太阳直射下来。

她觉得有什么事情在隐约发生，觉得自己比以前更能把握事物，觉得自己以某种内在的方式在成长。四周的黑暗正在被撕破，被照亮。她这样觉得：我是一个瘦弱的女孩，肚皮绷得很紧，就要胀裂，两条细腿支撑着肚子，我是一个非常瘦弱的女孩，被赶出家门就要生孩子的瘦女孩。

她睡了：我是一个睡着的人。

体内的火使她醒来，肠胃在燃烧，她吐出血来，不能再吃酸芒果，只能吃些青稻谷。她寻觅食物。老天，给我一把刀杀了这只大老鼠吧。地上什么都没有，只有河床里的鹅卵石。她翻过身去，把肚子放在鹅卵石上，腹中的吃食声停止了，停止了，完全停止了，她喘不过气来，她站起身，吃食声又开始了。

从采石洞的豁口向外望去，菩萨河水正在不停地上涨。

菩萨河里已是满满的河水。

暗黄的河水泛滥出来，河边的竹林被淹没，乖乖地被死神抓获。她凝视着黄色的河水。眼睛一动不动，她觉得双眼仿佛被钉在自己的脸上。目光投向那被淹没的竹林，呆滞无神，饥饿又袭上来，似乎有某种力量将她吞没。放弃吧，会找到办法，放弃的方法。目光又一次落到黄色的河水和被淹没的竹林上，仿佛饥饿在那里能找到食物。然而这只是一场梦，瞬息之间饥饿很快就转回来，将她袭倒。这样强烈的饥饿小女孩难以承受，她觉得这一波浪太大了，她失声喊叫。她试图不再去看菩萨河。不，不，我忘不了，我在这儿，我的手在这儿。

有一些渔民从采石洞经过。有人看到了她。大多数都没再转过头来。让我跟他去森林里的那个邻家男人也是洞里萨的渔民，我还太小不懂事。她吃着那些没有成熟的东西，香蕉树上的那些最嫩的芽，她看着那些渔民经过这里，他们来过，又来过，她朝他们微笑。采石洞外发生的事情，开始与洞内有些不同，外面一切都在动，里面也在动。除非因为遇到小麻烦，比如大理石碎片划破了她的脚，她渐渐地开始忘记从前，忘记她之所以被赶出家门是因为她失足怀孕了，从一棵高高的树上失足落下，没有疼痛，就怀了孕。

母亲说：不要跟我们讲你十四岁，十七岁，我们经历过那个年龄，比你体面，给我闭嘴，我们什么都知道。如果她现在还说了解这个年龄，什么都知道，那就是在撒谎。在天地之间，在菩萨城周围，有着可以用来充饥的泥巴，你知道吗？菩萨河将土地淹没的场景，你见都没有见到过，这你知道吗？采石洞爆炸，乌鸦被抛向天空，我总有一天会讲给你听，因为我还会再见到你，我这个年龄一定还能再见到你，并且你我不还是都活着吗？不讲给你听讲给谁听呢？你会听的，你会感兴趣的，听我讲我现在宁要短缺的食物也不要你。一连几天，一连几星期，每一时，每一刻，她对短缺的食物都望眼欲穿、顶礼膜拜。她会回到家中对她说，对那个把她赶出家门的无知女人说：我把你忘了。

一天，饥饿的孩子走出了采石洞，日落时分，她朝菩萨城那片颤动的灯火走去。她望见那片灯火有很久了，但是一直不敢走过去。不过，她之所以选择待在这个采石洞，正是因为从这里可以望见那片灯火。那一片灯火，就是食物。今晚，饥饿的孩子要扑向那片灯火。

她走在小城的街上，来到一个铺子前，她走着。老板娘走开一会儿，她顺手偷了一条咸鱼，把它塞进衣裙的胸口处，转身往采石洞走去。出城的时候，一个男人停在她面前，打量她一番，问她从哪里来，她说从马德望……她说完就跑，男人笑起来。被赶出来的？是的。她和那男人一起笑她的肚子。她放下心来，男人跟她说话不是因为鱼，他没有看见。

"马德望。"

三个音节同样有力，没有高低之分，像敲响一面绷紧的小鼓发出的声响。梆梆梆，梆梆梆。那男人说他听说过。她脱身离开了。

马德望。她什么也没多说。返回采石洞，她咬住了那条咸鱼，盐花和灰尘在嘴里喀嚓作响。入夜，她走出石洞，把鱼洗了又洗，慢慢地吃，唾液泛上来，溢满口中，是咸的，她哭了起来，口角流着涎水，她很久没沾过盐了，这下太多了，实在太多了，她跌倒在地，跌倒的她依旧在吃着。

她睡着了。醒来时，已是黑夜。她看到了奇怪的事情：她看到那条鱼被腹中的孩子吃了，他把鱼也从自己那里拿走了。她没有动弹：今晚的饥饿将是最强烈的，它会怎么样呢？它不会善罢甘休吧？我要回到马德望，讨一碗热米饭，然后我就永远地离开。她要一碗热饭，她要，她说出那两个字来：热饭。什么也没有出现。她抓起一把沙土，塞进嘴里。她第二次醒来，忘了曾经往嘴里塞过这东西，她看着夜色，懵懵懂懂，沙土几乎就像是热饭。

她看着夜色，懵懵懂懂。

夜里两次醒来，恐怕是孩子出生前第一次这样。还会出现这样的情况。有一次，许久以后，她找到了湄公河，却不知不觉地离开河畔，在一片树林里醒来。在加尔各答，不，在加尔各答的任何时候，食物都不会同沙尘混在一起，吃的东西都是精心挑选的，她不再有心思挑选眼前的食物，是其他东西替代了她的心思。

一个渔民走进石洞里，之后是另一个。他们撞击着腹中的孩子，要把这大老鼠折腾出来。拿着渔民给的钱，她好几次去菩萨城，她买来米，放在一个罐头盒里煮起来，他们给了她火柴，她吃上了热米饭。孩子很快就要出生。先前的饥饿一去不复返。

菩萨城的灯火遮蔽了豆蔻山，湮没了地平线，菩萨河，压榨机的声响，让对此不以为然的人堕入梦乡，做起惶恐不安的梦，彼得·摩根写道。

她醒了，睁眼看了看，她认出来了，她明白自己面对着这万家灯火已经有半年的光景，看不见远处的山，也看不见地平线。这个早晨，肚子重重下坠。她起身，走出洞口，消失在昏黄的晨光之中。

那几个渔民最近倒了胃口，因为她几乎成了个秃头女人，肚子又大得出奇，与瘦弱的身子很不相称。

先前的饥饿一去不复返，这她知道。孩子大概很快就要出生，这她也知道。她和孩子就要分开，是这样的，孩子在腹中几乎一直纹丝不动，他在准备着，只待稍稍使出一点点力气，就和她分开。

她出发，出发去寻找一个地方，一个洞，把他生出来，然后有人把他抱走，他们从此两别，之后她再去找把她赶出家门的她那疲惫的母亲。无论什么理由，你都不许回来。这个女人，她不知道，她不是什么都知道，纵然远隔千山万水，也阻挡不了我今天去找你的脚步，你这个无知的女人，肮脏的女人，一切的祸根，你会在目瞪口呆的时候忘记要杀了我，我会把这个孩子还给你，我要把他扔给你，你会接住他，然后我就永远不回这个家门了。在昏黄的晨光中，有些事情应该完结，有些才正要开始。她的母亲，负责接生的将是她的母亲。而她，这个小女孩，她将获得新生，像飞翔的鸟，像盛开的桃花。

菩萨城一带的所有女人，都在她眼前走过，躲避着季风期的日晒，去其他的地方，要么是为了生孩子，要么是为了能睡上安稳觉。

她还记着那位老者给她指的方向。她沿着菩萨河逆流而上。她在夜晚行路。她不愿意也不能够忍受那雾蒙蒙的太阳。需要杀掉孩子的话，你会做得出的。炎热的太阳在呼唤，呼唤着母亲，呼唤着不负责任的念头出现。

她走着。

她走了一个星期。先前的饥饿一去不复返。

到了，真真切切，故乡的大湖。她停下脚步。她害怕了。疲惫的母亲背靠着茅舍的大门，打量着她走过来。倦意出现在母亲的目光中：还活着呢，你？我还以为你死了。最大的恐惧就是这个，是她打量归来的孩子走过来的时候的眼神。

整整一天，她都在犹豫。她停在看牛人的茅棚下，在湖边，承受着目光。

到了第二天夜里，她才行动起来。她沿着洞里萨湖北上，是的。是这样，她要走向那位老者所指点的相反的方向。就这样。啊！她母亲不知道她有这个权利吧？那好，她会告诉她的。母亲手中会拿着一根棍子，不让她进家门，她记得的。但是这一回，当心你自己吧。

再见到她，然后在季风中离她而去，把孩子还给她。

她又走了整整一夜，整整一个早晨。穿过一片片的稻田。天空低垂。太阳一升起来，脑袋就沉重得抬不起来，到处是水，天空低垂，似乎与稻田相接。四下看着都陌生，她继续行走。

她愈来愈害怕，脚步愈走愈急。

她醒来，看到眼前有个大集市，她走了过去。那气味，正是家乡食物的那种气味。这样一来，可以说她没有弄错：她离家很近了。

她在拐角的一处茅舍前蹲下来，这样能看得清楚些，她等待着看见什么。她已经这样做过，等待着集市结束商贩收摊。但是，今天她等待着，她看到了自己等待着的一幕：

她父母正从集市广场的尽头走来。她不敢抬头看他们，她毕恭毕敬一直跪在那里。她站起来的时候，看到了母亲，从市场的另一头，正朝她微笑着。

现在还不是疯狂。是饥饿，原本被恐惧遮住，现在又冒了出来，虚脱之中，看到了肥肉，闻到了汤香。是母亲的爱碰巧表示出来。她看到有人给母亲展示熏香和鞭炮，她自言自语，感谢上天，集市在她的眼前快速旋转起来，令人陶醉。

多么快活。

她看见了兄弟姐妹，坐在一套马车上，她朝他们挥手示意，他们也笑起来，用手指着她，他们认出了她。她又一次跪在地上，脸朝地跪着，她看到了眼前有一张饼。是谁的手会把这张饼给她？肯定是母亲的手。

她吃了，又睡了。

她就在那儿睡了，躺在茅舍的拐角处。

她醒来的时候，炙热苍白的阳光照射着广场，集市消失了，家人在哪里？她就这么让他们走了？记忆中，她的母亲不是对她说：我们该回家了？

除非那不是她母亲而是另外一个母亲，和她母亲差不多的人，这另一个母亲看到了危险，看到那样大的肚子，说了声她该回家去了。

她待在那茅舍的拐角处，直至夜幕降临。一个女人给了她一碗米饭。她试图弄明白。是谁宣布了这一判决：我们要回家了，不管你了？

　　她睡了足足一个下午，精疲力竭，就像面对着豆蔻山时那样。她在晚间醒来。她想不起来了，她现在觉得那不一定是她母亲，她看到的也不一定是家里的兄弟姐妹们。为什么她看到的偏偏是她母亲，偏偏是她的兄弟姐妹们呢？现在来看，这些人和另一些人，他们又有什么不同呢？

　　夜色下，她顺着原路往回走，沿着洞里萨湖下行，按照那位老者指点的方向。

　　在她的家乡一带，人们再也没有见到过她。

　　炙热苍白的阳光下，肚子里怀着孩子，她正在远去，她不再怕什么。她确信，她要走的那条路，是被母亲彻底抛弃的路。眼睛在流着泪，但是，此刻的她，却放开喉咙唱起了马德望的一首童谣。

彼得·摩根。他停止了写作。

他走出房间，穿过使馆花园，来到了与恒河并行的滨河大道。

她在那里，在法国前任拉合尔副领事的寓所前面。在一处灌木丛的荫庇之下，在沙子上面，穿着她那还湿漉漉的布袋，光秃秃的脑袋避在树阴下，她睡着了。彼得·摩根知道，夜里，她要花一段时间去恒河捉鱼洗澡，她还走近那些散步的人，并且还唱了歌，她的夜晚就是这样度过的。彼得·摩根在加尔各答关注过她的行踪。这是他所知道的。

就在沉睡着的她身旁，还有些麻风病人睡在那里。

麻风病人醒了。

彼得·摩根是个想要感同身受体验加尔各答的痛苦的年轻人，他想置身于这种痛苦，希望自己这样去做，希望他对痛苦的把握能了结自己的无知。

早晨七点。晨光昏黄。凝滞的乌云笼罩着尼泊尔。

远处，加尔各答渐渐有了些动静。蠕动的蚂蚁窝，彼得·摩根心想，乏味，惶恐，畏神，以及苦难，无边的苦难，他想。

近处，百叶窗嘎吱作响。那是副领事的百叶窗，他醒了。彼得·摩根急忙离开滨河大道，躲到花园的栅栏后面，等待着。法国驻拉合尔副领事，裸露着上半身，出现在阳台上，他朝滨河大道瞭望片刻，然后退了回去。彼得·摩根这才穿过法国使馆的小花园，朝他的朋友斯特雷特夫妇的官邸走去。

清晨病恹的天气状况，使那些不习惯加尔各答气候的白人，一觉醒来，显得苍白无力。今天，正在照镜子的他就是这样。

他来到寓所的阳台上。

加尔各答，今天，早晨七点，光线昏黄。高耸凝滞的乌云笼罩着尼泊尔，污浊的云雾在空中聚集，夏日季风几天后就要来临。在一处灌木丛的荫庇之下，面对着那处寓所，在混杂着沥青的沙子上面，穿着她那还湿漉漉的布袋，光秃秃的脑袋避在树阴下，她在睡着。夜里，她要花一段时间去恒河捉鱼洗澡，她还唱了歌，还走近那些散步的人。

大街上，洒水车转来转去。灰尘被水冲湿，粘在地面上，散发出尿味。

恒河里，已经有了面色阴沉的朝圣者；岸边，总是那些麻风病人，他们醒来了，睁眼张望着。

加尔各答的纱厂里，两个小时以前，就有一群群心事重重的人，为生计忙碌着。

拉合尔的副领事打量着眼前的加尔各答：炊烟，恒河，洒水车，睡在那里的女子。他离开阳台，回到卧室，开始刮胡子，气温已明显上升，他看着自己那正变得花白的双鬓。他刮完胡子，收拾完毕，再次回到阳台上，再次打量起石建筑，棕榈树，洒水车，那个在睡着的女人，岸边聚集在一起的麻风病人，河里的朝圣者。无论是加尔各答还是拉合尔，一概如此：棕榈树，麻风病，昏黄的晨光。

随后，在这样的晨光里，副领事冲过澡、喝完咖啡以后，坐在一张沙发上读起了一封刚从法国寄来的信。一位姨母这样写道：某天夜里，巴黎刮起大风，这事已经有一个月了，不过以前还从未发生过这样的情况，小房子的一扇窗子和百叶窗被风刮开了，那扇窗子原本为了保持室内通风就开着一道缝。警察局的人通知了她，她当天下午就赶过去，把窗子关好，也检查了一番，没有被盗过。对了，她差点儿忘了说，她去关窗子的时候，发现那棵靠近栅栏的丁香树又被偷了，家里没人看管，每到春天都这样，总有一些野丫头来偷花。

副领事忽然想起什么事来，是关于明天星期五晚上法国使馆要举行的招待会，他在最后时刻才接到邀请。昨天晚上，大使夫人留下话：来吧。

他站起身，走过去告诉他的印度仆人把他的晚礼服刷一刷，而后又回到沙发上坐下。住在马勒泽布街区的姨母寄来的信已经读过了。他重新读了一遍关于百叶窗和丁香树那两段内容：信已经读过了。

他在等办公时间的到来，手里拿着那封信。此刻，他眼中看到的是一个客厅，井然有序，黑色的大钢琴没有打开，乐谱架上，有一份乐谱也没有打开，乐谱的标题是《印度之歌》，看不太清楚。栅栏的门上了双锁，无法走进花园，无法接近，无法看清乐谱的标题。钢琴上，有一盏中国花瓶改成的台灯，灯罩是绿色丝绸的，有四十年了吧？是的。生在这所房子里的那人出生之前就有了吧？是的。风乍停，百叶窗打开着，耀眼的阳光投射在绿色的台灯上。有人停步在外：应该想个什么办法，要不然今天夜里还是睡不好，你们没有听到昨天一整夜那瘆人的响动吗？其他人也停下来，有一小群人在那里议论：这房子的主人是谁啊，房门怎么老是关着？

一个独身男人，三十五岁左右。

他的名字是让-马克·德·H。

一个独子，父母双亡。

这座还可以称作宅邸的小房子，四周带有花园，坐落在巴黎，多年来一直关着，因为房子的主人在驻外领事馆工作，这会儿正在印度。警察局的人知道，如果有今天这样的情况或者发生火灾，他们可以通知谁，一个住在马勒泽布街区的老夫人，她是不在家的房主的姨母。

风又刮了起来，百叶窗半关上了，阳光隐去，看得到绿色的丝绸，钢琴重又回到黑暗的阴影里，直到任期结束。两年。

硬刷子刷在晚礼服的粗毛呢上面的声音，副领事大概还不能完全习惯，他站起身，关上了门。

起床的时间过后，办公的时间也到来了。

副领事步行出门，他沿着恒河走了十分钟，从一些树木旁边走过，树阴下，快活的麻风病人等在那里。他走进使馆，穿过种着夹竹桃和棕榈树的花园，领事部的办公室就是这座被花园包围的大楼。

花园里，一个压低的声音又问道：这个先生在的时候，你们听到过钢琴声吗？一些音阶？弹得很差的一首曲子，一只手弹的？一个年迈的声音回答说：以前，是的，每天晚上，是的，用一个手指，一个孩子在弹什么《印度之歌》。还有呢？年迈的声音又回答说：以前，是的，夜里，不久以前，听到过什么东西破碎的声音，像是镜子之类的，从一个独身男人的住所传出来，那个男人小时候弹奏《印度之歌》。就这些。

副领事一路上口里吹着《印度之歌》。他碰到了夏尔·罗塞，夏尔·罗塞从一条小路上走出来，与副领事碰个正着，这次他是无法避开他了。他与副领事寒暄了几句。副领事告诉他说自己接到邀请，参加明晚使馆的招待会。夏尔·罗塞难以掩饰惊讶的神色。副领事又说，这将是他在加尔各答参加的第一个招待会，也很有可能是最后一个。夏尔·罗塞说有急事在身，脱身走开，他继续朝使馆办公室的方向走去。

五个星期前，让-马克·德·H 来到了位于恒河之滨的一座城市，这是印度的首都，名叫加尔各答，它的人口数还是那样，五百万，死于饥饿的人口数也是那样，不得详知。这座城市今天刚刚开始笼罩在夏日季风那昏黄的光线之下。

他从拉合尔来，在那里，他做了一年半的副领事，后来，在发生了一些事件之后他被调离，加尔各答使馆方面认为那些事件非常棘手。现在，他在这里等待新的任命。看上去比较麻烦，迟迟不见动静。有人提到孟买，但不是很肯定。使馆方面认为目前最妥善的方法，就是趁他在加尔各答等待新任命期间，给他先找些事做。他在办公室做些档案整理分类的工作，他这种情况的官员通常都这样安排。他住的寓所通常是专供那些在加尔各答等待调动的官员使用的。

虽说在拉合尔所发生的事件加尔各答无人不晓，但其中详情却没有人知道，除了大使斯特雷特先生和大使夫人。

副领事口中不再吹《印度之歌》了。

在加尔各答，这天早晨，昏黄的光线之下，安娜-玛丽·斯特雷特正在穿过使馆的花园，他看见了她。

安娜-玛丽·斯特雷特要去使馆的那些附属建筑那边，她不止一次说，剩饭剩菜以后要留给加尔各答那些饿肚子的人，她还说从今天起，今后每天也要准备一个存放凉水的盆子，与剩菜剩饭一并摆放在炊事房的栅栏门前，因为夏日季风就要来了，他们要有水喝。

吩咐完毕，安娜-玛丽·斯特雷特又穿过花园，回到两个女儿那里，她们正在一条小径上等着她。她们一起朝网球场走去，而后又转向花园深处。她们在散步。气温太高了，网球场几天前就冷清下来。她们穿着白色运动短裤，手臂露在外面。她没有带帽子，她不怕太阳晒。正当他走过使馆的大楼时，安娜-玛丽·斯特雷特看见了他，向他点头示意，她待他也是矜持有加，像加尔各答的所有人那样。他弯腰鞠躬，继续前行。五个星期前他们就见过面了，两个人之间每次碰面都是这种方式。

空寂的网球场四周围有金属护网，一辆女式自行车停靠在那里，那是安娜-玛丽·斯特雷特的自行车。

夏尔·罗塞受法国大使之邀，与大使一起查阅让-马克·德·H 的档案材料。

大使的办公室里，窗帘低垂，以遮挡昏黄的光线。灯点亮了。办公室里只有他们两个人。

夏尔·罗塞给大使读着让-马克·德·H 写的关于拉合尔所发生事件的自述。

"我在拉合尔担任副领事一职，"夏尔·罗塞读道，"前后一年半。四年前，我递交了来印度就职的申请，当任命书下发给我时，我毫无保留地接受了。我承认在拉合尔做出了被人指证的那些事实。我不怀疑任何证人的诚信，指派给我的那个印度仆人除外。我愿就这些事实承担全部责任。

"关于我的将来，我听从我的上级主管的安排。如果他们认为必须解除我的职务，或者可以继续在领事机构留任，我一概服从。我随时准备去被指派的任何地方。我没有申请留在拉合尔，或者离开那里。我无法解释自己在拉合尔所做的事情，也无法解释为什么拒绝做出申请。我认为，没有任何外部机构或我们使馆部门的机构，会对我的说法真正感兴趣。但愿这一拒绝不要被看成是对任何人的怀疑或轻蔑。我仅限于说明，我实在无法以可以理解的方式汇报在拉合尔所发生的事情。

"需要补充的是，我在拉合尔的行为，并非如某些人认为的那样，是在醉酒的情况下发生的。"

"我以为他自己会提出解职，"大使说，"可他没那么做。"

"您下次什么时候见他？"

"还不知道。"

大使友善地看着夏尔·罗塞。

"我没有权利这么做，但我可以担待下来，我想请你帮我理理思路，这件事太棘手了。"

让-马克·德·H 的档案上面，是这样写的：独生子。父亲是个小银行家。父亲去世后，母亲嫁给了布雷斯特的一个唱片商，两年后也去世了。让-马克·德·H 继承了讷伊的私宅，假期他便回到那里小住。十三至十四岁时，在塞纳-瓦兹省蒙福尔市的一所中学做过一年寄宿生，寄宿的原因是体质较弱，宜多在室外活动。在去蒙福尔之前，学业中等。自蒙福尔中学后，成绩优异。因品行不良被校方开除，具体情况没有记录。之后回到巴黎，进入另一所中学。一直到学业结束，乃至后来——根据他本人志愿——进入中央政府部门工作的最初几年，没有任何意外。随后，让-马克·德·H 三次提交了停职申请，离开巴黎将近四年。没有人知道为什么，没有人知道他的去向。对他的评语很一般。好像让-马克·德·H 期待着来印度，就是为了暴露自己的本性。有一件事情非同寻常：似乎缺乏与女性交往的经历。

大使曾给他现在惟一的亲人写过信，那是他的姨母，住在巴黎的马勒泽布街区。她随即回了一封很长的信。信中这样写道："在这孩子身上，总是隐含着什么东西，与我们的期待不符，而我们还自以为了解他。谁会想得到呢？"

"没有提到疯狂吗？"

"没有，只是神经官能性抑郁症。尽管发作的时候人们习惯说：他神经错乱了。"

很晚才有了些举报。

"人们起初以为，"大使说道，"这个人只是爱开玩笑，爱摆弄手枪，可后来他开始在深更半夜喊叫……后来，这不说不行，有人在夏利玛的花园发现了死尸。"

关于他的童年，他的姨母说些什么呢？几乎没说什么：说他更喜欢寄宿生活，而不是家庭的温馨，说正是到了蒙福尔以后，他才变了，变得……据她说来谨慎持重甚至有些难以对付，但还是无法想象会变成在拉合尔那样的人。总之，一切都很正常，除了没有女人这一点，不过，真的是这样吗？

"我非常遗憾，"夏尔·罗塞读着那封来信，"无法给您提供实据，可以证明我的外甥曾经结识过某个女人。他总是愿意独处，尽管我们做了努力，但他还是一直独处着。很快，他就让我们，让他的母亲和我，跟他拉开了距离，并且当然听不到他的任何心里话。大使先生，请允许我以他母亲的名义并以我个人的名义，恳请您对他宽容为怀。我的外甥在拉合尔失去理智的行为，难道不证明着他的某种隐秘的精神状态？某种不被我们把握却并不因此就完全失当的东西？在接受惩处之前，这一行为难道不该或许从原则上得到悉心关注？为何要追溯到他的童年来解释他在拉合尔的行为呢？难道不该在拉合尔也寻找一下原因所在吗？"

"我还是更愿意采用惯常的思维方法，在童年中寻找原因，"大使说。

大使从那些材料中抽出了信。

"这封信的内容最好不要让拉合尔那边知道，"他说，"那会雪上加霜。这样做虽然不符合规定，但我还是想让你知道。你怎么想的？"

犹豫片刻之后，夏尔·罗塞问大使为什么大家对让-马克·德·H都这样宽容。眼下这个案子难道不适于从严惩处引以为戒吗？

"不这么严重的案子往往更适于从严惩处，"大使说，"这件案子没有反方，不是吗？这是一个……情况说明……很明显，另外，说起拉合尔……拉合尔，那又意味着什么？"

他有时会见见他吗？大使问道。不，这里没有人见他，除了欧洲俱乐部的经理，那个酒鬼。在拉合尔，从不见他有过什么朋友。

"他对欧洲俱乐部的经理说些知心话，"夏尔·罗塞说，"他也不一定不知道，几乎什么都给传出去了。"

"他说起拉合尔吗？"

"没有。好像主要说他的童年，正像您希望的那样……"

"可是，根据你的看法，他为什么这么做呢？"

夏尔·罗塞没有看法。

"他的工作很出色，"大使说，"现在好像恢复了平静。怎么办呢？"

两个人在那里琢磨怎么样安排让-马克·德·H，派往哪里，什么样的天气，哪一片天空下，以便他能得到自我平衡。

"问他去哪里的时候，好像他说出了孟买。不过，孟买那边不愿意。剩下加尔各答，我可以留下他……但是，加尔各答，从长远看，是最艰巨的。"

"我并不觉得他……会跟我们一样，认为这里……难以忍受，"夏尔·罗塞说，"加尔各答，是个矛盾的存在，但是他好像很适应。"

一阵暴雨降临。为时很短。大使走过去拉起窗帘。暴雨骤然停止，太阳在一小片晴空中显露出来，几分钟之后就消失了，留下的空当，陷在厚厚的云层里，很快又被填补上。一阵大风悄无声息吹来，刮走了花园里的阴影。

两人又谈起邀请副领事参加次日招待会的事。斯特雷特夫人是不是在读了那封住在马勒泽布的姨母写来的信后，才出面邀请他的？在最后一刻，为什么？之前她犹豫过吗？

"最后一刻，她写了个条，"大使说，"这样做，恐怕是为了把他与别人区分开，为了让他……一定来参加吧。要知道，我的夫人和我，我们尽量在外交礼节方面同排斥他人的现象做斗争，无论这些现象看上去多么有理有据。"

大使对夏尔·罗塞凝视片刻。

"你还不习惯。"

夏尔·罗塞笑了笑。

"比我预料的还要糟。"

应当到岛上去转转，斯特雷特先生建议道，要想在加尔各答坚持住，就应当养成到岛上走走的习惯。他自己也要离开加尔各答，去尼泊尔打猎。他的夫人去岛上，他的女儿们也要去，下星期功课一结束就去。哪怕只是为了在那个美妙的威尔士亲王大酒店住两天，也应该去那里。另外，加尔各答到三角洲的线路也不错，应该乘车穿过三角洲那一望无垠的稻田，那是北印度的粮仓，看看印度的农业古风，看看更古老的印度，看看我们所在的这个国度，不要整天待在加尔各答。为什么夏尔·罗塞不能一到这个周末就走？这可是季风期的第一个周末。从后天星期六起，加尔各答的英国和法国白人，就会倾城出动。

大使停住话头，示意夏尔·罗塞看看窗外。

副领事正穿过花园。他朝空寂的网球场绕过去，看了看网球场，走回来，又走过去，从一扇敞开的窗前走过，却似乎并没有注意到窗子的存在。

另一些人走出来，穿过花园。已是中午时分。没有人跟他搭话。

"他等我召见等了五个星期了，"大使说，"我打算近日见他。"

可是，他是在等待这次召见吗？也许正相反，他希望这次召见推迟下去，无限推迟？没有人知道。

大使脸上挂着稍显勉强的微笑说：

"我们这里现在来了一位年轻可爱的英国朋友，看到拉合尔副领事他无法忍受……确切地说，倒不是害怕，而是不自在……大家避之不及，的确，我承认……我也有点儿这样。"

夏尔·罗塞向大使告辞。他也穿过使馆的花园。没有树阴的尼泊尔棕榈树一动不动耸立在路旁。

夏尔·罗塞刚刚走上那条滨河大道，就看见了副领事。只见他停在那些麻风病人的前面，如刚才停在网球场前那样，在看着什么。

夏尔·罗塞犹豫着，温度这么高，可是他还是返身回去了。他重新穿过花园，从另一个门出去，返回他的寓所，他的住处和副领事的一样，都坐落在滨河大道，但是他的住所离办公室更远些，它们实际是一对姊妹建筑，就是那种带游廊的二层小楼，外墙用鳞片状黄色石膏涂饰，周边种着欧洲夹竹桃。

"可以跟他说说话，当然，如果你觉得有气力的话。"大使这么对他说过。

夏尔·罗塞在淋浴，这是今天的第二次。加尔各答的地下水永远是那么凉爽。

他的餐具摆好了。夏尔·罗塞打开餐巾，吃起印度咖喱饭，咖喱的味道太重，这里总是这样重，夏尔·罗塞就像是认命一般吃了下去。

然后，一离开餐桌，夏尔·罗塞就到百叶窗紧闭的卧室里去睡了。

现在是下午一点钟。

夏尔·罗塞沉沉睡去，他要从加尔各答的大白天赢得几个小时。五个星期以来，他都是这样睡着。

在如此酷热当头的午休时间，有人要是从滨河大道上走过，就会看见副领事在他的卧室里来回踱步，几乎赤着身子，一副精神饱满的样子。

到了下午三点钟。

一个印度仆人来叫醒夏尔·罗塞。从微开的门缝处，探出一个显露着狡黠和持重的脑袋来。先生该醒来了。睁开眼睛，忘记了，就像每天下午一样，忘记了是在加尔各答。这房间光线很暗。先生要茶吗？我们梦见了一个粉红色的女人，穿着粉红色毛线便装看书的女人，她在遥远的英吉利海峡凛冽的海风中读着普鲁斯特。先生要茶吗？先生是不是病了？梦中，在穿着粉红色毛线便装的粉红色女人身边，我们感受到对不在这海岸地区的其他事情的某些烦恼：昏暗的光线下，一个穿着白色运动短裤的女人，每天早上，不紧不慢地穿过夏日的季风中空寂的网球场。

要茶。打开了百叶窗。

来了。百叶窗嘎吱作响，因为他们永远都不知道该怎么用。目光在何处？

房间里流光反射，让人眼花。随着光线而来的是恶心。每天都想给大使打电话：大使先生，我申请调动，我不能，我不能适应加尔各答。

在哪里等待爱情前来救助？

打开了电扇，又去厨房备茶。人走过去了，气味留了下来，棉布和灰尘的气味。未来的三年中，我们将一起被关闭在使馆的寓所里。

夏尔·罗塞又睡着了。

端茶进来，叫醒了他，看看他是不是死了。

把白衬衫和晚礼服准备一下，明天要穿，明天法国使馆有招待会。明白。

拉合尔副领事的那个印度仆人，夏尔·罗塞想起来了，为了避免去做对主人不利的证词，逃跑了。后来被抓回来，但他说了谎。

夏尔·罗塞起床下地，冲了澡，来到阳台上，看见一辆黑色蓝旗亚正从使馆大院驶出，上了滨河大道，安娜-玛丽·斯特雷特和一个英国人在车里，他遇到过那人几次，在网球场。

黑色蓝旗亚加速，疾驶而去。如此看来，有关她的传闻，莫非是真的？

夏尔·罗塞需要弄清楚吗？大概，是的。

他去配膳室，喝了杯冰镇白兰地，这会儿，仆人按他的吩咐正熨着他的白衬衣。

夏尔·罗塞又一次在难耐酷暑中穿过使馆花园。他在想明天招待会会遇到哪些人。邀请那些上司们的夫人。邀请安娜-玛丽·斯特雷特跳舞。此刻，酷暑之中，她正飞驶在通往尚德讷戈尔的路上。

副领事出现在他的前面，比较远的地方。他看见副领事离开夹竹桃树下的小径，朝网球场那里走了几步。在花园的这一侧，此时只有夏尔·罗塞和让-马克·德·H两个人。

让-马克·德·H不知道夏尔·罗塞在看着他。他以为只有自己一个人。夏尔·罗塞也停住脚步。他试图看一下副领事的面部表情，可他并没有转过身来。网球场的护网上，停靠着一辆女式自行车。

夏尔·罗塞从那个地方已经看到过那辆自行车。刚刚他还提醒自己注意。

副领事此时离开小径，走近那辆自行车。

他在做着什么。从眼下的距离看，很难知道他究竟在做什么。

他好像在盯着那辆自行车，触摸着，他探下身去，良久过后才直起腰来，依旧盯着看。

他返回到那条小径上，有些摇晃地走了，步子却平稳如常。他朝领事处的办公室走去。很快就不见了。

夏尔·罗塞这才挪动脚步，走上小径。

停靠在护网上的自行车覆盖着小径上灰色的纤尘。

自行车被遗弃，闲置，令人惊恐不安。

夏尔·罗塞加快脚步。出现了一个过路人。他们互相看了看。这个人知道吗？不会。整个加尔各答都知道吗？整个加尔各答都沉默着。或者不知道。

副领事到底在做什么，每天一早一晚，都要去那个空寂的网球场？他做了什么？对谁说呢？对谁说这事呢？对谁去说这不太好说的事呢？

小径又归空寂。过路人离开了花园。眼前热气飘浮。夏尔·罗塞试图去想象副领事那张平滑的脸，可是他意识到自己无能为力。

远处飘来《印度之歌》的口哨声。看不见谁在吹。

孩子出生在乌栋附近，在一处有遮挡的地方，接近一个佃农的房舍。她先在那里转悠了两天，因为佃农的女人，她也是，又瘦又老。女人帮了她。头两天，她端来米饭、鱼汤，第三天，她拿来一个出发用的麻布袋。彼得·摩根写道。

她没有把这个曾和她连体的女孩扔进湄公河，也没有将她丢在同塔梅平原的某一条路上。在这个小女孩之后，她还生下其他孩子，都被她丢弃了，每一次，不管她在什么地方，都是在同一个时辰，正当午的时候，太阳晒得人头晕眼花的时候。到了晚上，她又是一个人了，想到孩子的模样——真舍不得丢下——她不仅寻思起来，一直带在身上的小东西不知道会怎么样了，就这样放在那里一个人上路。她想不清楚。她揉了揉自己的双乳，一点儿奶水流出来，她继续上路。第一次怎么样她大概忘记了，她禁不住抱怨起来。随后几次，她没注意到有什么差别。她走着，然后就睡下了。睡之前，她唱了起来，那首马德望的童谣，孩子们骑在牛背上一边颠簸一边嬉笑地高声唱着的那首歌谣。她睡在林中乡村的丛林篝火后面，那里是阴暗的森林，时常有老虎出没。

过了乌栋，沿着洞里萨湖就好走了。孩子直挺着身子睡在背袋里，背袋吊在肩膀上，在腰间束住。她继续沿洞里萨湖下行。在金边，她停留了几天。接着开始沿湄公河顺流而下。河中运米的帆船驶过，有好几百艘。

有个女人曾给她做过指点，那是在过了菩萨城之后，但还不到磅湛，那时还没有生下孩子，刚过金边，在去朱笃的路上。她还记得。带着个孩子，她找不到工作，没有人会要她的。没有孩子的时候，她都找不到工作，十七岁，还挺着个肚子，到处被人驱赶。滚开。

她毕生都没有工作过，职业对她来说，是陌生的东西。

那个女人给了她一个很值得考虑的指点：听说有些白人收留孩子。她又上路了。她不再打听什么。这里没有人讲柬埔寨语，很少。最近的白人哨站在哪儿？滚开。应当沿着湄公河走，她知道，这就是窍门。她这样做了。后背上的孩子，几乎一直在睡着。几个星期以来，尤其是最近几天，她老是在睡，应当叫醒她，让她吃东西。吃什么呢？这孩子，应当马上给人，到时候了。给人以后，轻松上路，走在稻田的田埂上。孩子的眼睛微蓝，却总是闭着。她看到过什么东西吗？到了龙川，她看到街上总有一些白人来来往往。白人哨站。她来到集市上，把孩子放在一张破布上，等着。她一路上看到的最后一个柬埔寨女人从跟前走过，问她孩子是不是死了。于是她掐了孩子一下，孩子哇的一声叫了起来，当然没死。那个柬埔寨女人说孩子快死了，应该抓紧……你到底要怎样？

"给人。"

那女人很不屑：谁要这么丢人的东西，这么瘦的一个女孩？在沙沥，她又看到白人，她来到集市，把孩子放在一张破布上，等着，没有人过来和她搭话，孩子死睡不醒。把她丢在这儿吧，就这么睡着……可是集市散了以后，要是有狗来怎么办？她又上路了。到了永隆，街上还有白人，有不少啊！

她来到集市上，把孩子放在面前的一张破布上，自己就地蹲下来，等着。这个集市使她展开了笑脸，一路长途跋涉——她现在走得快了因为要和死神赛跑——见识过那么多集市，比如眼前永隆这个集市，这使她学会了动脑筋。这个漂亮的孩子，你们谁要就抱去吧，她吆喝起来，一分钱也不要，因为她再也不能带她上路了，看看我的脚你们就明白了。没有人听得懂。她的脚受了伤，被一块锋利的石头划破，留下一个很大很深的伤口，肉皮下面有蛆虫在蠕动，她不知道伤口已经发臭。孩子在睡着。她没有看着孩子，也没有看着放在孩子身边的那只脚，她自顾自说着，如同在洞里萨的集市上那样，那时候她母亲忙前忙后。今天她之所以这样做，是因为看到了桌案上的食物，闻到了烤肉和热汤的香味。看看啊，谁要这个孩子？她没有奶了，今天早上，孩子不愿吃剩下的奶了。有人从一艘船上给了她热米饭，她嚼了又嚼，嘴对嘴喂给孩子，可孩子吐了。好吧。那就编谎话。说这个孩子身体结实。谁想要她，说一声就行。她在那里已经等了两个小时了。她意识不到这地方没有人听得懂她在说什么。昨天她是注意到的，今天没有。

直到集市收尾，所有商贩都忙着收摊时，才看到一个白种女人经过，她又胖又重，身边跟着一个白人小女孩。

姑娘变得聪明起来，狡黠，机灵，她预感到机会来了。

她看到软木太阳帽下的一双眼睛——已经不再年轻——终于朝她这边看过来。

她看了。

这是第一次。姑娘朝她笑着。那女人走过来，从钱夹里取出一个皮阿斯特，给了姑娘。

她走开了。

姑娘喊起来，招呼她过来。那女人走回来。姑娘一面指着地上的孩子，一面要把皮阿斯特还给她。姑娘侧过身，指指身后，大声叫道：马德望。那位夫人看了看，不，又走开了，她拒绝收回那个皮阿斯特。姑娘的叫喊招来一些人，聚在她周围。

那位夫人正在走远。

姑娘抱起孩子，追过去，她紧跑一阵，赶上了她，嘴里说出一大串话，一边指来指去，一边笑着把孩子递过去。夫人侧过身去，口中叫喊着什么。跟夫人在一起的那个白人小女孩，看了看那个小孩子，——像看什么似的，看什么呢？——之后对夫人说了什么。夫人拒绝，继续走路。

姑娘也继续走路，她跟着这位夫人。夫人转过身来，驱她离开。但是，为了护住孩子，什么也吓不倒她。

姑娘立在那儿，等夫人走上几步，便又跟过去，手中拿着那个皮阿斯特。夫人转过身来，又喊了几句，跺起脚来。姑娘朝她笑着。她又开始了，伸出那只脚来，指了指北方，将孩子送过去，嘴里又说了一通。夫人没有看，继续走路。

姑娘在街上远远地跟在后面，孩子和皮阿斯特始终往前伸着，面带微笑。夫人没有再回身。

白人小女孩离开妈妈，与姑娘并排走起来。

姑娘这时已不说话，赶上夫人，白人小女孩走在她旁边。她们就这样，前后相随，在哨站的街道上，走了一个小时。姑娘不再说什么，在商店门口等着夫人，白人小女孩陪着她。白人小女孩不再离开她。白人夫人呵斥她的孩子，孩子没有哭。在返回的路上，她们三个一起跟着白人夫人。越走近，成功的机会就越大。白人小女孩的眼睛里，有一种坚决的神情，越往前走越坚决。姑娘一面走着，一面看着白人小女孩，那女孩却只看母亲的后背，往前走。夫人转弯了，后面的三个也跟着转弯。夫人要是吼叫起来，驱赶起来，她们就不吱声，立在那儿等着，而后再跟过去，贴上去。这会儿，一个栅栏出现在面前。姑娘看得出，白人小女孩似乎是打死也不想和她分开。

夫人站在大门前面。她打开大门，手还留在把手上，她转过身来，看着自己的孩子，看了很长时间，权衡利弊，只看自己孩子的眼睛。她让步了。

大门关上了。姑娘和她的孩子进去了。

事情成了，不会弄错，到处找都找不到，她的身边什么也没有，彼得·摩根写道。

事情成了：孩子被收留，被带进别墅。

马德望欢快的歌谣是这样唱的：水牛想吃青草，但时辰来到的时候，会轮到青草把水牛吃掉。午后的时候。事情成功以后，姑娘在院子里歇息着。房子是白色的。没有人走动。有砖墙，还有一排木槿篱笆。她坐在一条小径边，背靠着一棵番荔枝树光滑的树干。背靠着树干，稳稳当当，实实在在，没有人走动，大门在她们一行人进来之后就关上了，院里种有花草，不见狗跑动。地上，熟透的番荔枝果掉落，摔裂，绽出黄油一样浓稠的果汁，渗到泥土里。夫人刚才示意她坐在那里等着。姑娘很有成算：就算她再还给她孩子，就算她想象得出可以再还给她，她也不会伸出胳膊接过来，她身前空空如也，什么都没有，两只手背在身后固定在一起，宁愿被折断也不会再伸出来。她要穿越篱笆溜走，像一条蛇一样。不，不用害怕。多么安静，没有人走动，没有别的人，那些番荔枝果摔落到地上，果汁流淌，没有人去踩，走路经过小心避开。一点儿也不用害怕：夫人的小女孩愿意这样，上帝愿意这样。给出去了。接过去了。事成了。

姑娘来到了九龙江平原。

她并不知道。夫人就住在九龙江平原，在这个地区的第一个白人哨站，但是没有任何办法让姑娘听明白。没有可以交流的语言。

九龙江平原离菩萨城四百公里。自她分娩以来，一年过去了吧？好像是在乌栋一带生的吧？既然自乌栋以后她的步子放慢了，背着一个累赘无法像从前那样快走；既然她为了能活下来不得不常常歇息，在村头和那些男人在一起，还要睡觉，还要偷东西吃；既然她一路行乞，在打量过往行人上花了很多时间，算起来到她在九龙江平原的这个院落里休息下来，她离开马德望已经有将近一年的光景了。

她也将离开九龙江平原。她将向北走上一程，几星期后，她再西向而行。而后，踏上十年的加尔各答之路。到了加尔各答，她将留在那里。她将留在那里，留在那里，留在一次次的季风里。在那边，在加尔各答，睡在恒河岸边的灌木丛下，与麻风病人在一起。

为什么是这样一番曲折路程？为什么？难道她追随的不是道路而是鸟迹？是古代中国商队的茶马古道？都不是。在树木之间，在寸草不生的坡地上，哪里有空地，她就迈开脚步，走过去。

小径那边，另外两个白人孩子，这是两个男孩，走过来打量她一会儿，便蹦蹦跳跳地走开了，避着那些落地的番荔枝果，他们穿着白色凉鞋。夫人的小女儿没有再出现。一个大概是仆人的男子，端来了鱼、肉和热米饭，摆在她面前的小径上。她吃起来。从这里可以看得见：在小径的那一头，与栅栏门相反的方向，有一个封顶的游廊。将她与这个游廊相隔的，是一条约二十米长的小径。她背靠在番荔枝树上，面前摆着食物，但她看见了，她的孩子正用一块白被单裹着，躺在一张桌子上。夫人俯身对着孩子。她自己的孩子围在一旁，默不作声地看着。白人小女孩在那儿：上帝是存在的。看得出夫人试图给孩子喂奶，用一个小奶瓶向孩子的嘴里倒着。夫人摇晃着孩子，叫喊着。姑娘不由得直起身子，略微有些担心。要是这个孩子身体不好，他们会不会再还给她，把母女俩赶走呢？她要不要马上溜掉？不，不用。没有人朝她这边看过来。瞧这孩子，真能睡！在夫人的叫喊声里，她和在寂静的路上时一样沉睡不醒。夫人又开始了，摇着，叫着，倒着。没有办法。孩子不喝。奶流淌在孩子嘴边，并没有流进嘴里。生命残存着，似乎只是为了拒绝再活下去。换个办法。夫人放下奶瓶，仔细打量沉睡不醒的孩子。几个白人小孩依旧默不作声地等着，现在他们三个人都要留下这孩子。上帝无处不在。夫人抱起孩子，孩子没有动。夫人让孩子立在桌子上，两手扶着她，那孩子微微耷拉着脑袋，还在睡。孩子的肚子鼓得像球一样，里面是空气和虫子。夫人将孩子放回被单上，在一张椅子上坐下来，沉默着。她在沉默中思考。再换个办法。夫人用她的两个手指，启开孩子的嘴，她看见什么？不用说，是牙齿，还看见什么？她压制住一声惊叫，似乎是这样，接着便朝小径这头的姑娘看过来。姑娘当即低下了头，就像做错什么事似的。她在等。危险过去没有？没有。夫人将孩子放在被单上，向她这边走过来。这么难听的是什么语言？她要说什么？夫人伸出两只手来给她看。请告诉我，孩子多大了？姑娘也伸出两只手来，找了找，没找到什么，任两只手那么张开着。快十个月了。夫人大叫着走开，抱起孩子，拿起被单，一并带进别墅。

午后院子里寂静无声，姑娘睡着了。

她醒来，抬眼看见夫人又站在面前，又来问什么。姑娘回答：马德望。夫人又走开了。姑娘迷迷糊糊又睡了过去。她从树阴下挪出身子，躺在小径上。手里还握着上午那枚皮阿斯特。没有人再来找她，但她还是有些心存戒备。马德望将她保护起来，她什么也不再说了，只说这个词，她藏在这个词里，这是她藏身的房子。可是，既然她还是心存戒备，她为什么不离开呢？她在歇息吗？不，不完全是，她还不想离开这地方，她在等待，在重新上路之前，想弄清楚下一步去哪里，眼下要做什么。

就在这天下午，事情自然决定下来。既然走到眼下这一步，她怎么还能走回头路呢？

她醒了。夜幕降临。游廊里面，灯光很亮，夫人又在那里俯身对着孩子。这一回，只有她一个人和孩子在一起。她是不是又想弄醒孩子？不是。是别的事情。姑娘踮起脚来看到了：夫人将孩子在桌上放好，离开一会儿，回来的时候拿着一桶水。随后，她抱起孩子，一面对孩子轻声细语，一面把孩子放到水里。她不再发火，不再气恼恼地对待这一对骨瘦如柴的母女。她明白这孩子一定还活着，她给她洗澡就是个证明。怎么会给一个死婴洗澡呢？这些，她的母亲都知道。眼前这位夫人，她也知道。两个女人。真安静，这个院子。人家大概忘了她还在小径上。事情就是不一样。在她的脚前，紧挨着树身，有一大碗鱼汤已经凉了，那是在她睡着的时候，有人放在那儿的，当时并没有用脚把她踢醒。汤碗的旁边，有一瓶药，是治脚伤用的。

她吃着。她边吃边看，夫人在用掌心抚摩孩子，口里对她说着什么，孩子的小脑袋上沾着白色的泡沫。姑娘静声笑起来。她站起身子，朝那边走了几步，看着。从上午到现在，她还是头一回走动。她没有显身露面，再也不。她看到：孩子在水桶里睡着，白人夫人不再说话，正用白色浴巾给孩子擦身。姑娘又朝前走了几步。孩子眼皮微微颤动一下，轻轻叫了一声，又在那浴巾里睡着了。姑娘又看了一会儿，便离开那个地方，回到她的树下。番荔枝树影浓密，她坐在下面，以免被人注意，继续等待着。

道路清晰可辨，天空满月高悬。她捡起身边落下的一个番荔枝果，送到唇边，乳白色果肉，甜甜的，可是令人作呕，不是奶汁。不是。她将果子又放回地上。

她不饿。

夜幕下，房屋的轮廓分明，画出清晰的影子，院子里空无一人，外面的道路想必也是如此。栅栏门应该是关着的，但穿过篱笆还是轻而易举的。

门铃响起。一个仆人过来开门。一个白人先生进来，挟着一个包。门又关上了。仆人和那白人先生从姑娘旁边走过，却没有看见她。白人先生见到夫人。两人说起来。夫人从浴巾里抱出孩子，让他看过，又放回浴巾里。而后，他们进了别墅。游廊里的灯依旧亮着。院子又静下来。

马德望的歌谣，有时我睡在肥大的水牛背上，米饭吃得饱饱的，是母亲给我的。母亲，瘦瘦的爱发火的母亲，陡然击碎了记忆。

这里，在这个院子里，是不能唱歌的。在围墙和木槿篱笆的外边，道路四通八达。这里，是别墅。旁边，其他的建筑，一个挨着一个，很整齐，都是一扇门，三扇窗。原来是一所学校啊。马德望也有一所学校。马德望真有一所学校吗？她忘记了。校舍的前后，有关着的大门，有木槿篱笆，一堵砖墙；这里，在汤碗旁边，在地上，放着一节纱布，一瓶灰色的药水。姑娘用手在脚上挤一下，蛆虫出来了，她把灰药水倒在上面，把脚包扎起来。几个月前，在一个卫生站里，人家也这样给她治疗过。那只脚就像灌了铅一样沉重，尤其在她驻足歇步的时候，但她不感觉疼。她站起来，望着栅栏门。别墅里传出说话声。回到马德望，再见一见这个瘦瘦的女人，母亲。她打孩子。孩子们躲到斜坡上去。她叫喊。她喊孩子们回来，分给他们米饭。眼前一片烟雾，她落泪了。在长大之前，再见一见她，这个女人，就一次，在她又一次上路、也许是走上黄泉路之前，再见一见这个动不动就生气的母亲。

她永远不会找到回家的路。她也不想再找到它。

微风轻拂，树影婆娑，丝绒般的道路铺展，踏着丝绒走向洞里萨。她环视四周，原地转了圈身子——从哪里出去？——她挠了挠发痒的乳房，因为今晚又有几滴奶上来，她不饿，她伸了个懒腰，青春多好啊，星夜启程，奔向远方，唱着洞里萨的歌谣，每一首歌谣。十年以后，在加尔各答，只剩下一首歌谣，惟一的一首，占据着她破碎的记忆。

自那个白人先生来了以后，一扇窗子亮起了灯。刚才说话的声音，就是从那里传来的。她又朝那边走去——这是要离去了——，踮着脚尖，附在房前的石井栏边仰头朝里张望。他们俩都在那里，那两个白人，还是他们。她的孩子躺在那位气咻咻的母亲的膝上，正睡着。那母亲不再看着孩子。男人也没有看，他站在那里，手里拿着一根针。桌子上放着那瓶奶，还是那么满满的。夫人不再喊叫。夫人在哭。她在哭啊。与她分离的孩子睁开了眼睛，随即又睡着了，过会儿又抬了下眼皮，又睡着了，睁下就睡，睁下就睡，没完没了。这都与我无关了，其他女人被指定来照顾她，我再加上你，没必要重叠。让我们彼此分开是多么艰难啊，圆脑袋从背袋里露出来，每跨一步都跟着晃荡一下，应当慢点儿走的，可我们却小跑着，应该避开大石头，看着路面，我们却两眼望天，撞在石头上。大夫走近干干净净的孩子，给她打了一针。这孩子虚弱地哭叫一下。姑娘曾在卫生站看到过打针治病。孩子的脸部抽动，让别人也随之抽动。行走时勒住双肩的那份重量，那份无论孩子是死是活都没有增加过的重量，卸掉了。姑娘从她在张望着的地方把它解脱下来。轻松的后背退了回来，离开了那扇窗口。她动身了。她穿过木槿篱笆。来到了白人哨站的一条街上。

说着马德望的语言，像今晚这样饱餐一顿。回去见一下那个女人，她见过的这天底下最坏的女人，要不是她，我会变成谁呢？谁啊？她迈步向前。肩膀有些僵硬，肚子有些作痛，她走着，走开了。她用柬埔寨语说了几句话：你好，晚上好。过去，她对孩子说话。现在对谁说呢？对洞里萨的老母亲，万恶之源，她的厄运之源，她纯粹的爱。她一边走着，一边与腹痛较量。从吃得过饱的肚子传来的一阵绞痛，让她感到窒息，她想大口呼吸，把食物吐出来。她停下来，转过身去。一个栅栏门打开了。还是那个栅栏门，还是那个白人先生，他出来了。她原以为自己离开别墅很远了。她不再害怕那个白人先生。他从离她很近的地方匆匆走过，没有看见她。

别墅的灯熄了。

季风期大概这几天完全过去。从什么时候开始，每天都要下起一场大雨，浇在这沉重的建筑上？

现在再回到母亲家里，回去和大家玩耍，回到北方跟大家问好，和别人一起欢笑，挨母亲的打，被她打得死去活来，这一切都太迟了！她从怀中拿出那枚皮阿斯特，借着月光看着。这枚硬币她打算不还了，她把它放回怀里，又开始往前走。这一回，是的，她往前走。


她是从木槿篱笆那边出去的，她肯定是这样，她走了。


有一个码头：这是湄公河。一些黑色的帆船停泊在那里。它们将在夜里起航。没有马德望，这也可算是她的家乡。一些年轻人在弹奏着曼陀林，黑色的帆船之间，有卖鱼汤的商贩摇着一只小船，更远处还有两只，都点着煤油灯，鱼汤下面燃着炉火。从河岸那边的一处布篷里面，传来一阵歌声。她开始跟着帆船前行，迈起了乡下姑娘那滞重又均匀的步伐。今夜，她也起程。

她没有回到北方，彼得·摩根写道。她沿着湄公河逆流而上，为了返回北方。但是，有一天早上，她返身折回，改变了方向。

她走到湄公河的一条支流上，之后，又走到另一条支流上。

某个晚上，一片森林出现在面前。

又一个晚上，一条河流出现在面前，她还是沿着河流走。河流很长。她离开河流。又是一片森林。她又开始行走，走过河流和道路。她经过曼德勒，沿伊洛瓦底江南下，经过卑谬和勃生，来到了孟加拉湾。

有一天，她坐在大海边上。

她又上路了。

她穿过吉大港南部与若开山脉中间的平原地带，一路北上。

她走了十年，有一天，她来到加尔各答。

她留下不走了。

起初，她还有青春的模样，顺路的帆船有时也会带上她。可是后来，她脚上的伤口越来越腐烂发臭，于是，一连几星期，一连几月，没有一艘船肯让她搭船同行。也是由于这只脚的原因，那一段时间，男人们也很少碰她。不过，有时，这也发生过，和某个伐木工。在山区的某个地方，有人给她治过脚。在一家卫生站的院子里，她待了十来天，还有吃的，但她还是跑开了，脚治好了以后，她感觉舒坦多了。之后，就来到了森林。在森林中疯癫发作。一路上，她总是找靠近村子的地方睡觉。但是，有时见不到村子，她就在采石洞或者树下睡觉。她梦见自己成了她死去的孩子，梦见自己变成了稻田里的水牛，有时又变成了稻田、森林。她后来可以整夜待在恒河的死水里没有生命危险，可是她梦见自己也死了，淹死在水中。

很多情况导致了她出现疯癫，比如在菩萨城的饥饿，当然还有菩萨城之后的饥饿，还有太阳光线，缺乏言语交流，森林里飞虫恼人的嗡嗡声，还有林间空地的寂静等等。她脑子里什么都被打乱，越来越乱，直到有一天，她脑子里再也不乱了，突然之间再也不乱了，因为她再也不去想什么，再也不去寻找什么。在这样漫长的跋涉中，她吃的是什么呢？随便哪个村头讨一点米饭，是的，有时是这样，被老虎咬死、丢在那里等待腐烂变臭的死鸟，各种水果，各种鱼类，在到达恒河之前，就已经这样了。

她一共生了多少孩子？在加尔各答，她找到了丰足的食物，威尔士亲王大酒店有满满的垃圾箱，她还知道在某个小栅栏门前摆着热米饭，可是在加尔各答，她失去了生育能力。

加尔各答。

她留了下来。

她走了十年。

彼得·摩根停止了写作。

凌晨一点钟。彼得·摩根走出他的房间。加尔各答夜晚的气味，就是河泥和藏红花的气味。

她不在恒河边上。灌木丛下什么都没有。彼得·摩根绕到使馆炊事房的后面，她也没在那里。她没在恒河里洗澡。彼得·摩根明白了，她去了岛上，她是扒在客车顶上去的，在夏日季风期，威尔士亲王大酒店的垃圾箱吸引着她。麻风病人们在那儿，沉睡着。

卖掉一个孩子的故事是安娜-玛丽·斯特雷特讲给彼得·摩根的。十七年前，在老挝的沙湾拿吉，安娜-玛丽·斯特雷特目睹了这桩买卖。那个女乞丐，在安娜-玛丽·斯特雷特看来，说的应该是沙湾拿吉话。时间并不吻合。这个女乞丐年纪还小，不大可能是她见过的那个。然而，彼得·摩根还是把安娜-玛丽·斯特雷特讲的故事，插到他写的这个女乞丐故事中去了。大使夫人的女儿们看见过这个女乞丐，她站在她们的阳台下面，向她们微笑。

彼得·摩根现在想用自己惯常的陈旧记忆，来替代女乞丐荡然无存的记忆。如果不这样做，他便找不到语言，把加尔各答这个女乞丐的疯癫写出来。

加尔各答。她留了下来。她走了十年。她是从什么时候开始丧失记忆的？怎么去写她没有说出来的话，她将说不出的话？怎么去写她不再记得的自己曾经见过的东西，她不再记得的曾经发生过的事情？怎么去写已经从她的整个记忆中消逝的那些东西？

彼得·摩根在睡梦中的加尔各答漫步，沿恒河岸走着。当他快要走到欧洲俱乐部的时候，他看见露天座上副领事和俱乐部经理两人的身影。这两个男人，每天晚上都这样坐在那里聊着。

副领事在说话。那带着嘘响的声音，就是他的声音。彼得·摩根离他们还有一段距离，听不清楚他在说什么，但是，他并没有再走近，而是转身走开了，因为根本不想听到副领事的任何一句心里话。

彼得·摩根来到大使官邸前，消失在花园里。

今晚，在俱乐部，只有一桌打桥牌的人。别人很早就睡了，招待会明天举行。俱乐部经理和副领事并排坐在露天座上，面对着恒河。这两个人没有玩牌，他们在说话。大厅里那些玩桥牌的人，听不到他们在聊什么。

"我来这里有二十年了，"俱乐部经理说，"要是我会写作该有多好……把我的所见所闻写出来，肯定会非常精彩……"

副领事望着恒河，跟往常一样，他没有回答。

"……这个国家，"经理接着说，"它有一种魅力……让人难忘。在欧洲，我们很快就会觉得厌烦。可这里呢，永远是夏天，当然够艰苦的……但要是习惯了这里的炎热……今后想起这里的炎热来，到了那边以后，想起这里的夏天来……这神奇的季节。"

"神奇的季节。"副领事重复道。

每天晚上，俱乐部经理都谈印度，谈他自己的经历。随后，法国驻拉合尔副领事也随兴所致地谈起自己的经历。俱乐部经理知道怎么和副领事攀谈。他先扯一些不痛不痒的话题，副领事似听非听，但往往到最后，却能调动起他那带着嘘响的声音。有时，副领事侃侃而谈的东西难以理喻。有时，他又言辞明确清晰。他的话在加尔各答传成了什么样子，他看起来好像不知道。他不知道。除了俱乐部经理，这里没有人跟他攀谈。

经常有人向俱乐部经理打听，副领事跟他说了些什么。在加尔各答，人们都想知道。

玩牌的人走了。俱乐部里没有客人了。沿着露天座由粉红色小灯泡构成的不停闪烁的灯饰，刚刚熄灭。副领事向俱乐部经理长时间询问了有关安娜-玛丽·斯特雷特的情况，她的情人，她的婚姻，她的时间安排，以及她去岛上的事。看来，副领事知道他想要知道的事情，但是他还没有离开。这会儿，两个人都沉默不语。他们喝了酒，每天晚上都喝很多，在露天座。经理的愿望是在加尔各答死去，永远不再回欧洲。他对副领事说了几句这样的想法。副领事说，就这一点，他也有同感。

今晚，副领事向俱乐部经理长时间询问了有关安娜-玛丽·斯特雷特的情况，他自己没有多讲什么。经理等着他像每天晚上那样打开话匣子。这不，他开始了。

副领事问：

"你是否认为，为了经历爱，有必要在条件具备时再加上一把劲？"

经理不明白副领事想说什么。

"你是否认为，为了爱能够得以表白，为了某一天早晨醒来能够有爱着的感觉，应该伸手援救？"

经理还是不明白。

"比如某件东西，"副领事接着说，"原则上，我们把它放在自己面前，而后我们向它付出爱。一个女人或许就是这种最简单的东西。"

经理这时问副领事，是否他爱上了加尔各答的某个女人。副领事没有回答这个问题。

"一个女人或许就是最简单的东西，"副领事又说，"我刚刚发现这种东西。我从未经历过爱情，我对你讲过吧？"

还没有呢。经理打了个哈欠，但副领事毫不介意。

"我是个童男。"副领事说。

醉眼朦胧的经理睁开眼睛，看着副领事。

"我曾好几次努力去爱不同的女人，但总是功亏一篑。我从来没有超越出爱的努力，你明白吗，经理？"

经理觉得听不明白副领事要说什么。他说：我听着呢。他准备好了。

"我从这种努力中得到超越，"副领事说，"有几个星期了。"

副领事这时转向俱乐部经理。用手指着自己。

"看着我的脸，"他说。

经理把目光转过来。副领事把他的脸转向恒河方向。

"由于不能去爱，我就试图爱自己，但是我没有做到。不过，直到最近，我还是更倾向自己。"

"你大概不知道自己在说什么吧？"

"很可能，"副领事说，"长期以来，努力自爱使我变得面目全非。"

"我相信你刚才说的，说你是个童男，"经理说。

他看来对这一坦白很满意。

"这里的人，他们听到这个会心安的，"经理又说。

"说说看，经理，我的脸怎么样？"

"还是很难。"

副领事脸上无动于衷，继续说下去：

"我刚来的那一天，看见一个女人穿过使馆的花园，朝网球场走去。那时天还早，我正在花园里散步，遇到了她。"

"是她，斯特雷特夫人，"经理说。

"很可能，"副领事说。

"不再年轻。丰韵犹存？"

"很可能。"

他沉默下来。

"她看到你了吗？"经理问。

"是的。"

"你能说得更详细点儿吗？"

"哪方面？"

"关于这次邂逅……"

"这次邂逅？"副领事问道。

"这次邂逅对你的影响，能说说吗？"

副领事沉思良久。

"你觉得我能吗，经理？"

经理看了看他。

"可以说一说吧，天知地知你知我知，我向你保证。"

"我想想，"副领事说。

他还是沉默着。经理打了个哈欠。副领事好像没有注意。

"怎么样？"经理问。

"我只能对你再讲一遍： 我刚来的那一天，看见一个女人穿过使馆的花园，她朝空寂的网球场走去。那时天还早。我正在花园里散步，遇到了她。我继续吗？"

"这回，"经理说，"你说网球场是空寂的。"

"这就耐人寻味了，"副领事说，"网球场的确是空寂的。"

"这能有多大区别呢？"

经理笑了起来。

"区别很大，"副领事说。

"什么区别？"

"或许是某种感受的区别？为什么不呢？"

副领事不指望俱乐部经理做任何回答。经理也没有怨言。在他看来，副领事有时候就是在说疯话。最好是等他把那番疯话说完，然后再回到思路比较清晰的话上。

"经理，你没有回答我，"副领事说。

"你没有指望任何人回答你，先生。也没有任何人能回答你。那个网球场……来吧，我听着呢。"

"我发觉她离开以后，网球场变得空寂起来。随着她的裙子在树木间飘过，空气变得四分五裂。她的眼睛看了我。"

副领事低下头去，俱乐部经理正看着他。他有时就是这种姿势。头垂在胸前，这样待着，一动不动。

"那里有一辆自行车，靠在网球场的护网上，她骑上自行车，上了一条小径，"副领事接着说。

经理想看清副领事的脸，可是无济于事。副领事说的话依然不需要任何回答。

"从什么入手，才能俘获一个女人的心呢？"副领事问。

俱乐部经理笑了。他说：

"说什么呢，你醉了吧。"

"听说，她有时非常忧郁，是这样吗，经理？"

"是的。"

"她那些情人说的？"

"是的。"

"我就从她的忧郁入手，"副领事说，"如果允许的话。"

"否则？"

"一件东西也可以，她触摸过的树，她骑过的自行车。经理，你睡着了吗？"

副领事沉思起来，忘掉了经理，之后又说道：

"经理，不要睡。"

"我没有睡，"经理咕噜了一声。

今晚，在俱乐部，有两个过路的英国人用了晚餐，没有别人。他们现在也已经走了。

使馆的招待会要到十一点才开始，还有两个小时。俱乐部里空无一人，酒吧的灯关了。露天座上，经理坐在那儿，面对着恒河。经理在等副领事，今晚也在等，同每天晚上一样。

他来了。他坐了下来，也面对着恒河，同经理一样。两人默默地喝起来。

"经理，你听我说。"副领事终于开了口。

经理比前一天晚上喝的还要多。

"我一直在这儿等着，"经理说，"也不知道到底在等什么，也许是等你，先生？"

"是等我。"副领事确认。

"你说吧，我听着呢。"

副领事没有说话。经理抓住他的胳膊，晃了晃。

"再讲讲那个空寂的网球场，"经理说。

"自行车还在，被那个女人丢在那里，已经二十三天了。"

"被遗忘了？"

"不。"

"你弄错了，先生，"经理说，"夏日季风期间，她不在花园里散步。自行车被遗忘了。"

"不，不是这样，"副领事说。

说完，副领事沉默了很长时间，俱乐部经理差不多睡着了。副领事用他带着嘘响的声音叫醒他。

"在塞纳-瓦兹省的一所寄宿学校，我经历过开心的幸福时光，"他说，"我对你讲过吗？"

还没有。经理打了个哈欠，但副领事却并不介意。

"你经历过什么幸福时光？"经理问。

"开心的幸福时光。我在学校经历的，在蒙福尔的中学，塞纳-瓦兹省，你在听我说吗，经理？"

俱乐部经理说：我在听。他准备好了。

副领事用他那带着嘘响的声音，给打着瞌睡的经理讲起来，经理醒一下，笑一笑，又睡去，又醒来——副领事对自己这般打扰他的对话者似乎毫不介意——，副领事讲起了蒙福尔开心的幸福时光。

蒙福尔开心的幸福时光，就是将蒙福尔摧毁的行为，法国副领事说。当时有很多人都想这么干。在干这类勾当所使用的方法上，副领事说，他从未见过比在蒙福尔更好的。首先是让臭屎蛋每次都出现在餐桌上，然后是自习室，然后是教室，然后是接待室，然后是宿舍，然后，然后……首先是笑，开怀大笑。在蒙福尔，我们笑得前仰后合。

"臭屎蛋，假大粪，假鼻涕虫，"副领事继续说，"假老鼠，真粪便，到处都有，在每个头头的办公桌上，在蒙福尔，我们可是够坏的。"

他停下话头。俱乐部经理没有怨言。今晚，副领事又是疯话连篇。

副领事接着讲：

"校长说，他教书教了十九年，还从来没有见过这样的事。他的话是这么说的：一贯的无耻下流。他答应谁揭发就宽恕谁。但是，没有人开口，在蒙福尔，任何人也不开口，绝不。我们一伙有三十二个人，没有一个熊包。我们在课堂上表现得完美无缺，因为我们的勾当不扩散，我们抱成团，下手又准又狠。整个寄宿学校处处是我们的目标，我们越来越猖狂，我们知道怎么干，我们等待最后的爆炸。你明白吗？"

俱乐部经理睡着了。

"真讨厌！"他说。

副领事叫醒他。

"刚才我说的这些事，恐怕人家最感兴趣了。别睡，经理。该你说了。"

"你想知道什么呢，先生？"

"同样的事，经理。"

"我们呢，"俱乐部经理开始说，"那是一所纪律严明的乡村学校，在阿拉斯一带，加莱海峡省。我们学校有四百七十二名学生。夜里，舍监们在宿舍里转来转去，想出其不意逮住我们什么，结果被我们狠揍了一通。别睡，你也别睡。有一天早上，科学老师来到教室，向我们宣布，考试就要来临，我记得——你别睡——他说，要给大家复习一下沙漠，沙丘，沙滩，渗岩壁，水生植物和另一种植物叫做——你听着，名字绝了——叫做光影植物。今天呢，科学老师说，我们上复习课。教室里鸦雀无声！静得连一只耗子在地上跑也听得见……好像有什么臭味，老师说。确实有一种臭味，这可不是个说法而已。你别睡。关键的时刻到了。老师拉开抽屉，去拿粉笔，手落在了大便上面，他没有看出不同，还以为和前一天一样，是假大便，他一下抓了满手，顿时嗷嗷大叫起来……"

"你看，对吧？经理。"

"什么？"

"继续讲。"

"于是，所有老师都跑了过来，校长也赶来了，所有学监，所有人员都过来了，我们笑得前仰后合，他们站在那里目瞪口呆，不知道该说些什么。我还忘了告诉你，科学老师的右手一直举着，另一只手抓起大便旁边的一张纸，我在那上面写着：被告人，举起你沾满大便的右手，说：我发誓我是个傻瓜。下午，校长又来了，他脸色灰白。我又听到他喊：谁在抽屉里拉屎来着？他还说，他掌握了证据，大便透露了情况。"

在黑暗中，法国副领事和俱乐部经理互相不怎么看得清。经理在笑。

"你也是吧，经理，这就是开心的幸福时光吗？"

"如你所说，先生。"

"那好，经理。继续讲。"

"后来，我们的行动范围缩小，但我们又玩起了新花样。我们把炊事员的嘴巴堵上，将他反锁在厨房里；我们向领圣餐的人使绊子，让他们经过教堂中央的通道向圣餐桌走去的时候摔倒，我们把学校所有的门都紧紧锁上；把所有的电灯泡都砸碎。"

"开除？"

"是的。学校生活结束了。你呢，先生？"

"开除。我等着上另一所寄宿学校，没有人管我，可我依然上的学比你多。我就和母亲待在一起。她的情人走了，她哭得伤心。"

"那个匈牙利大夫？"

"对。我母亲是成年人。我也为此难过，我还挺想她情人的，在蒙福尔的接待室，是他把开玩笑和捉弄人的把戏兜售给我的。"

"他们很看重童年，先生。"

"我做自己力所能及的事情，经理。"

"我不知道你什么时候还有空跟我闲扯，德·H先生——不过这没关系——你母亲和布雷斯特那个唱片商结婚以后，你干什么来着？"

"我待在讷伊的家里。离开蒙福尔后，很长一段日子，我都是住在讷伊家中，直到死亡来临，是的，我父亲的死亡。我给你讲过吧？我离开蒙福尔六个月后，我父亲死了。他双手合十，两眼干枯，我看着他下到坟墓里。我当时，你猜得到的，成了讷伊一家银行泪眼涟涟的职员们关注的对象。"

"你一人待在讷伊，做什么，先生？"

"跟你在别处做的一样，经理。"

"那是什么呢？"

"我去参加家庭舞会，但我一声不吭。人们对我指指点点：是他杀了他父亲。我跳舞。我举止得体。坦白说吧，经理，我在等印度，我在等你，可我当时还不知道。在讷伊等待的日子里，我手足无措。我把灯砸碎。对他们，你就说：那些灯落在地上，摔碎了。我听到空寂的走廊里灯哗啦啦落下摔碎。你可以说：他在讷伊就这样了，明白吗？你就说：恐惧使他不知所措。一个年轻人守着空房子，砸了一些灯，还问自己为什么，为什么。不要一下子全说了，一件一件慢慢来。"

"你是不是瞒着我什么呢，先生？"

"什么也没有，经理。"

副领事的眼睛没有说谎。

"经理，"副领事接着说，"我很希望加尔各答能使我这一时期的生活得到延续。我并不像别人以为的那样，希望早日接到任命，正相反，我希望任命晚点儿下来，再晚点儿，可能的话直到季风结束。"

"为了她？"经理微笑着问道。

"经理，我对你讲的这一切，你都可以讲出去，谁想听都可以讲给他。如果他们能习惯我，我就在加尔各答多待一些。今晚你满意吗，经理？"

"那么，我见机行事吧，"经理说，"空寂的网球场，我也能讲吗？"

"全部都能讲，经理，全部。"

副领事请求经理再讲讲那些岛，讲讲她常去的那座岛，对，再讲一次。经理说，眼下飓风就要来临，大海的波涛越发汹涌。夜里，棕榈树在狂风中摇摆，仿佛有呼啸的火车来到她去的那座岛上，最大的那座岛。棕榈树如乡野上全速行驶的列车那样呼啸着。威尔士亲王大酒店的棕榈林远近闻名。有一个带电的铁栅栏拦在北边，把乞丐挡在外面，这东西不错。码头一侧，有成排的芒果树，大花园里有桉树。大酒店四周种上棕榈林，这在印度是一个传统。太阳下山的时候，印度洋上的天空，通常是这样。那座岛的每条道路旁，都有长长的棕榈树干护栏，暗色的护栏在晚霞中投下自己的影子。在印度到处都有棕榈林，马拉巴海岸，锡兰，到处都有。有一条大路与威尔士亲王大酒店前的道路交叉，通向那些分布在四周的小别墅，那些小别墅是大酒店的附属旅馆，豪华隐秘。哦！威尔士亲王大酒店！如果经理没有记错，在那座岛的西岸，还有一个环礁湖，但没有人去那里，它不在铁栅栏范围内。就是这些。

副领事今晚要去参加招待会吗？俱乐部经理问道。

是的，他要去。对了，他马上就去。他站了起来。经理看着他。

"我不会对任何人讲网球场的，"经理说，"即便你要我讲也不会。"

"那就随你吧。"

他走了。他穿过俱乐部门前的草坪。在暗黄的路灯光线下，可以看见他，走起路来有些摇晃，太高，太瘦。他消失在维多利亚大道上。

俱乐部经理重新坐下来，面对着恒河。

他们此后在一起度过的夜晚，恐怕会更烦闷，因为法国驻拉合尔的副领事，好像不会再有什么关于他的生活的新东西可编可讲了，俱乐部经理也是，好像也不会再有新东西可编可讲，无论是关于他自己，还是关于岛上，还是关于法国驻加尔各答大使夫人。

俱乐部经理睡了。


一扇朝着滨河大道的窗子亮了起来，那是副领事的窗子。

如果有人在晚间这个时候经过，会看到副领事穿上了晚礼服，在旋转着的吊扇下面，正从一个房间走到另一个房间。他脸上的表情，以滨河大道和他的寓所相隔的这段距离看，显得很平静。

他走出来。眼下正穿过花园，朝着法国使馆那灯火通明的接待大厅走去。

今晚，在加尔各答，安娜-玛丽·斯特雷特大使夫人站在冷餐桌旁，面带微笑，一袭黑色双层罗纱紧身长裙，手中擎着一杯香槟酒。她擎着酒杯，四下望去。随着老年将至，她多了一份消瘦，衬托出肢体的细致，身材的修长。目光深邃明亮，双眼清癯秀逸，透着雕塑般的质感。

她四下望去，目光辽远飘渺，就像是一位容光焕发的统帅站在观礼台上，胸前的红饰带在阳光下熠熠生辉，检阅着高唱凯歌的军团，他们行进在一条以某个征服者的姓氏命名的笔直的大道上。众人中，有一个男子注意到了这一点，这人便是夏尔·罗塞，三十二岁，三周前到的加尔各答，将在这里做一等秘书。

她朝几个英国人走过来，对他们说可以往冷餐桌那边走走，如果想喝些凉爽的东西。几个缠着头巾的侍者为他们端来了餐盘。

有人在说：你看见了吗？她邀请了拉合尔的副领事。

出席招待会的来宾比较多。约四十来位。举办招待会的几个客厅都很大。如同在法国某个海滨浴场的暑期娱乐场大厅，除却这些一直在旋转的大型吊扇，这些精细的纱窗，从那里看花园宛若穿过一层云雾，但此刻没有人在看。舞厅是八角形的，帝国绿大理石地面，八个墙角都摆放着来自法国的脆弱的蕨类植物。墙上挂着一幅共和国总统像，身披红绶带，旁边是外交部长。有人在说：她到最后时刻邀请了拉合尔的副领事。

现在，她和大使首先起舞，遵守着陈规陋习。

于是，来宾也跳了起来。

旋转的吊扇发出惊鸟的声音，鸟儿在原地飞转，下方是音乐，慢狐步舞曲；是仿枝形吊灯，凹形，假的，镀金也是假的。有人在说：就是那个靠近吧台的棕发男人。她为什么邀请他来？

这个加尔各答女人，她让人琢磨不透。没有人清楚地知道她是如何打发时间的，她主要在这里接待宾客，绝少在家里，在恒河边的官邸里，那还是当年法国在印度首开商行时建的。但她还是忙着什么事情。是否排出她的其他日常活动，人们才发现她在读书？是的。那么，打网球和散步之后，她把自己关在家里还会做什么呢？成包成包的书籍从法国寄来，都写着她的名字。还有呢？她每天都花很多时间，和那两个长得很像她的女儿在一起，据说。有一个年轻的英国女子，做两个女儿的家庭教师，据说她们有一个幸福的童年，安娜-玛丽·斯特雷特很关心孩子的教育。在招待会上，那两个女儿有时也有几分钟露面——今晚她们就露面了——，但是稍有些疏远的样子，好像是她们的母亲愿意这样。招待会结束后一出大厅，就有人悄声议论：大女儿将来准会出落得和她一样漂亮，她们有着同样的魅力。每天早晨，她们母女三人都身着白色的运动短裤，一起穿过使馆的花园，每天早晨她们都穿过使馆的花园，去网球场，或者去散步。

有人在说，有人在问：他到底干了什么？我一直不清楚。

"他干了最糟的事，怎么说呢？"

"最糟的事？杀人吗？"

"深夜，他朝夏利玛的花园开枪，花园里有麻风病人和狗。"

"可杀麻风病人和狗，那也叫杀人吗？"

"另外，你知道吗？在他拉合尔的寓所，还在镜子里发现了子弹。"

"那些麻风病人，你注意到没有，从远处看，很难把他们和周围的东西区分开，那么……"

不是在她来到加尔各答以后，人们才随即知道了那著名别墅的存在，在恒河口空气新鲜的一座岛上。那个别墅归法国使馆成员调配使用。安娜-玛丽·斯特雷特的两个女儿有时独自穿过花园，人们不禁要问为什么两个孩子单独散步，之后就明白过来了。这往往发生在酷暑难耐的夏日季风时节。

"听到叫声吗？"

"是麻风病人还是狗？"

"狗或者麻风病人。"

"既然你知道，为什么要说：狗或者麻风病人？"

"隔这么远，这个距离，伴着音乐声，我真听不清是狗在叫还是麻风病人在说梦话。"

"这么说也还可以。"

夜晚，加尔各答，人们看见她们三人一起坐着一辆敞篷轿车出去兜风。大使面带微笑看着他的宝贝们乘车出行：他的妻子和两个女儿到尚德讷戈尔或者通往大海的路上兜风去了，恒河三角洲那边。

她的两个女儿，加尔各答的任何人，谁都不知道她在恒河口的别墅里干什么。听说她的情人都是英国人，使馆圈的人不熟悉。又听说大使本人是知道的。她从来不在三角洲的别墅里多待几日。回到加尔各答以后，她那正规准时的生活又重新开始：网球，散步，晚上有时也去欧洲俱乐部，这都是看得见的。除此之外呢？不得而知。然而，这个加尔各答女人，她还是忙着的。

有人在问：

"这叫人怎么说呢？"

"他做这些事情的时候，是不是失去了意识？他是不是失去了自控？"

"你知道，这很难说……他在拉合尔做的事，叫人怎么说呢？他在拉合尔对自己做的事情，如果他自己都没意识，别人又怎么说呢？"

"深夜，他叫喊，站在阳台上叫喊。"

"在这里他叫喊吗？"

"从来没有。可是，这里更让人感到窒息，为何在这里他不叫喊呢？"

午夜刚过。安娜-玛丽·斯特雷特朝年轻的随员夏尔·罗塞走来。在他旁边，站着法国驻拉合尔的副领事。她对他俩说，应该跳跳舞，当然如果他们有兴致的话，说完就走开了。她来到他俩这边，看来是冲着夏尔·罗塞去的，这个男人似乎被指定过几天和她一起去岛上。她的微笑恰到好处，如果少那么一点点，这个女人就显得失礼了，有人在说。今晚的来宾中，有几个是她的密友。他们要等招待会结束时才来。

有人在问：

"他当时叫喊什么？"

"不怎么连贯的话，要不就是空喊。"

"没有哪个在拉合尔了解他的女人能多说出点什么？"

"一个都没有，从来没有。"

"他的寓所，这你知道吗，在拉合尔，从没有人去过他的寓所。"

"在到拉合尔之前，他的目光里没有流露出什么吗？某种迹象？某种颜色？我呢，我尤其会想到他的母亲。我能想象她坐在钢琴前，弹奏古典小夜曲，就像小说里写的那样，他听的都是些青春的东西，他一直都在听，恐怕是听多了。"

"她本来是可以避免让我们看到他的，他那样子让人不自在。"

受邀参加使馆招待会，就该去请安娜-玛丽·斯特雷特跳舞，即便她不情愿。

路过她丈夫身边的时候，她跟他就某人说了几句：夏尔·罗塞当即垂下眼睛。很明显。副领事也看到了。他看着一棵蕨类植物，触摸起上面的黑茎。他刚刚瞧见大使，他的下一个任命就取决于大使的意愿了，有人是这样想的。几个星期以来，他一直在等待召见，却一直没有等到，夏尔·罗塞想起这事来。

有人在说：斯特雷特先生很开明，居然对此网开一面，居然允许她今晚邀请他来。他人不错。他就要结束外交官生涯，我们会想念他的。他比她年龄大许多，是的。人们是否知道，他是在法属印度支那一个偏僻的小哨站，老挝边境一带，从当地一个行政长官手里把她抢过来的？是的，这事已经有十七年了。斯特雷特先生那次出差路过时，她当时才到那里几个星期。一个星期以后，她便跟着他走了。人们知道这事吗？

有人在说：瞧那个副领事，一直这么瘦，像个年轻小伙子，不过他那张脸……有一天，他母亲走了，家里剩下他一个人，全加尔各答都知道。他对俱乐部经理讲了他童年的卧室，里面散发着橡皮和吸墨纸的味道，从卧室的窗口，他可以看见布洛涅森林那些游荡的男人，大多数都性情温和却做着可耻的勾当。他还谈到过他父亲，他每天晚上回来都待在母亲身边沉默不语。无聊的事情，他尽讲一些无聊的事情。

有人在问：他讲起拉合尔吗？

"没有。"

"从没有。"

"拉合尔之前呢？"

"是的。讲起他在阿拉斯的童年。不过这难道不是为了遮人耳目吗？"

有人在说：就是说，他是在老挝，在法属印度支那，把她挖到的？

人们眼中看到：老挝，沙湾拿吉，湄公河岸的滨河大道，在森林大道后面。卫兵持枪立正，为斯特雷特先生看守着她，直到他回来。据说在考虑要把她送回法国去，她不习惯。有人在说：直到今天，在加尔各答，人们也不知道，他在沙湾拿吉找到她时，她当时是否正因为羞耻和悲痛被打入冷宫。不，从来不知道。

副领事时不时显露出非常幸福的神情。时不时的，他就仿佛幸福得不知所以。今晚别人没法躲开他了，是否就因为这一点？今晚，他神情怪异。他脸色那么苍白……仿佛激动未名，一时半会儿又难以表达这种激动，为什么？

有人在说：每天晚上，他都在俱乐部和经理闲聊，也只有这个人跟他说点话。他谈到过那所纪律严明的阿拉斯寄宿学校，令人浮想联翩。北方。十一月。苍蝇围着光秃秃的灯泡，栗色的漆布，那里的寄宿学校总是这样，好像我们都去过……校园里的制服和护网。加莱海峡，还有冬日里玫瑰色的雾，这是他的话，我们仿佛身临其境，那些可怜的孩子。可是，他说这些，是不是为了遮人耳目？

"跟我说说斯特雷特夫人吧。"

"无可挑剔，并且心地善良，当然你还能找到其他词来说她……还乐施好善。她甚至还做了些善事，是以前的大使夫人不曾想到过的。到使馆的炊事房后面，你就会看见那盆专为乞丐备下的凉水，她没有忘，每天去网球场之前，都想着这事。"

"无可挑剔，继续，继续说。"

"什么都看不出来，我认为，在加尔各答，这就叫无可挑剔。"

"可他呢？他可是对不住我们。以前我从来没有见过他。他个子高，棕色头发，像个美男子似的，如果……并且还年轻……真可惜！看不清他的眼睛，他的脸也没有表情。有点儿像死人似的，这个拉合尔副领事……你没有觉得他有点儿像死人？"

大多数的女人，都有着长期闭门索居的那种白皮肤。她们把自己关在窗帘紧闭的房子里，躲避着直射的太阳，在印度她们几乎什么都不做，只是保养自己，让别人看到自己，今晚她们很快乐，走出了家门，来印度的法国聚会。

"这是季风期来临前的最后一次招待会，你看见今早的天空吧，这就来了，整整六个月，这样的光线……"

"要是没有那些岛可去该怎么办呢？夜晚那里很美吗？啊……这是印度最让人留恋的地方……"

"还有女人，"男人们说，"就像在法国见到她们一样，甚至这里最不起眼的女人，那边那位要是在法国根本看都不值得看一眼的女人，啊！效果奇妙……"

一个男人这时指着安娜-玛丽·斯特雷特。

"我几乎每天早上都看见她经过，朝网球场走去，女人的大腿，好美，却长在这里这样可怕的地方。你不这么认为吗？那个拉合尔副领事，不要再想他了。"

夏尔·罗塞，还有其他人，在偷偷观察副领事。副领事好像没有注意到。他是否从来就感觉不到别人看他的目光？或者今晚他被什么东西分了神？不知道。他一直神情快乐，别人弄不懂他的幸福感从何而来，他看到了什么，想到了什么。

停靠在网球场护网上的自行车，今天早晨还在那里。

大使曾对夏尔·罗塞说：跟他说说话吧，有必要。他跟他说起来。

"我适应不了，"夏尔·罗塞说，"我得承认，我适应得不好。"

微笑出现在脸上。脸上的线条忽然舒展开来。他上身有些摇晃，就像走在使馆小径时那样。

"确实很难，不过对你来说，是因为什么呢？"

"炎热的天气，当然，"夏尔·罗塞说，"还有这种单调，这种光线，没有任何色彩，我不知道是否最终能习惯。"

"这么严重？"

"就是说……"

"什么？"

"最初我就缺乏信心，"夏尔·罗塞说这话时，突然想起什么，"你呢，恐怕也宁愿是其他，而不是这……？"

嘴巴显示出某种不屑。

"没什么，"副领事说。

那次，是在他也走近那辆自行车许久以后，踪影全无以后，他才开始吹起《印度之歌》那首古老的曲子。当时，夏尔·罗塞心里产生强烈的恐惧感，他赶紧朝办公室走去。

夏尔·罗塞说，他来这里的时候还像个旅游的大学生，可现在他却眼见得自己一天一天老下去。他俩笑了起来。有人在说：看见了吗？他和那个人笑了起来……最离奇的是，他居然接受了这次邀请。恬不知耻？一点儿也不像。

一位年长的英国人走过来，他又高又瘦，一双鸟眼，皮肤饱受日晒之苦。在印度待了好长时间，这家伙。这显而易见，他就像属于另一个人种一样，你不觉得吗？他做出一个友好的动作，把那两人带到冷餐桌那边。

"应该养成不亏待自己的习惯。我叫乔治·克劳恩，安娜-玛丽的朋友。"

副领事怔了一下。停在那里。他好一阵子打量着正离去的乔治·克劳恩。他好像没有注意到别人的目光，在他周围仿佛空空如也。他说道：

"一个密友。印度的小圈子来往，这就是秘密所在。"

他笑了笑。夏尔·罗塞向他伸过手来，带着他走向冷餐桌那边。副领事好像很反感这样跟着他。

"来吧，"夏尔·罗塞说，"我保证这里……你怕什么？"

副领事向八角大厅瞥了一眼，依旧保持着微笑。《印度之歌》的曲调撕裂了有关那一孤独、隐晦、可憎行为的记忆。

"不，没什么，我不担心什么，我知道……我只是在等新的职位，仅此而已。这事一直拖延着，当然，不太容易……但是，对我来说，更不容易的是看到另一个人更胜任我的工作，仅此而已。"他还是在笑着。

副领事笑着，他垂下目光，朝吧台走去。把那辆停靠在空寂的网球场的自行车忘掉，或者逃之夭夭。成问题的不只是目光，夏尔·罗塞心想，还有声音。大使曾对夏尔·罗塞说：大家本能地躲着……这人确实叫人害怕……不过他太寂寞了，跟他说说话吧。

"听说，你比较喜欢孟买。"

"就是说，如果他们不把我留在加尔各答，不是可以去孟买吗？"

"孟买那里人口少一些，气候也比较好，还靠近大海，值得考虑。"

"也许吧，"他看着夏尔·罗塞，"你会适应这里的生活的，我不觉得会有什么事件发生在你身上。"

夏尔·罗塞笑了。他说：还是谢谢你。

"我开始看出来了，"副领事继续说，"什么样的人会那样，我可以分辨出来。而你，不在其列。"

夏尔·罗塞试图笑一下。

拉合尔的副领事注视着安娜-玛丽·斯特雷特从眼前经过。

夏尔·罗塞没有特别在意他的目光。他用一种开玩笑的语调说着。

"听说在你的档案材料上——请原谅我谈这个——说你是个难

处的人，"夏尔·罗塞说道，"你知道吗？"

"我并没有申请调阅我的档案材料。我还以为会有脆弱这个词呢，没有吗？"

"你知道，我，说实话，一点儿也不了解详情……"他再一次想试图笑一下，"真蠢……'难处'这个词没什么意义。"

"还说了什么？最糟的，是什么？"

"拉合尔。"

"这样令人厌恶吗，拉合尔，找不到任何可以与之相比的吗？"

"人们情不自禁……抱歉和你说这个，但是人们不能理解拉合尔，不论怎么说。"

"那倒是。"副领事说。

他离开夏尔·罗塞，回到他原来待的门口附近，旁边有一座托着蕨类植物的列柱。他在那儿，站着，站在众目睽睽的地方。

众人的目光逐渐从他身上散开。

她从他旁边很近的地方走过，这回，他没有去看。令人印象深刻。

只是这时，夏尔·罗塞才想起来，有时一大早，斯特雷特夫人在使馆的花园里骑自行车。近一段时间看不到她骑车，可能只是因为在夏日季风时节，她不骑车。


深夜十二点半。

恒河边上，一个灌木丛下，她醒了，伸了伸懒腰，看见那边高大的房子灯火通明：食物。她站起身，她笑了。今夜她不去恒河洗澡，她朝灯火通明的所在走去。加尔各答的其他疯子早已经在那里了。他们一个挨着一个，睡在那个小栅栏门前，等着晚些时候餐盘撤下后在这里分发剩菜剩饭。

副领事突然朝一位年轻女子走去，这位女子独自待在八角厅，看着别人跳舞。

匆忙之间，她接受了邀请，带着窘迫和激动。他们跳了起来。

"看见了吧，他跳舞了，他跳得和别人一样，中规中矩。"

"得了，别再想他的事了。"

"确实，别再想他的事了，可是这有些难，到底为什么不要再想他的事了呢？不想他的事又想什么呢？"

安娜-玛丽·斯特雷特来到冷餐桌边，夏尔·罗塞正独自一人站在那里。她亲切地冲他微笑着。如此一来，他不能不邀请她跳舞。

这是第一次。有人在说：这是第一次，她会喜欢上他吗？

两周前，夏尔·罗塞和安娜-玛丽·斯特雷特曾经见过一面，那是在一个小规模的欢迎会上，在使馆一间典雅的客厅里，她总是在那里接待履新的人。当时，拉合尔的副领事就像今晚一样，也接到了邀请。有一张罩着玫瑰色提花布的沙发，她坐在上面。她的目光令人震惊。她在沙发上纹丝不动的坐姿，也一样令人震惊。

欢迎会持续一个小时。两个女儿在她身旁。她一直坐在沙发上，纹丝不动，端庄挺拔，身着白色长裙，在加尔各答一片褐色皮肤中，她的脸色苍白，就像所有白人一样。母女三人都专注地看着两个新来的人。让-马克·德·H没有开口。大家只向夏尔·罗塞提了些问题，但向另一位，却一个问题也没有。没有一句话说到加尔各答，说到拉合尔。大家忘了副领事，他默默接受。他站在那里，没有开口。同样，也没有一句话说到印度。关于印度，就像关于他，没有一句话。那时，夏尔·罗塞还不知道拉合尔的事。

她说她和女儿们打网球，然后说了其他类似的话，说游泳池很舒适怡人。私底下，人们认为，以后可能再见不到这个客厅，再见不到她了，如果没有官方的招待会，没有欧洲俱乐部，还能再见到她吗？

"你习惯加尔各答吗？"

"不太习惯。"

"请原谅……你叫夏尔·罗塞，对吧？"

"对的。"

他微微一笑。

她仰起面庞，也微微一笑。仅一个目光，加尔各答白人的大门便轻轻开启。

她并不知道，夏尔·罗塞想。他回想起来：当副领事沉默不语，站在那儿看着院子里的棕榈树、欧洲夹竹桃、远处的栅栏和哨兵的时候，斯特雷特先生正和一个路过的官员谈到北京。他注意到了吗？当副领事依旧沉默不语的时候，她突然说：我真想和你一样，平生第一次来到印度，尤其是在这夏日季风到来的时候。

他们本可以再待一会儿，但他们提前告辞了。

她什么也不知道，在加尔各答谁也不知道。也许使馆的园丁看见了什么，但不过是看见而已。他们绝不会乱说。她呢，恐怕已经忘了那辆自行车，在夏日季风时节，她是不骑自行车的。

跳着舞的时候，她问：

"你有没有感到烦闷？晚上，星期天，你做什么呢？"

"我读书……睡觉……我也不太清楚……"

"你知道，烦闷这东西，纯属个人问题，别人不好建议什么。"

"我并不觉得烦闷。"

"那几包书，我得感谢你，很快就给我带到了。如果你想看书，很简单，跟我说一声就行。"

他忽然有种感觉，看到了在别处的她，一个不同的她，在飞翔时被抓获，在舞动时被捉住。有时，午后在她的女儿们做功课的时候，是的，在午休的间歇，他看到她在官邸里某个隐蔽的角落，在某个废弃的配膳室，蜷曲着身子，姿势怪异地在那里阅读。她在读什么，不知道，看不见。那些读物，那些在三角洲别墅度过的夜晚，它们使感知的直线断裂，消失在阴影中，某种不可名状之物在挣脱，在寻求表达。在总是伴着安娜-玛丽·斯特雷特的光彩出现的阴影后面，到底隐藏着什么呢？

安娜-玛丽·斯特雷特在陪着女儿们驱车行驶在通往尚德讷戈尔的炎热的道路上时，她脸上的那种开心快乐，显得十分奇特。

有人说在很远的地方，在恒河尽头，在那个半明半暗的房间里，她在那里和她的情人睡在一起，有时，她会陷入某种颓丧。有些人曾谈起过这种颓丧，没有人知道其本质所在，但这取决于有所目睹的人，取决于不得而知无可奉告。

"如果往后三年的日子，都像这头几周一样，"夏尔·罗塞说，"尽管你那么说过，我想我还是会坚持不住……"

"你知道，几乎没有什么是不可能的，只能这么说，但这正是奇妙之处。"

"也许有朝一日……奇妙……你怎么说的？"

"不，没什么……在这里，你知道，生活既不艰苦也不惬意。是另一回事，可以这么说。它与别人想象的全然相反，既不轻松也不艰难，没有什么。"

在俱乐部，其他的女人谈论起她。她生活中发生了什么？在哪儿能见到她？不知道。在这座噩梦般的城市里，她自得其乐。这个女人，表面上平静如水，真是这样吗？她来到加尔各答的头一年年底，究竟发生了什么事情？她曾一度消失，却没有谁知道为什么。某一天天刚亮，就看见一辆救护车停在大使官邸前。企图自杀？后来在尼泊尔的山区待了一段时间，也是没人知道个中原因。她回来时瘦得惊人。没有别的变化吗？她一直很瘦，就这些。听说不是因为爱，不是因为和麦克·理查之间那不幸或者太过甜蜜的恋情。

她要是知道，会说些什么？

"有人说，你是威尼斯人，是真的吗？可也有人说，不是这么回事……在俱乐部听说的……"

她笑了，说，从她母亲这边来讲，是的，她是威尼斯人。

她要是知道，会说些什么，很难想象。

安娜-玛丽亚，眼含微笑，在十八岁的时候，会不会去朱堤卡运河的一个码头画水彩呢？不，不是这样。

"我的父亲是法国人。但我在威尼斯长大。以后，我们将去威尼斯住，不过，这只是我们现在的想法。"

不，在威尼斯，她是演奏音乐的，钢琴。在加尔各答，几乎每个晚上，她都在弹钢琴。从滨河大道上经过时都听得见。不管她从哪儿来，对她都合适，她大概很小的时候，七岁，便开始学音乐了。听她弹钢琴，感觉那乐曲似乎就是她自己创作的。

"弹钢琴？"

"哦，我弹了很长时间了，随时随地弹……"

"我此前不知道你是哪里人，我觉得你可能来自好多地方，在爱尔兰和威尼斯之间，可能来自第戎，或者米兰，或者布雷斯特，或者都柏林……我还以为你是英国人。"

"比这更远的话，你看我还会从哪里来？"

"不，比这更远的话，就不会是你了……这里，在加尔各答的你。"

"哦！"她笑了起来，"不论是我，还是加尔各答的另一个女人，不再年轻以后，都是不好猜的。"

"你肯定？"

"也就是说，认为一个人只来自威尼斯，这难免有些简单化，在我看来，一个人也可能来自生命旅途中的其他地方。"

"你想到了拉合尔的副领事？"

"每个人都一样，当然，我听说，这里每个人都想知道他在拉合尔之前是什么样。"

"不过，依你之见，在拉合尔之前，他什么也不是……？"

"我想，他来自拉合尔，就这样。"

有人在说：你看，副领事在跳舞，可她却不能拒绝，多可怜……因为他是安娜-玛丽·斯特雷特请的一个客人，拒绝就等于不给她面子，她把此人强加给了我们。

副领事在跳舞的时候，眼睛看着别处，看着安娜-玛丽·斯特雷特和夏尔·罗塞这边，他们两个一面跳，一面说着话，并且有时互相对视。

和他跳舞的这位女子，西班牙领事的夫人，觉得自己还是应该和法国驻拉合尔的副领事说说话。她对他说，她看见过他穿过花园，这里人不多，总能彼此见到。她说她在这里已经待了两年半，不久就要离开，这里炎热的天气让人沮丧，有的人从来不习惯。

"有的人从来不习惯？"副领事重复道。

她闪了一下身子，她还不敢看他。过后她说，在他的声音里，有什么东西让她感到震惊，这就是那种平淡无色的声音吗？不知道他是在向你问话，还是在回答你。她友善地笑着，和他说话：

"我是说……有的人……很少的人，你知道，但还是有这样的情况发生……在我们那边，西班牙领事馆，就有一个秘书的妻子，人变疯了，以为自己得了麻风病，只好把她遣送回国，没办法打消她脑子里的念头。"

在跳着舞的人群里，夏尔·罗塞没有说话。他那湛蓝湛蓝的眼睛目光专注，落在她的头发上。面部突然掠过一丝惶恐。他俩相视一笑，欲言又止。

"要是大家都不习惯呢，"副领事说——他笑了起来。

有人在想：副领事笑了，居然笑了，就像在一部译制片里，虚假，虚假。

她再次闪身，大胆看了他一眼。

"不，你放心，大家都会习惯的。"

"但是，那位夫人，她真的得了麻风病吗？"

这时，她又闪开一下，就在她避免去看他的时候，她觉得自己终于发现了副领事身上有着人所共有的一种情感：恐惧。

"哦！我不该对你说这些……"她说。

"可是……又怎能不去想？"

她尽量想笑一下。他笑了起来。听见他的笑声，她便收住自己的笑。

"她压根儿就没有得麻风病，没有这么回事……你知道，所有派到我们这儿来的人，都要定期进行体检。所以没什么好害怕的。"

他听她在说吗？

"可是我并没有害怕麻风病，"他笑着说。

"这种不幸很少发生……就我所知只有一次，是一个捡网球的人，那时我已经来了，所以，我可以跟你说说这件事，告诉你，监控是很严格的……所有的网球都被烧掉了，球拍也被烧掉了……"

不。他似听非听。

"你刚才说，大家起初的时候都……"

"是的，当然，但并不一定都是这个样子，对麻风病的恐惧……总之，你明白的……"

有人在说：

"你知道不知道，枪响的时候，麻风病人就像一袋灰一样绽裂开？"

"不喊不叫吗？大概没有痛苦？或许还带着某种解脱，某种难言的解脱？"

"谁知道呢？"

"那个拉合尔的副领事，他爱思考吗？他有思考吗？"

"我还从来没有想过二者有什么区别。这倒很有趣。"

"他对俱乐部经理说，他是个童男。你相信吗？"

"那么，是不是因为这一点呢？这样的节欲，好可怕……"

他们在跳着。

"你知道，"夫人用一种柔和的声音说，"在加尔各答，刚开始的时候，每个人都很艰难。我就是，我曾经就陷入了极度的忧郁之中，"她莞尔一笑，"我丈夫当时很发愁，可后来呢，一天一天地，我逐渐习惯下来。即便觉得不可能，最后还是会习惯的。对什么都习惯。你知道，还有比这更糟的。新加坡，那才令人生厌呢，在那个地方，那么大的差别……"

不，他什么也没有听进去。她不说了。

人们带着一种倦怠在猜想副领事在拉合尔之前是什么样。从拉合尔来的这个人到底是谁。

夏尔·罗塞在和安娜-玛丽·斯特雷特跳舞的时候，忽然想到，他所见到的那一幕，在空寂的网球场那一幕，也许也被另外一个人见到了。在夏日季风昏黄的光线下，当副领事经过空寂的网球场的时候，大概还有另外一个人在看着。这另一个人现在正保持沉默。是她，或许。

有人在说：或许一切都是从拉合尔开始的。

有人在说：

"在拉合尔，他感到烦闷，也许这是根源所在。"

"烦闷，在此地，那是彻底自暴自弃的感觉，与印度本身很相宜，这个国家为此定下了调子。"

安娜-玛丽·斯特雷特现在一个人。拉合尔的副领事朝她走过去。他看上去迟疑不决。他往前走了几步。停了下来。她现在一个人。她没有看见他走过来吗？

夏尔·罗塞看到，法国大使此刻朝拉合尔的副领事迎了过去，和他说起了话。如此一来，他就避免了妻子与副领事共舞。她看到了吗？是的。

"德·H先生，你的材料上星期到了。"

副领事在等着。

"这事我们以后再谈，不过，我还是想先跟你说几句……"

目光是明亮的。您尽管吩咐。大使迟疑了一下，然后将手放在拉合尔副领事的肩上，副领事颤动一下。大使继续引着他，往冷餐桌走去。

有人在说：大使先生，他是我们的人，瞧见他的举动了吧，真令人钦佩。

"来吧……我马上让你放下心来……那些档案材料，我是不信的……另外，我们也不必夸大其词，你的材料也没什么不得了的。"

手从肩上抽了回去。大使要了两杯香槟。他们喝起来。副领事的目光一直盯着大使。大使看起来不甚自在。

"跟我来，这里太吵了。"他们走进另一个客厅。

"就我的理解，我的朋友，你愿意去孟买……可是在孟买，你不会有同拉合尔……一样的职位。你的职位申请恐怕不会被接受，你明白吧，时机不合适，是的，还太早。但是，如果你留在这里……时间只能变得对你有利。你知道，印度就是一个无动于衷的深渊，什么都会被淹没的。你要是愿意，我可以把你留在加尔各答。"

"听您吩咐，大使先生。"

大使显得十分惊异。

"你放弃孟买了？"

"是的。"

"坦率地讲，这我就好安排了。再说，孟买那个地方，要去的人太多……"

大使想必看得出，他的眼睛有一种傲慢，或者是恐惧。

"你要知道，"大使说，"职业生涯很神秘，越想得到，越难以遂愿……它不是自己创造出来的。做法国副领事，可以有千百种方式，你明白我的意思吧？拉合尔的事，确实让人头疼，但如果你自己把它忘掉，别人也会把它忘掉，你明白吗？"

"不明白，大使先生。"

大使似乎要抽身离开副领事。不，他又打消了念头。

"加尔各答，你不习惯吗？"

"我觉得没有不习惯。"

大使露出了微笑。

"我有些为难……怎么安排你好呢？"

副领事抬起眼睛。傲慢，这个词更合适，大使心里大概这么想。

"也许，我根本就不该来印度？"

"也许。但是，对……神经质，以及所有人们这样称呼的东西，还是有一些办法，你知道吧？"

"不知道。"

一些女人在想：也许需要我们当中的某个人去跟他说说话。一个体贴入微、善解人意的女人，去跟他聊聊，这样他或许也能讲一讲了。一个只要是有足够耐性的女人，也许他并不要求别的。

大使又要挪步逃开。又一次打消了念头。他必须跟这个人说话，今天晚上，跟这个在看着他的、有死人目光的男人说话。

"我亲爱的德·H，开始的时候，每个人，我也一样，大家都处在同样的境地。面临着选择，要么离开，要么留下。要是留下来，既然我们不能面对，那就应该……发明，对，发明一种看待事物的方式，想办法如何……"副领事没有任何反应。"这里有没有你喜欢做的并且可以去做的事情？"

"我看不出来，我只想听听建议。"

可能他喝了酒。他的目光凝滞。他在听吗？这一回，大使放弃了。

"星期四，到我的办公室来，十一点，没问题吧？"他走近一步，眼睛看着地面，又低声说，"听着……好好掂量掂量，如果对自己没有把握，就回巴黎去。"

副领事低头称是。

大使朝乔治·克劳恩走去。他这时说话很快，语调与刚才全然不同。目光闪烁，兴致盎然。夏尔·罗塞觉得副领事在走近他们，于是他也走了过去。他们听见了。大使在谈去尼泊尔打猎的事。大使经常去尼泊尔打猎，乐此不疲。安娜-玛丽·斯特雷特从来都不愿意去。

"我不再坚持了……你是了解她的,上一回,她好歹跟了去,但她只喜欢三角洲。"

夏尔·罗塞这时与副领事已经面对面走到了一起,后者笑着对他说:

"有些女人令人魂不守舍,你不觉得吗?"他朝安娜-玛丽·斯特雷特那里看着,只见她手里擎着一杯香槟,正漫不经心地听着某人说什么。"那些女人仿佛置身于普度众生的水域……世上的种种苦水都可以向她们倾倒,她们来者不拒。"

他醉了,夏尔·罗塞想。副领事的笑没有声音相随,一直这样。

"你认为是……这样的?"

"什么?"

"谁……令人为之倾倒?"

副领事没有回答。他忘记了他自己刚刚说的话吗?他正凝望着夏尔·罗塞。

夏尔·罗塞努力想笑一笑,没有笑出来,他走开了。


夏尔·罗塞又一次请安娜-玛丽·斯特雷特跳舞。副领事现在正等待着什么。他在这里陷入越来越窘迫的境地。他好像也感觉到了这一点。可是别人难以想到他是在等待机会邀请安娜-玛丽·斯特雷特跳舞。于是有人说: 他怎么还不走?

只有十几个人还在跳舞。炎热确实让人泄气。西班牙领事夫人看到副领事这里一个人,便走过来,和他说话。他不怎么回答。她走开了。

他一动不动站在门口附近,带着明显的急迫之情在那里等待,看不出等什么。

是夏尔·罗塞为他提供了机会。舞曲结束时，夏尔·罗塞恰好停在靠近门口的地方，他一边跟他搭话，一边等着另一支舞曲开始。安娜-玛丽·斯特雷特此时正好面对着副领事。副领事弯腰鞠躬。他们步入舞池，她，和拉合尔来的男人。

此刻，全印度的白人都看着他们俩。

人们观望着。他们俩没有说话。

人们观望着。他们俩还是没有说话。注意力渐渐分散。

她微微有些出汗，吊扇传来温热的风，吹散些她身上的汗湿，假如没有那些吊扇，加尔各答的白人恐怕早就逃之夭夭了。有人在说：看，真有胆量。有人在说：她不仅和拉合尔的副领事跳舞，甚至还要跟他说话呢。有人在说：最后一个来加尔各答的人，不是拉合尔的副领事，不是他，而是那个高个金发的年轻人，目光清澈忧郁，他叫夏尔·罗塞，看到了吗，他正站在吧台旁边，看着他们跳舞……他今晚已经和她跳了不少了，我敢打赌，下一个要和那一伙人去三角洲别墅的，准是他。看啊，他好像担心什么似的……不……他不再看他们了，没什么，没什么，也不会发生什么，不会的。

副领事大概注意到：周围的其他人都跳得较慢，她一直感觉到热，他自己像在巴黎那样跳着，可这里不这么跳，带着她跳似乎也不该这样滞缓，她不大配合他的舞步。副领事，一般什么都注意不到，这一回好像是注意到了：他低声说对不起，随之放慢了舞步。

是她先开口说话。

大家都知道，肯定是这样，她首先要谈起这里的炎热。她谈起加尔各答天气的情形，就像在跟人说着知心话。但是，她会对他说起夏日季风，说起他永远也去不了的恒河口的那座岛屿吗？不知道。

"如果您知道，您还不知道呢，但您就会看到的，再过两星期，大家就没法睡觉了，就盼着暴风雨降临了。空气湿得会让钢琴一夜之间就走音……我弹钢琴，是的，我一直弹……您也弹钢琴吧？"

法国副领事说了什么，安娜-玛丽·斯特雷特没有听清楚，他含含糊糊表示说他小时候也学音乐，但此后……

他沉默了。她对他说话。他沉默着。

他完全沉默下来，刚说完他小时候也学音乐，并且还算是比较清晰地补充说，自从被送进外省的一所寄宿学校，他的钢琴课就停了。她没有问是哪一所学校，在哪一个省，为什么。

有人在说：她宁愿他说话还是不说话？

话在说，是这样，话在说。

有时，某些夜晚，她也这样，说着话。和谁说？说什么？

他个子挺高，你注意到吗？整整高出她一头。他晚礼服穿得很潇洒。一表人才，相貌周正，那是假相。体面的姓氏……可怕的节欲，这个来自拉合尔的男人，来自殉难的、麻风病的拉合尔的男人，在那里他杀了人，在那里他祈求死亡袭来。

她说了第二句话。

"上次我们是在北京。正是大动乱前夕。人们会对你说……就像过去跟我们说的那样，说加尔各答很艰苦，比如这奇热难耐的天气让人永远无法适应，不要听，什么也不要听……在北京时也一样，人们说这说那……听到的全是忠告，其实人们所说的一切，怎么说呢，哪个词最恰当呢……"

她并没有在寻找那个词。

"最恰当的词……"

"也就是说，看似合适的第一个词，在这里也一样，会妨碍别的词到来，所以……"

他说：

"您也在北京待过。"

"是的，待过。"

"我想我明白了，别再找了。"

"飞快地说，拼命地说，拼命地想，飞快地想，为了说而说，为了想而想，妨碍着说出其他全然不同的东西，本来也可以说出的相去甚远的东西，为什么不呢？对吧？"

"也许我弄错了，"她又补充一句。

他说了起来。

副领事第一次开口和安娜-玛丽·斯特雷特说话的时候，他的声音是优雅的，却又奇怪的苍白无色，有一点儿过于尖利，似乎在克制着一声吼叫。

"我听说，这里的人曾经非常害怕麻风病，西班牙领馆的一个秘书夫人……"

"噢，是的，我明白了。她那时确实非常害怕，"她接着说，"关于那位夫人，人们对您说了什么？"

"说她的恐惧纯属荒唐，但还是把她遣返回西班牙。"

"不能完全肯定她没有任何问题。"

"她没有任何问题。"

她往后闪了一下身，盯着他看。他不相信她的话，她感到吃惊吗？人们注意到她那碧水般清澈的双目了吗？她的微笑，大概已经注意到了，在她独自一人在那里却不知道被凝视着的时候，大概如此。然而，那双眼睛没有被注意到，因为他，他此时在颤抖，他没有看到眼睛吗？

"她确实没有任何问题。"

他没有答话。她接着问：

"为什么跟我说这些？"

有人在说：瞧，她有时看上去那么冷酷，仿佛她的美有所改变……在她的目光里的，是残酷还是温柔？

"为什么要跟我说起麻风病呢？"

"因为我感觉到，如果我要是对您说出我心里想说的话，一切都将灰飞烟灭……"他在颤抖，"对您说的话，由我……对您说的，那些话……并不存在。也许我会说错，用那些话……说出别的来……说出发生在别人身上的事来……"

"关于您，还是关于拉合尔？"

她没有像另一位夫人那样做，她没有闪开身去看他的脸。她没有再问，没有继续说话，没有表示想继续说下去。

"关于拉合尔。"

那些注视着他的人，发现在他的目光里有一种极度的快乐。人们想到，那是曾经在那边、在拉合尔燃烧的火焰，它让人感到害怕，却不太清楚为了什么，因为他不愿对斯特雷特夫人有任何伤害，这一点是肯定的。

"您觉得您应该……"

"是的。今晚，我想让您、让您听我说。"

她飞快地瞥了他一眼，他大概没有看到她的眼睛，只看到刚刚收回的目光。他低声说着。

有人在说：他低声说着什么，瞧，他就好像……他看上去惊慌失措，你不觉得吗？

"然后，我想要跟您说的是，事后我们才知道，在拉合尔陷入难处之境的是他。而我……此刻跟您说话的我，就是他。我愿意您听到拉合尔的副领事，我就是那个人。"

"他说什么？"

"他说，关于拉合尔，他无可言说，无可言说；他还说，您应该理解他。"

"没必要那么做，或许？"

"不！有必要。如果您允许，我还可以说：拉合尔，那还是某种形式的希望。您理解，是吧？"

"是吧。但我以为还是可以做……别的事情，未必要走到您所走的那一步……别的事情也可以做。"

"也许。我不知道而已。不过还是烦请您看清一下拉合尔。"

有人在说：他俩之间怎么了？他会向她吐露当时的实情吗？为什么不呢？她可是加尔各答最好的女人……

"想要完全看清，那可太难了，"她笑了一下，"我是一个女人……我惟一看到的，是长眠不醒的一种可能性……"

"试想一下白天吧。早晨八点，夏利玛的花园空无一人。我不知道还有您存在。"

"我看到了一点点，仅仅一点点。"

他们沉默了。人家注意到在他俩的目光里有一种同样的神情，或许是同样的专注？

"请设身处地想一下，一个小丑夜里醒来。"

她又一次闪身躲开他一下，但她没有看他，她在寻思。

"也就是说，"她说，"我什么也没有想。"

"是这样。"

夏尔·罗塞以为他们在谈孟买，谈他的任命，并非其他，她不愿意，因此她才说了那么多话，无论如何要说，这让她很费力气，显然如此。

"我愿意您说您看出了拉合尔不可避免的那一面。请回答我。"

她没有回答。

"您看出来，这非常重要，哪怕只是一瞬间。"

她怔了一下，后退半步。她觉得应该笑一笑。他没有笑。现在，她也有些颤抖。

"我不知道怎么说……在你的材料中，有'难处'这个词。现在的情况是不是该用这个词？"

他沉默。她再问：

"是不是该用这个词？回答我……"

"我自己也不知道，我和您一起在找。"

"也许还有另一个词？"

"问题不是这个。"

"我看出了拉合尔不可避免的那一面，"她说，"昨天，我就已经看出来了，但我当时不知道。"

说完了。他们沉默了好一会儿。而后，他非常犹疑不决地问：

"您认为，我们两个是否可以为我做些什么？"

这回她把握十足。

"不能，什么都不能。你什么都不需要。"

"我相信您。"

舞曲终了。


凌晨一点。她和夏尔·罗塞跳着舞。

"他是个什么人？"

"哦！一个死人……"

她保持着说出"死人"二字的唇形，深夜降临，她的嘴唇变得湿润苍白。她宣判了吗？他不知道。他说：

"你跟他说话了，这对他会很好。换我的话，真受不了，我一点儿也不能忍受他……"

"没必要尝试，我觉得。"

从冷餐桌那边，他看着他们。他一个人在那里。

"谈一谈也没有用，"她接着说，"很困难，也没有可能……我觉得，你应该去想这样一个情况，就是说，有的时候……一场灾难本该在某个地方发生的，可发生在了非常遥远的另一个地方……你知道，有这样的地震，使海水上涨到几百公里以外的地方……"

"他这个人就是灾难？"

"是的。这比喻大概比较传统，但是很贴切。没必要再多想了。"

目光不可测度。

"最好就这样想，"她又补充一句。

她没有说谎，夏尔·罗塞想，不，她没有，我希望她没有说谎。

副领事的面孔又恢复平静。你看，他是不是……是不是陷入绝望？她说不是。她没有说谎，她不会说谎的。

斯特雷特夫人说的是实情。

副领事在喝香槟。没有人朝他走过去，没有必要跟他说话，他不会听任何人说的，除了她，大使夫人，大家知道。

夏尔·罗塞不再离开安娜-玛丽·斯特雷特，甚至跳完舞之后。她说：你会看到，在这里，什么都是一样的，有点儿空闲，可以弹弹音乐，但惟一困难的事情，恐怕就是和别人交谈，你看，我们在说……

副领事已经走近，肯定听到了。

她笑了笑。副领事也笑了，独自笑。有人在说：你看，他现在走动起来，他在一圈一圈的人中间走来走去，他在听，但好像不愿意加入交谈之中。

季风期。季风期的保养。要多喝滚烫的绿茶，那样才能解渴。副领事在等待她一个人闲下来吗？听不到他走过来的脚步。有一圈人正笑得欢。其中有个人正在讲除夕夜的什么故事。不知人们发觉没有，在印度结交的朋友，回到法国后很快便会被忘记。

他们在吧台那边。大使和他们在一起。他们在交谈，在笑。副领事离他们不太远。有些人认为，他在等他们的一个手势，招呼他过去：到我们这边来吧，但他们却没有这样做。这让人觉得残忍。太残忍了。另一些人认为，如果他愿意，他也可以过去和他们在一起，但他没有这个意愿，人与人之间的这一距离，正是他、拉合尔的副领事想要保持的，今天晚上正是这样，在这里，不折不扣。有人在说：他喝多了，再喝下去……他要是喝醉了，会是什么样呢？

西班牙领事的夫人又一次来到他跟前。她关切地说：你看上去有点儿神色不安。他没有回答。他请她跳舞。

"麻风病，我希望染上它，而不是害怕它。"他对她说，"刚才我没有说实话。"

声调是开怀的，带着一点儿自嘲，是自嘲吗？他的眼睛睁得很大，刚才还被直直的睫毛遮掩着。眼睛在笑。

"为什么这么说呢？"

"我可以面向大庭广众，滔滔不绝地解释为什么，但是，面对一位听众，我做不到。"

"啊！那是为什么？"

"没有意义。"

"你说的话，听起来让人伤感，为什么要这样？不要再喝了。"

他没有回答。

"他的声音，"安娜-玛丽·斯特雷特对夏尔·罗塞说，"和他长的样子不符。有些人就是这样，看他们的长相，想象不出他们会有那样的声音，他就是这种情况。"

"像是经过移植的徒然的声音……"

"别人的声音？"

"是的，不过是谁的呢？"

副领事和他们交错而过。他脸色苍白，跌坐在一张扶手椅上。

他没有看见他们。


现在大约是凌晨两点半。

"你和他跳舞的时候，他跟你说些什么？"夏尔·罗塞问。

她说：

"说些什么？说麻风病。他害怕。"

"他的声音的确如你所说……但他的目光也一样……好像那是别人的目光，我还没往这上面想过。"

"谁的目光？"

"这可不好说……"

她在思考。

"也许，他这人没有目光。"

"根本没有？"

"一点点吧，偶尔，有的时候，一点点。"

两人的目光交会在一起。夜尽的时候，夏尔·罗塞心想，被邀请去岛上。

她现在和另一个人在跳。他没有再和任何其他人跳，他没有去想。

有人在说：

"档案材料什么也不能说明，看起来，什么也不能说明。"

"不管怎么说，来得太迟了，说明不了所有问题，尤其是档案里说的东西。"

"很奇怪，你觉得吗？没有人同情他。"

"确实如此。"

"有这样一些男人，他们会让人不由自主地想知道他们的母亲是谁。"

"不，不，不是这样。失去母亲的人会成长得更自由，更坚强。想起来了，我敢肯定，他是个孤儿……"

"我敢肯定，即使他不是孤儿，他也会编造说他是个孤儿。"

"有一件事，我不敢对你讲，"夏尔·罗塞说……

"与他有关？"安娜-玛丽·斯特雷特问。

"是的。"

"用不着讲，"她说，"什么也不要讲，别提了。"

法国驻拉合尔的副领事现在又成了一个人。他离开大门旁他一直喜欢待的地方，来到吧台附近。西班牙领事夫人这会儿不在他身边。她去另一个客厅有一个小时了。跳完舞她就去了，之后没有再回来。听得见她在笑。她喝醉了。

再去看看副领事吧，夏尔·罗塞心想。他正要过去。他正要过去的时候，大使叫住了他。夏尔·罗塞似乎看出来，大使已经等了一会儿了，想跟他说些什么。大使拉着他的胳膊，带他走到冷餐桌那边，离喝了很多酒的拉合尔副领事有两米的距离。

现在是凌晨三点多钟。已经有人开始离去。

有人在想：副领事还不走。他完全是孤家寡人。生活中，他一直就是这样的吗？一直这样吗？换了别人的话，会不会在宗教中寻求寄托？他在印度找到了什么，竟使他发作起来？来之前，他难道不知道吗？难道非要亲眼见证才明白吗？

大使低声说：

"喂……我妻子可能已经对你说了，我们很想哪一天晚上，请你到家里来，"他脸上挂着微笑，"知道吗，有的时候，对有些人，我们还是想加深了解……正常情况下的那些社交礼节，在这里行不通，有的时候需要打破常规。如果我妻子还什么也没有跟你提，那是因为她觉得由我先来跟你说会更好。愿意吗？"

有人在想：他事先知道自己身上具有如此看待拉合尔的那种倾向吗？如果事先知道，他还会来吗？

大使注意到，他的一番邀请适才在夏尔·罗塞脸上产生了小小的令人不快的诧异。如果大使先生，就像人们在加尔各答传说的那样，是个对妻子百依百顺的丈夫，并且他知道此刻我心里也是这么想的，为什么他没有避讳呢？可以不对邀请表示欣喜若狂，可以不回答说荣幸之至，可是不能拒绝大使提议的陪他的夫人去岛上，陪她在这里，在加尔各答，度过晚上的时光。

　　有些人说，斯特雷特先生与某些新来的人打交道很有一套，他如此这般就划定了今后相处的界限，谁知道。

　　"我感到不胜荣幸。"

　　安娜-玛丽·斯特雷特一定想得到他们在说什么。她走了过来。夏尔·罗塞还是有些局促不安：这太过分了——有点儿太过快了——就像把未来给廉价处理了一样。他想起在俱乐部的时候听人这样说过，大使从前曾试图写小说，据说他听从了妻子的劝告，放弃了，是这样。人们看到他的脸上有着顺从且幸福的神情。他曾经希望得到的机遇，他没有得到，反而得到了其他的机遇，最初没有希冀、不再指望的机遇，他得到了如此年轻的妻子，而据说这位妻子并不爱他，却一直追随着他。

　　共结连理。十七年以来，他们携手走过亚洲的各大都市。这样的日子现在开始走向尽头。某一天，据说，当时他们已经年华不再，她对他说：不要写东西，就待在这里，待在这边，待在中国、印度，没有人知道诗是什么，每个世纪几十亿人里面也就会出十个诗人……我们什么也别做，就待在这里……什么也别做……她走了过来，喝了香槟。随后，朝一个刚刚到来的人走去。

　　"我刚才看见了，你和拉合尔的副领事在说话，"大使说，"我谢谢你。"

　　有人在说：瞧，他来了，麦克·理查来了……你不知道吗？

麦克·理查三十岁左右。风度翩翩。一走进大厅，就吸引了人们的目光。他追寻着安娜-玛丽·斯特雷特的目光，他看到她了，冲她微笑。

有人在说： 还不知道吧，两年了……加尔各答无人不晓。

一个带着嘘响的声音，在夏尔·罗塞身旁响起： 副领事从冷餐桌的另一端走过来，手里端着一杯香槟。

"你看上去神情专注。"

有人在说： 那个副领事，他还在那儿，他可是待得够晚的。

有人在想： 他有必要亲眼见到拉合尔才对拉合尔有所把握吗？啊，他谈起这个城市来，真是不留情面！

跟他什么话也别说，夏尔·罗塞想，盯紧他一些。他大概还没有看见麦克·理查，当然，这又有什么要紧的？他眼中看到什么？她，好像只有她。

"我想喝香槟，"夏尔·罗塞说，"自我来到这里后，我喝得太多……"

他心里很想审问他一番： 那辆女式自行车，斯特雷特夫人的自行车，你觉得如何？

似乎会听到这样的回答： 关于具体理由，我无可奉告……

有人想到： 在他确认眼见的拉合尔和想象中的拉合尔实为一体的时候，他召唤死亡降临拉合尔。

一个女人的声音： 神父说，如果向上帝祈祷，上帝会提供一个解释。有人讥笑着，对此不以为然。

"你会看到，"副领事对夏尔·罗塞说，"在这里，酒醉人醉，一概如此。"

他们喝着。这时，安娜-玛丽·斯特雷特在旁边一个接待厅里，和乔治·克劳恩、麦克·理查及另一个跟麦克·理查一同到来的英国青年在一起。夏尔·罗塞知道，直到夜尽，她会待在哪里。

"斯特雷特夫人使人产生活下去的愿望，你不觉得吗？"副领事问。夏尔·罗塞姑妄听之，没有答话。副领事又说："你会受到接待，也会被救出苦海，用不着否认，我全听到了。"

他笑着。

不要有任何反应，夏尔·罗塞想到。副领事的声调带着快意。他又笑着说：

"多么不公平。"

"你也会受到接待的，"夏尔·罗塞说，"每个人都会轮到，一概如此。"

不动声色。

"我不会的，"副领事继续笑着，"拉合尔让人害怕。我说话声音失真，你听得到我的声音吗？不过请注意，我无怨无悔。一切都很完美。"

有人想到：他只是召唤死亡降临拉合尔，而不是任何一种其他厄运，没有任何一种其他厄运可以证明在他眼中拉合尔可以被死亡之外的任何其他力量创造或者摧毁。也有的时候，他觉得召唤死亡似乎有些过分，像是个卑鄙的信念，某种谬误，于是他召唤烈火，召唤海水，召唤来自人们熟知的世界的那些天灾人祸，让它们降临到拉合尔。

"你为什么用这种方式说话呢？"夏尔·罗塞问道。

"哪种方式？"副领事反问。

"请原谅……刚才跳舞的时候，我们谈到你……如果你想知道的话……好像你害怕麻风病？其实大可不必，你一定知道，只有那些吃不饱肚子的人才得麻风病……你这是怎么了？"

副领事发出一句低声的怒吼，脸色变得苍白，把手中的杯子扔在地上，摔碎了。一阵沉默。他低声吼叫道：

"我就知道，我没有说过的话也会被人夸大其词，简直可怕了！"

"你疯了吗……害怕麻风病也不是什么丢脸的事情……"

"纯属胡说。是谁这么说的？"

"斯特雷特夫人。"

副领事的愤怒突然消失，随之陷入某种情思，仿佛沉浸在幸福之中。

人们感到莫名其妙。

安娜-玛丽·斯特雷特又来到八角厅，她向参加招待会的夫人们分发下午从尼泊尔运送过来的玫瑰。大家惊叫着，纷纷说这些花她应该自己留着。她说自己不需要了，又说使馆这些客厅明天就没有人了，而这些玫瑰……再说，她也不太喜欢花……她的动作很快，有点儿太快了，好像急于摆脱一件苦差事。她周边有十来位夫人围着。

副领事的神情令人难以忍受。仿佛他在期盼着温情或许是爱情的到来。它们来了。从混杂交织的悲苦中到来，似乎他在从那混合着、交织着的种种苦情中，摆脱出来，夏尔·罗塞心想，就好像他忽然伸出手来，要求得到自己的那一份。西班牙领事的夫人走了过来，手里拿着一枝玫瑰。

"当斯特雷特夫人分发玫瑰的时候，就等于说她要我们走了，这是个信号。但也可以假装不懂，该做什么做什么。"

副领事什么也没说。

乐队重新开始演奏，但是大厅有一阵嘈杂，人们确实在陆续离开。西班牙领事夫人明显喝多了。

"看你情绪不高的样子，"她对让-马克·德·H说，"我跟你讲件事提提神吧：不是每个人都离开的，有人会留下来，是的，我完全可以告诉你，大家都心知肚明，再说我自己也有点儿醉了……这样的招待会，有时候会奇怪地收场……听我说，之后呢，他们要去……斯特雷特夫人要去加尔各答的一家妓院……叫'蓝月亮'……和几个英国人去……那几个，那边那三个人……他们都喝得酩酊大醉……我可没有说瞎话……不信问问你周围的人……"

她大笑着走开，没有注意到别人没有笑。法国副领事目光低垂。他把香槟酒杯放在吧台上。他好像没有听见。

"你相信吗？"夏尔·罗塞问。

八角厅的那个角落里，玫瑰花没有了，安娜-玛丽·斯特雷特站在丈夫旁边，正面带微笑，伸手送客。

"我不觉得这位夫人是在瞎说，"夏尔·罗塞说。

拉合尔的副领事还是没有答话。他看上去好像意识到已经很晚了。旁边的客厅里，几乎一个人都没有了。这里，还有三对舞伴在跳着。大厅里来回走动越来越容易。一些灯关上了。一些餐盘撤下了。

副领事离开夏尔·罗塞。

他朝安娜-玛丽·斯特雷特走过去。他要干什么？

客人在离去，陆陆续续离去。她还是站在八角厅的那个角落，一边跟她丈夫说着什么，一边和客人们握手道别。

在另外一个客厅里，好像还有一些客人，还有不少客人，她有些放心不下，朝那边看了看。

副领事似乎什么也没有看见，他没有看见她正在忙着，必须站在那里和客人话别。他来到她面前——这让人很尴尬，大家停下来看着他——，他什么也没有看见，他向她弯腰鞠躬，她不明白，他保持着这个姿势，弯腰鞠躬，客人们盯着他看，面带嘲笑和惊愕。他抬起头，看着她，眼中别无他物，只有她，她一个人，也没有看到大使先生一脸凝重。她一脸的不快，还是保持微笑，说道：

"如果接受您的邀请，就没完没了了，并且我不想跳……"

他说：

"我坚持。"

她向周围的人致歉，跟他来到舞池。他们跳了起来。

"有人问过您我跟您谈了什么。您说我们谈了麻风病。您为我撒谎了。您对此无能为力，木已成舟。"

男人的手发烫。他的声音头一次听起来很美。

"您什么也没有传出去？"

"没有。"


她朝夏尔·罗塞望过去。目光忧郁。夏尔·罗塞误解了。拉合尔的副领事想必会对斯特雷特夫人说，她不该把他说的关于麻风病的那些话传出去，而她，她为此感到心烦。

"我甘愿为您撒谎，"她说。

三个英国人中，有一个朝夏尔·罗塞走来——这一切都是精心安排——，他很年轻，他是和麦克·理查一道进来的。他已经看见过副领事朝网球场走去。他看上去无视眼前正在发生的事情，拉合尔副领事目前的态度。

"我叫彼得·摩根。请留下来，愿意吗？"

"还不清楚。"

那边，副领事正对安娜-玛丽·斯特雷特说了什么，竟使她往后退去。他把她朝自己拉回来。她挣脱着。他到底要怎么样？大使也在监视着他。他不再继续拉她。但她好像还想逃开。她看上去不知所措，也许她害怕了？


"我知道您是什么人，"她说，"我们不需要相互进一步了解。不要误会。"

"我没有误会。"

"我活得率性随意，"她试图把手抽回去，"我就是这样的人，大家都正确，在我看来，大家都完全彻底的正确。"

　　"不要故作镇静，那无济于事。"

　　是她重新开口说话：

　　"的确如此。"

　　"您正和我在一起。"

　　"的确。"

　　"此时此刻，和我在一起，"他恳求着说，"您刚才说什么？"

　　"随便说说而已。"

　　"我们就要分开。"

　　"我现在正和您在一起。"

　　"的确。"

　　"此时此地，我正完全地和您在一起，如同和任何其他人在一起一样，今晚，在这里，在印度。"

　　有人在说：她的微笑礼貌周到。他显得很镇静。

　　"我会按照假装今晚会在这里和您在一起那样去做，"拉合尔的副领事说。

　　"您没有任何机会。"

　　"没有任何机会？"

　　"没有。不过，您还是可以按照假装您有一个机会那样去做。"

　　"他们会怎么办？"

　　"把您赶走。"

　　"我会按照您会留下我那样去做。"

　　"的确。可是我们为什么要这样？"

　　"为了能发生什么。"

　　"在您我之间？"

　　"是的。在我们之间。"

"到大街上，去大喊大叫。"

"是的。"

"我会说那不是您。不，我什么也不会说。"

"接着会发生什么？"

"半个小时之内，他们会觉得不自在。然后，他们会谈起印度。"

"之后呢？"

"我会去弹钢琴。"

舞曲结束了。她抽身离开，冷冷地问道：

"您的前途何在？"

"您知道了？"

"您会被任命到远离加尔各答的地方。"

"您希望这样？"

"是的。"

他们分开了。

安娜-玛丽·斯特雷特从冷餐桌前经过，没有停下，径直朝另一个客厅走去。她刚刚跨进那个厅，便听到副领事发出第一声叫喊。有些人听清楚了，他喊的是：留下我！

有人在说：他烂醉如泥。

副领事朝彼得·摩根和夏尔·罗塞走去。

"今晚，我就留在这里，和你们在一起！"他吼叫着说。

他们不动声色。

大使走了。八角厅里，有三个醉酒的男人在扶手椅上睡着。最后一次上饮料。但餐桌上的食物空去了大半。

"你该回去了，"夏尔·罗塞说。

彼得·摩根从正要撤走的餐盘里抓出几个三明治，叫人留下别动，说他饿了想吃。

"你该回去了，"彼得·摩根也这么说。

有人觉得，拉合尔副领事此时自大狂发作了。

"为什么？"

他们不看他，不回答他。于是，他又喊了起来：

"我要和你们在一起，让我和你们在一起一次。"

他不屑地打量着他们。过后有人说： 他当时不屑地打量我们。有人说： 当时他嘴角沾着白沫。我们只剩下了几个人，大家都看着他，他叫起来的时候大厅一片沉静。是愤怒，他无论走到哪里，都因为这突如其来的愤怒引人注目，类似今晚这样的狂乱发作。有人在想： 这个男人，他就是愤怒，是愤怒的化身，今天我们算是见识了。

夏尔·罗塞记忆犹新： 当时，大厅变得空旷起来。电灯关上了。餐盘撤下了。让人发慌。副领事的时刻来到了。他开始喊叫起来。

"镇定些，求求你了，"夏尔·罗塞说。

"我要留下来！"副领事叫道。

夏尔·罗塞抓住他晚礼服的翻领。

"你这人真是难处，显而易见。"

副领事恳求着。

"一次。一个晚上。就一次，让我留下来和你们在一起。"

"这办不到，"彼得·摩根说，"请原谅，你这样的人物，只有不在场的时候，才会让我们感兴趣。"

副领事开始无言地哽咽起来。

有人在说： 天啊，太可怜了！

随后，第二次静了下来。安娜-玛丽·斯特雷特出现在客厅门口。身后跟着麦克·理查。副领事浑身抖动着，向她奔过去。她一动不动。年轻的彼得·摩根一把抓住副领事，把他带到八角厅的门口。副领事已经不再哽咽。他任其所为，没有挣脱反抗。似乎这正是他所期待的。人们看着彼得·摩根一路牵着他穿过使馆大院，卫兵打开大门，待副领事走过去后，大门又重新关上。还能听到叫喊声。叫喊声又停止了。这时，安娜-玛丽·斯特雷特对夏尔·罗塞说：现在，跟我们一起来吧。夏尔·罗塞待在原地，看着她。听到有人说：他是不是在边哭边笑？

夏尔·罗塞跟在安娜-玛丽·斯特雷特身后。

有一个人想了起来：在花园里，他口里吹着《印度之歌》的曲子。想起《印度之歌》的最后一个人。从前，关于印度，他所知道的只有《印度之歌》。

有一个人在想：他在拉合尔到底看到了不曾在别的地方看到过的什么东西？人多如蚁？麻风病人身上的灰尘？夏利玛的花园？在拉合尔之前，他期待的是看到拉合尔延续存在的趋向，而自己则因产生摧毁拉合尔的念头而延续存在。肯定是这样。不然的话，一旦他了解了拉合尔，他会去死的。

路灯下面，在加尔各答这个脑满肠肥的夜晚，瘦成皮包骨的她，正抓挠着自己的秃头，坐在一群疯子之间，头脑空空如也，心如死灰槁木，她一直在等着食物。她嘴里在说着什么，她讲的东西没有人听得懂。

灯火通明的大门后面，音乐声停了下来。

从炊事房的门后传来一阵嘈杂。要分发食物了。

今晚，要从法国使馆的炊事房扔出很多吃的东西。她背着露洞的布袋，一阵狼吞虎咽，同时还要躲闪着那些疯子挥过来的巴掌、拳头。待嘴巴全塞满以后，她笑了起来，笑得喘不过气来。

她吃过了。

她绕过使馆的院墙，她唱了起来，朝恒河走去。

"现在，跟我们来吧，"安娜-玛丽·斯特雷特说。

彼得·摩根回来了。副领事大概还在使馆大院的栅栏门外。听得到他的叫喊。

电唱机在旋转，放低的音量播放着舞曲，没有人在听。他们现在五个人在客厅里。夏尔·罗塞独处一隅，靠近门口，站在那里，听着副领事的叫喊，看到他——穿着晚礼服、打着领结——抓靠在栅栏门上。叫喊声停止了，副领事步履蹒跚，沿着恒河走起来，在麻风病人中穿过。在场的每个人，包括安娜-玛丽·斯特雷特，都面部绷紧。他们在听。她在听。

乔治·克劳恩在那里，一双深陷的眼睛看上去似乎没有睫毛，目光锐利逼人，单看那双眼睛的话会觉得他这人很凶——除了在看她的时候。他此刻就在她身边。他们认识多久了？至少在北京的时候就认识了。他向夏尔·罗塞转过身去：

"有时，我们到'蓝月亮'去喝一瓶香槟，你愿意去吗？"

"悉听尊便。"

"哦！我还不知道今晚我是否想去'蓝月亮'，"她说。

夏尔·罗塞做了番努力，可还是无法驱散副领事的影子，他似乎看到副领事正沿着恒河前行，跌倒在那些沉睡着的麻风病人身上，大吼大叫着站起身来，从衣袋里掏出可怕的物件……逃开，逃开。

"你们听……"夏尔·罗塞说。

"不，他不再喊了。"

他们在听着，不是叫喊的声音，是女人唱歌的声音，从滨河大道传来。仔细听的话，似乎有人在叫喊，但声音更遥远，来自滨河大道的尽头，而副领事这会儿正走在大道上。仔细听的话，似乎一片叫喊声，轻飘而遥远，从恒河对岸传来。

"别担心，他现在一定到家了。"

"我们互相还不认识呢，"麦克·理查走过来说。

他来自何处？他不住在加尔各答。他来这里是为了看她，跟她待在一起。他就想待在她身边。他比夏尔·罗塞想象的年龄要大一点，已经三十五岁了。夏尔·罗塞这时想起来，有一天晚上，他也在俱乐部看见过他——他来这里大概有一个星期了。夏尔·罗塞心想，似乎有什么东西把他们两个连在一起，某种稳固的、决定性的东西，但是，好像不再是一种正在进行中的爱情。是的，夏尔·罗塞想起他进门时的情景了——大大早于副领事开始抽噎的时候，黑色的头发下一双阴郁的眼睛。据有人看来，如果有一天晚上，他们两个在"蓝月亮"共度一夜之后双双死在尚德讷戈尔的一家旅馆里，这不是不可能的。那会是夏日季风时节。人们会说：他们双双死去，不为了什么，只因为看淡了人生。夏尔·罗塞站在那里正要坐下来。没有人邀请他这么做。她在一旁暗暗地观察他。现在还来得及，他还可以拒绝那岛上的温情，拒绝傍晚时分去尚德讷戈尔方向兜风，很容易被理解的。另一个男人永远不会在这把扶手椅就座。夏尔·罗塞头一次处在加尔各答白人至尊无上的小圈子的核心。他还可以做出选择，离开或者坐下。她一定在观察他，对此他笃信无疑。他落到了那把扶手椅里面。

多么疲惫，又多么令人心怡。她垂下了眼睛，望着地面，她大概没有想到他今晚会不留下来。他留下来了。

彼得·摩根回来了。

"睡上一夜，他就会好的，"彼得·摩根说，"安娜-玛丽，我对他说，你不会怪他，他不用担心。他当时不省人事。你知道，他听人说你要去'蓝月亮'，他没完没了讲这事，因为听到这个他才以为自己可以胡来。一个女人去'蓝月亮'，你想想看……"

夏尔·罗塞说，确实有一个女宾跟他们说起了"蓝月亮"。

"他怎么说？"安娜-玛丽·斯特雷特问彼得·摩根。

"他笑了起来，说法国大使夫人去'蓝月亮'的镜厅。他还说到另一个夫人，我记不清了。"

"你看，"乔治·克劳恩说，"我跟你说过，在加尔各答，是有传闻的……你不在乎？那好。"他又补充说，"奇怪了，这个男人竟能总让人想起他来。"他又转向夏尔·罗塞，"你们俩在一起说话，我看到了。是在谈印度吗？"

"是的。除非是他……他的言谈方式让人这样以为，我觉得他无所谓……"

麦克·理查此时有些愤懑。

"我本来要向他走过去的。安娜-玛丽拦住我，我真后悔，唉！真后悔。"

"你忍受不了他的。"安娜-玛丽·斯特雷特说。

"那你呢？"

她微微耸肩，笑了一下。

"哦！我嘛……也忍受不了……不过没有必要大家都掺和进来。"

"你和他说了什么？"

"说了麻风病。"安娜-玛丽·斯特雷特说。

"只说了麻风病……噢。"

"是的。"

"你好像心神不安。"麦克·理查对夏尔·罗塞说。

"今晚发生的事，对他来说太残酷了。"

"究竟发生了什么？请原谅，当时我不在……"

"从这里被彻底排斥……似乎成了他的心病……我觉得……"之后，他转向安娜-玛丽·斯特雷特说，"很久以来，他一直想着认识你……每天早晨，他都去网球场，似乎不为别的……"

大家这时都看着她，等着她说什么，而她神情漠然。

"怎么可能让安娜-玛丽……"彼得·摩根问道。

"当然。"

"他到网球场去寻找什么？"彼得·摩根又问。

"我不知道。"她说。

她的声音又轻又细，就像并不刺人的一个针尖：她看到夏尔·罗塞一直盯着她看。

"他是偶尔路过，随便寻找什么。"她说。

"关于这家伙，还是到此为止吧。"彼得·摩根说。

他二十四岁，平生头一回来到印度。乔治·克劳恩与他最聊得来。

又有低沉的叫喊声，沿着恒河传来。夏尔·罗塞不由得站了起来。

"我去看看他到家了没有，待在这里不是个办法……五分钟就到。"

"他大概在自家阳台上叫喊呢。"彼得·摩根说。

"如果他发现你，"乔治·克劳恩说，"你只能确认你刚才说他的那种挫败感。"

"不用管他，我向你保证……"安娜-玛丽·斯特雷特说。

夏尔·罗塞重新坐下。他不安的心情有所缓解，没什么的，神经问题，最近几周太累了。

"也许你说得对。"

"他什么也不需要。"

彼得·摩根和乔治·克劳恩似乎经常进行今晚这样的交谈。他们在谈加尔各答那个疯女，那个女丐，谈她一天到晚做什么，谈她失忆了却还记得在哪里能吃到食物。

夏尔·罗塞完全放弃了离开的打算。麦克·理查神思恍惚，还在盘问安娜-玛丽·斯特雷特有关副领事的事情。她是怎么看的？

"起先，在他没有开口说话之前，看到他的神态，我觉得在他的眼睛里面……有某种若有所失的神态，似乎他刚刚丢失了什么……，他不停地盯着那所失之物……也许是某个念头，某个破灭的念头……现在，我不知道了。"

"这是不幸使然，你不这么认为？"

"我不认为，"她说，"我不认为这是不幸使然。有什么东西是他所丢失的而别人又看不到的？"

"他所丢失的，也许是一切？"

"在哪里？拉合尔吗？"

"也许如此，也许如此，如果他有什么东西会丢失的话，肯定是在拉合尔丢失的。"

"反过来说，在拉合尔，他又得到了什么？"

"他是夜里朝人群开枪吗？"

"啊，是吗，朝人群胡乱开枪？"

"当然，白天看得出是人群。"

"在花园里面，他口里吹着《印度之歌》。"

乔治·克劳恩和彼得·摩根走了过来。他们正说着，那个女乞丐没有得麻风病真是奇怪，她和麻风病人睡在一起，每天早上，她离开麻风病人，自己却安然无恙。

安娜-玛丽·斯特雷特站了起来，她在听着什么。

"就是这个女人，"她对彼得·摩根说，"在滨河大道上唱着的那个，听……我早晚要想个办法，还是了解一下……"

"你什么也不会了解到的，"彼得·摩根说，"她已经完全疯了。"

歌声渐渐远去。

"也许是我弄错了，不大可能是她，这里离印度支那有几千公里……她怎么会在这里？"

"你知道吗？"乔治·克劳恩说，"彼得在写一本书，就是从沙湾拿吉的这首歌谣写起的。"

彼得·摩根终于笑了。

"我对印度的苦难激昂不已，我们大家多多少少都有点儿这样，不是吗？我们只有确保自己还在呼吸的情况下才能来谈论这种苦难……我凭着想象写一些关于这个女子的文字。"

"为什么是她？"

"在她身上，什么也不会再发生，即便是麻风病……"

"每个人都有自己的印度，有我的，有你的；有这样的，也有那样的，"夏尔·罗塞说道——这时他在微笑——，"大家能做的，各位能做的，依我看，其实我也不清楚，瞧，我还不了解大家，我们能做的就是把各自的印度放到一起……"

"副领事是不是心中也有个苦难的印度？"

"不，他没有这个。"

"那么，他有什么呢？"

"什么也没有。"

"我们大家都习惯了，"麦克·理查说，"我们都习惯了，你也习惯了，五个星期足够，三天也足够。然后……"

"罗塞，副领事一直让你心神不安吗？"

"不，没有……你刚才要说什么，然后？"

"唔！然后……然后……这个副领事，他比正在马拉巴海岸肆虐的饥荒更让我们感到不自在。他这个人是不是疯了？只是个疯子？"

"听到他叫喊，就会想到拉合尔……深夜，他站在自家的阳台上叫喊。"

"安娜-玛丽也有她自己的印度，"乔治·克劳恩说，"但是，她的印度与我们的不一样。"

他朝她走过去，热情地拥抱她。

"难道大家要一直在这里为法国副领事难过下去吗？"彼得·摩根说。

"不。"安娜-玛丽·斯特雷特说。

其他人似乎没有看法。

侍者送来橘子水和香槟。这时气温并不高。听得到外面在下雨，加尔各答在下雨，雨水打落到棕榈树上。他们还去"蓝月亮"吗？有人问了一句。不去了，今晚肯定不去了。时间已经太晚。待在这里挺好的。

"知道吗，我又去了北京，"乔治·克劳恩说，"啊，在大街上，我总能看到你的身影，整座城市都让我想起你来。"

"你恐怕不晓得，"她对夏尔·罗塞说，"'蓝月亮'不过是家夜总会，跟别的夜总会没什么区别。欧洲人不敢去那里，因为害怕麻风病，于是他们就说那是个妓院。"

"这个人，"夏尔·罗塞笑着说，"他定然不了解那个地方。"

暴风雨过去了。

"你想到过要来印度吗？"她面露微笑问道，"所有人都对类似的事情有所期盼。"

加尔各答又传出轻声的喊叫。

"确实，我在加尔各答刚刚度过的五个星期非常艰难，不过，同时这也是普遍的规律，我在这里也找到了某种不甚了了的期盼之物……"

"你更愿意被派到其他地方任职吗？"

"最初的阶段，哪里都是一样的。"

然而，麦克·理查还在纠缠副领事的话题。

"在他的材料里，好像有'难处'这个词。"

"究竟是说谁'难处'？"

"他当时想要你怎么样，安娜-玛丽？"

她专注地倾听，没有料到麦克·理查会向她提出问题。

"哦！不甚清楚。"

"也许副领事也是对这个女人趋之若鹜的男人中的一员，他们认为和她在一起可以忘却一切？"

她微笑了吗？

"在他的材料里，准确地说，到底写了什么？"麦克·理查问。

"哦！"她答道，"比如说，他深夜里朝夏利玛的花园开枪。"

"他在加尔各答的寓所，也同样遭此劫难吗？"

安娜-玛丽·斯特雷特笑了。

"没有，"她说，"一点儿也没有。"

"在拉合尔，他也朝玻璃镜子开枪。"

"夜里，在夏利玛的花园，那里有麻风病人。"

"白天也在那里，在树阴下。"

"他会不会是思念从前什么地方结识的某个女人？"

"他说他从来没有过……这是真的吗？"

"这些事情，"彼得·摩根说，"我几乎可以肯定，是他认为自己应该去做的，因为他一直有着这样一个念头：总有一天，他要干出一件惊天动地的事情，此后……"

她微笑着说道：

"确实，他认为有必要先唱出大戏，由他而不是由别人来唱，我觉得。"

"什么大戏？"

"……表演愤怒的大戏，比如……"

"对此，他跟你只字未提吗？"

"没有。"安娜-玛丽·斯特雷特说。

"此后，你刚才要说此后什么？"麦克·理查问。

"此后，"彼得·摩根接着刚才的话说，"他就以为自己对别人有了权利，要求得到别人的关心，要求得到斯特雷特夫人的爱情。"

沉睡的加尔各答又远远地传出刺耳的声响。


"那几个记者，在你家里又吃又睡，都三个月了。"乔治·克劳恩笑着说起。

她说，他们被困在加尔各答，因为签证问题，他们想去中国，为此烦闷至极。

"说起马拉巴海岸的饥荒，他们到底有什么打算？"

"什么打算也没有。没有同舟共济的联邦精神，就办不成什么正事。"

"为了一斤米，要排上一星期的长队。罗塞，你就等着受苦吧。"

"我准备好了。"

"不，"安娜-玛丽说，"人们如此想象，但这却从来不曾发生，脑中的念头总是更让人恼火。"

"饥荒从来没危及这里的欧洲人，可是，饥荒期间，欧洲人自杀的事件却时有发生，这非常奇怪。"

"安娜-玛丽，我的安娜-玛丽，请给我弹一曲舒伯特吧。"乔治·克劳恩请求着。

"钢琴走音了。"

"到我死去的那一天，我会叫人通知你，你来给我弹一曲舒伯特。钢琴并没有那么走音，只不过你喜欢说这样一句话：钢琴走音了，空气太潮湿……"

"确实，我喜欢这么说，以此开始一个话题。关于烦闷，我也喜欢说起。"

夏尔·罗塞冲她微笑着。

"和你也这么说过，是吧？"

"是的。"

他们都来到一个雅致的小客厅，罗塞第一次见到她时，正是在这里，当时他以为自己以后再也没有机会光临。这是一座亭式建筑，朝向网球场方向的使馆花园。一架钢琴直靠着沙发。安娜-玛丽·斯特雷特在弹奏舒伯特。麦克·理查关了吊扇。空气突然压在肩头上。夏尔·罗塞走出去，又走回来，在门口的台阶上坐下。彼得·摩根说该走了，他躺在沙发上。麦克·理查，单臂倚靠着琴架，注视着安娜-玛丽·斯特雷特。乔治·克劳恩坐在她旁边，闭目倾听。河泥的味道飘进使馆花园，大概正是海水低潮的时候。欧洲夹竹桃树的腻香与河泥的微臭，随着空气缓慢地飘浮，时而相混，时而相分。

主题曲的旋律已经回响过两次。现在正是第三次。正等着再一次回响。它响起来了。

在八角厅空空如也的冷餐桌前，乔治·克劳恩在说着：……炎热的季节，是的，有一个建议，只能喝滚烫的绿茶，是的……只有喝它才能解渴……要克制自己，不要喝那些冰镇饮料……喝绿茶，刚开始又苦又涩，可是后来会乐此不疲……这就是季风时节的窍门。

那几个记者烂醉在扶手椅上。他们动了动身子，嘴里咕噜一阵，说几句莫名其妙的话，又跌落到扶手椅上。

麦克·理查建议，不妨周末到威尔士亲王大酒店去。有人向夏尔·罗塞解释说，那家奇妙的大酒店和法国使馆的别墅在一座岛上。

大家约定下午四点一起出发，睡完午觉之后。

麦克·理查对夏尔·罗塞说：

"你也来吧，你会看到三角洲的稻田，奇妙无比。"

他们互相看着，都面带微笑。和我们一道去吧，怎么样？答应了？我不知道。

安娜-玛丽·斯特雷特伴着夏尔·罗塞离去。他俩穿过花园。已是清晨六点。她指着云海下的一个方向。天空出现一抹鱼肚白。她说：恒河三角洲就在那边，天空上聚着青云的那边。

他说他很荣幸。她没有答话。他注意到她白皙皮肤上的太阳斑，注意到她喝多了酒，注意到她明亮的目光闪烁狂乱。突然，他又注意到，真的如此，有泪水从她眼里落下。

怎么了？

"没什么，"她说，"是日光的原因，有雾的时候，日光刺眼……"

他答应晚上过来和他们在一起。就在这里碰头，按约定的时间。


他行走在加尔各答的街上。他想起她的眼泪。他想起她在招待会上的情形，他试图弄明白，给自己一些泛泛的解释，却并没有深究下去。他仿佛想起，在大使夫人缥缈的目光中，昨晚招待会开始的时候，就隐含着一些泪水，这泪水直到今天清晨才流了出来。

到这里后这是他第一次看到天明时分。远处，蓝色的棕榈树。恒河边上，麻风病人和野狗混在一起，形成一个宽大的围墙，城市的第一层围墙。饥民在更远的地方，密密麻麻地聚集在城北，形成最后一层围墙。晨光昏黄，无可比拟。在无尽的苦难中，城市一块一块地醒来。

眼前首先能看见的，是恒河岸的第一层围墙。树阴下，那些麻风病人，或者排成一行，或者围在一起，望不到尽头。有时，他们也说出几句话。夏尔·罗塞觉得越来越了解他们了，他的见识与日俱增。他觉得自己现在看得出他们是用什么材料做成的，是某种易碎的材料，清澈的淋巴流淌在他们体内。由麸皮制作的不堪一击的乌合之众，身体里是麸皮，脑袋里也是麸皮，麻木不仁。夏尔·罗塞走开了。

他选择了一条与恒河垂直的大道，为了避开从滨河大道尽头缓缓开过来的洒水车。他看到安娜-玛丽·斯特雷特身着黑衣，目光低垂望着地面，在使馆的花园里徘徊。十七年前：缓缓的大篷船，沿着湄公河缓缓地向着沙湾拿吉行驶，宽大的船形在原始森林和灰色的稻田间穿梭，夜晚时分，成群的蚊虫贴在蚊帐上面。他徒劳地努力一番，却怎么也想象不出她二十二岁时乘坐大篷船的情形，看不出这张面孔年轻时的模样，看不出正在凝目注视的纯真的双眸青春时代的流光溢彩。他放慢脚步，天气已经太热了。从城市这一侧的花园里，欧洲夹竹桃散发出阴郁的花香。这是生长欧洲夹竹桃的土地。不要种这种花树，永远不要，哪里都不要。昨晚，他喝多了，现在有些醉态，头重脚轻，心跳加快。玫瑰色的夹竹桃花与晨曦交相辉映，聚集在一起的麻风病人开始动弹，彼此脱离，四散开去。他想到了她，他试图想，只想着她一个：在沙发上，面对着河流，坐着一个青春的倩影。她向前望着，不，他无法让她脱离黑暗的背景色调：森林，湄公河，碎石路上二十多个人围着她，她病了，夜里暗自啜泣，有人说应该把她送回法国，她周围的人惶恐不安，吵吵嚷嚷说个不停，远处有栅栏门，穿着土黄色军装的哨兵，已经像是要终生监守她那样在监守着她。人们等着她大喊大叫，喊出心中的烦闷，等着她昏倒在地，但是她坐在沙发上依旧沉默无声。这时候，斯特雷特先生来了，把她带到官家的篷船上，对她说：我不会强迫你什么，你想回法国也可以，什么也不用担心。在那个年代，他，夏尔·罗塞，他做什么呢——他停下脚步——是啊，在安娜-玛丽·斯特雷特有此经历的时候，他还是个孩子。

　　要经过十七年，才有今晚的到来。在这里。晚了，晚了。

　　他又回到恒河边，踉跄而行。太阳升起来了，霞光映照着石建筑和棕榈树。工厂的烟囱，一个接着一个，冒出笔直的灰烟。温度已经热得令人感到窒息。在三角洲那个方向，天空阴云密布，仿佛朝云层轰上几炮就可以从里面喷出油来。没有风，微风袭袭本可是今晨加尔各答幸福的时光，突降的暴雨剥夺了这一时光。此时，远处，已经出现了一些朝圣者，越来越多；麻风病人也醒来了，他们兴高采烈，无时不在的末日又被推迟了。突然，副领事出现在眼前，穿着晨衣，站在自家的阳台上，看着他走近。太迟了。原路返回吗？太迟了。他想起来了，副领事对他说过，每天清晨，阳光一出现，空气中的水分开始蒸发，一阵哮喘会让他无法成眠。夏尔·罗塞似乎已经听到那带着嘘响的声音正在对他说：哟，亲爱的朋友，这个时候才回来？

不，他弄错了，副领事说的不是这个。

"进来坐一会儿吧，没什么关系的……早一点儿回，晚一点儿回，又有什么呢……天这么热，我睡不着，太糟糕了！"

声音还是那样，带着嘘响，一如平常。可是副领事什么时候会无法支撑，神经崩溃呢？他不想上去。副领事恳求起来。

"就十分钟，拜托了。"

他还在推托，说自己累得要命，说如果是……因为昨天晚上那点儿小事，请他不要放在心上。不，不是为了这个，你等着，我下来开门。

夏尔·罗塞拔腿就走，没有等在那里，他想到了自己接受的晚上的邀请，这怎么对他说呢？怎么能再次撒谎呢？太迟了。副领事已经赶上他，抓起他的胳膊往回拉。就十分钟，进来吧。

"放开我，我不想跟你说话……"

副领事放下他的胳膊，低下头去。这时，夏尔·罗塞方才打量他，发现他一直都没有睡——他是否想过去睡呢？没有，想都没有想过——，他极度疲乏，但他自己不知道，自己感觉不到。

"我知道，我是个瘟神。"

"不不……"夏尔·罗塞露出笑脸，"为什么这样说呢？……你看上去非常疲倦。"

"我说了什么？"

"我不记得了。"

他们来到了他的卧室。床头柜上，有一瓶安眠药，还有一封打开的信，抬头写着：我的小让-马克……

"我当时言语出格了……当我听到'蓝月亮'的事情……我就头脑发昏了……以为自己可以放胆而为……我知道，我愚蠢透了，不可原谅，但是……是不是……？"

他没有继续说下去。

"如果你要我上楼来，就是为了这个事情……不，我们最后没有去。"

"有点儿为了这个事情，是的。"

门厅过道里，有人在擦皮鞋，看不到，却听得到。副领事砰的一声，关上房门。

"我听着受不了，夜里没有睡觉的时候，听着受不了……"

"我知道。你说的情况，大家都有同感。"

副领事站了起来。笑了。他在演戏，乐此不疲。

"真的吗？"

"是的。"

"不过，我请你上来，不是为了跟你说这个。"他冷笑了一下，"我想知道，罗塞，坦白地说，你有幸和她在一起，那是自然而然的，是这样吧？"

"不。"

副领事坐到床沿上，他的眼睛没有看着正站在门口的夏尔·罗塞。他语速很快，目光中有一种可怕的穿透力。夏尔·罗塞感觉有些害怕。副领事从床沿站起来，朝他走去，他不由得后退着。

"到头来只留下痛苦，罗塞，不要去爱她。"

"我不明白为什么……关你什么事？"

副领事想留住他：请坐。说着，递给他一把椅子。

"不要和不愿意发生故事的女人发生故事，你明白吗？关不关我的事无所谓，我不在乎……"

他笑了一笑，但他的双手在颤抖。夏尔·罗塞又后退了一步。

"你看上去很疲倦，该睡一睡了。"

副领事潇洒地挥一挥手：疲倦，他了解的，了解的。他问起他们说了些什么，都有谁在场。夏尔·罗塞说了他们的名字，告诉他大家说起了印度。

"她说起印度了吗？她只说起印度吗？"副领事问道。咱们到阳台上去吧，外面还是好受多了，屋子里面聚热。

"只说起印度，并且话很少。"

他说，她很美，安娜-玛丽·斯特雷特，他觉得她很美，面容姣好，她年轻的时候一定不如现在美，但是很奇怪，他想象不出她年轻时的模样，想象不出她青春貌美的模样。

夏尔·罗塞没有答话。他应该对副领事说些什么，以便打断他听到的这些胡言乱语。

"告诉你，"他说，"据我了解，'蓝月亮'和别的夜总会一样，人家在那里不过喝喝香槟。这家夜总会一直开到很晚，所以他们才去那里。"

副领事的肘臂倚靠着石栏，拳头托着下巴，声音有些异样。

"'蓝月亮'不'蓝月亮'的，这并不重要，"他说，"这个女人……她对人一视同仁，这一点……才是重要的……我和你……咱俩之间不妨倾诉衷肠，我觉得她非常……非常吸引人。"

夏尔·罗塞没有回答。滨河大道上的路灯熄灭了。

"昨天晚上，我真是蠢上加蠢，"副领事说，"我想请你给我出出主意，怎样才能挽回局面？"

"我不知道。"

"一点儿……也不知道？"

"我向你保证，我不知道。她这个人简直就是……一个谜，我一点儿也弄不清楚，就像今天早上，"——我正在说不该说的话，夏尔·罗塞心想，可是副领事那急切的神情却使他不由自主地说出心里话来——，"她送我到花园门口的时候，突然流泪了……看不出什么明显的原因……她也没有说为什么……她的行为举止，似乎都是这样，我觉得……"

副领事的目光从夏尔·罗塞身上移开，他的手抓在石栏上，用力抓着。

"你是幸运儿，"他说，"能让这个女人流泪。"

"你说什么？"

"我曾听说……她的天空，就是洒泪的天空。"

夏尔·罗塞含含糊糊地说，不是这样的，他保证不是这样，不是他让安娜-玛丽·斯特雷特落泪的。副领事看了看他，投过去宽容的微笑，神情很快活。

"如果你再见到她，请务必跟她说说我，"说完，他笑了笑，"我不能自已，罗塞，你要帮帮我，我知道，你没有任何理由这样做，可是，我山穷水尽了……"

他真会做戏，夏尔·罗塞心想。

"你到孟买去吧。"

这时，让-马克·德·H终于开口，语气莫名其妙的轻松：

"我不去孟买了……是的，这让你意想不到……"他笑了笑。"我对她有了感情，因此我不去孟买了。我之所以再三跟你谈她，那是因为，我平生头一回，爱上了一个女人。"

夏尔·罗塞再也听不下去了，他再也听不下去了。

"我不知道我是怎么了，每天早晨看着她穿过花园，还有昨天晚上她对我说了话。希望你听得不要太烦……"

"不用客气。"

"我应该跟你谈谈，是吧，因为我想，你很快就会再见到她，而我不行，因为我……我目前无能为力。我没有什么奢望，就想再见到她，跟别人一样，待在她身边，必要的话一句话不说都可以。"

天气太热了，空气燃烧着一样，夏尔·罗塞回到卧室，他想逃离此地。

"回答我，"副领事说。

"没什么可回答的，你不需要别人代你求情。"他发火了，他竟敢发火了。"另外，我不相信你刚才说的这番话。"

副领事站在卧室的中央，望着恒河。夏尔·罗塞看不见他的眼睛，却看见他的嘴角抽动，仿佛在笑。他等着。

"那么，依你看，为什么我要说这番话？"

"也许是为了让自己信以为真。不过，老实说，我不知道，刚才我可能说话有些生硬，我太累了。"

"你认为爱只是一种想法吗？"

夏尔·罗塞叫喊着说他要走啦，然而却没有离开。他又提到孟买。真是不可思议：五个星期以来，副领事一直这么等着，可眼下又……副领事说，今天晚上他们俩可以再谈这个问题，他很希望今天晚上能和他在俱乐部共进晚餐。夏尔·罗塞说，这不可能，他要去尼泊尔两天。副领事转过头来，看着他，说他在撒谎。夏尔·罗塞不得不发誓说，他真是去尼泊尔，他发了誓。

之后两人突然无话。很长时间的沉默。夏尔·罗塞手放在门把手上的时候，间或冒出几句不甚自然的话，关于那个在恒河里游泳的疯女，她让人琢磨不透，他看见过她吗？夏尔·罗塞问。

没有。

夜里唱歌的就是她，他知道吗？

不知道。

还有，她大部分时间都在恒河岸边，稍远一些的地方，恒河岸；还有，哪里有白人，她就会跟到哪里，一直如此，仿佛出自本能，奇怪的是……她从不接近他们……

"一具行尸走肉，"副领事终于开口说话了，"但从不接近你，是这样吗？"

　　是这样的，可能，是的。

昏黄的光线下，他们驱车行驶在稻田间，在三角洲稻田间一条笔直的公路上。

安娜-玛丽·斯特雷特倚靠着麦克·理查的肩头在睡，他的一只胳膊伸在她腰间，揽着她。他的手放在她的手上。夏尔·罗塞在她的另一侧。彼得·摩根和乔治·克劳恩二人乘坐着乔治·克劳恩的那辆黑色蓝旗亚，两辆汽车在加尔各答城外各自分头驶去。

辽阔的沼泽，数不清的斜坡纵横其间。坡面上，四处可见劳作着的印度人，他们赤裸双臂，组成一个个长列。天地相接，一望无边，仿佛创世之前，仿佛洪水之后。雨后转晴的间隙，水面上耸立起一排排蓝色的棕榈树。人们在那里走着，身上背着布袋，背着水罐，背着孩子，或者什么也没有背。安娜-玛丽·斯特雷特在睡，嘴唇微启，薄薄的眼睑不时抬起，看到夏尔·罗塞坐在一旁，朝他微笑一下，又睡去了。麦克·理查也朝他微笑一下。大家心照不宣。

这时她醒了。他抓住她的手，亲吻了很久。她转身倚靠在夏尔·罗塞的肩头。

"还好吧？"

坡上人来人往，他们运送着什么，之后放在那里，之后又空手回转。四周是稻田，水面空空，田埂笔直，到处是人，成千上万的人，背负扎紧的稻捆，走在斜坡上，长列漫漫，不见首尾。身体两侧，摆动着用于劳作的赤裸的双臂。

劳累。

车上两个男人没有说话，为了不吵醒她，此外，看着黑色的帆船，在航道上前行、在黑色稻田间前行的帆船，他们也无话可说。每隔一段距离，就有一块块秧苗田，嫩绿柔软，锦缎一般。每隔一段时间，就有行进中的人群，比适才坡上的那些人步履稍快。这里是水乡泽国，淡水、咸水、黑水彼此相接，在出海口那里与大海那冰冷的蔚蓝色融为一体。

他们事先约好在一家白人俱乐部会合。其他人已经在那里了。再过一个小时他们就到了，有人说了一句。他们口渴难耐，急着赶路。彼得·摩根问起拉合尔副领事的消息。夏尔·罗塞说，今天早上他又见到副领事，对副领事说他要去尼泊尔两天。对于这个谎言，彼得·摩根没有说什么，其他人显出赞许的表情。

他们重新上路。夏尔·罗塞这回坐上了乔治·克劳恩的车子。彼得·摩根坐在后排，他对夏尔·罗塞说，当他看到三角洲的这一派风光后，就发现自己对印度的迷恋超乎预想。说罢，他也睡去了。

路上经过一阵暴风雨，之后眼前就出现了三角洲的棕榈林，雨过天晴，棕榈林闪闪发光。透过棕榈林看，还是一望无际的地平线。

海上浪涛汹涌。他们将车停在靠近码头的一个大车库里。他们上了小艇，小艇向着那些岛屿的方向疾驶前行，身后留下一道紫色的烟雾。小艇驶向其中的一座岛屿——你瞧，就是那一座，安娜-玛丽·斯特雷特说——一座高大的白楼，楼前的码头上停靠着一些船，那就是威尔士亲王大酒店。这座岛屿很大，在另一头，有一个村庄，地势很低，接近海面。村子与酒店之间，有一排高大的栅栏护网相隔。海边，海里，也到处都有防鲨护网。

他们一来到酒店浴场，便立刻跳入海里。海中别无他人，天色已晚，海浪很大，无法游泳戏水，只能洗一个温湿的海浪浴。之后，安娜-玛丽·斯特雷特回到别墅的家，其他人返回酒店房间。换过衣服后，已是晚上七点。大家在酒店的大厅碰头。她到了，面带微笑，一袭白色的长裙。他们正在等她。大家开始喝起来。大厅有四十米长，高大的海蓝色窗幔遮挡在窗前。大厅尽头有一个舞池。还有几处吧台，被绿色植物隔开。客人中多半是英国来的游人。这个时辰，每张桌子上，大家都开始喝起来。几个兜售假饰品的小贩，在桌子之间串来串去。玻璃橱窗里面，摆放着香水。有几个可观海景的白色大餐厅。冷餐桌上，摆放着葡萄。成群的侍者，戴着白手套，赤着脚，走来走去。天花板有两层楼高。空荡荡的镀金枝形吊灯吊在那里，金黄色的柔光映衬得安娜-玛丽·斯特雷特的双眸熠熠生辉，此刻，她正半躺在一张低矮的扶手椅上。这里，比较凉爽。彻底的考究的奢华场面。不过，由于今晚天气恶劣，窗扉紧闭，新来的人很遗憾看不到海景。

一个英国领班走了过来。他说，暴风雨晚饭后会停止，明天海上会风平浪静。

夏尔·罗塞在听他们说话。他们在谈一些目前不在加尔各答但很快就要到加尔各答来的人，他很快会认识的那些人。他们在一起聊天，或是无语，都没什么区别，没有烦闷，没有努力，大家都累了，经历了昨夜的招待会之后。

大厅另一头，有人在跳舞。那是坐游船从锡兰过来的游客。

此刻他们在谈冬日里的威尼斯。

他们又喝起来，又谈起即将到来的那些人。

随后，她想去看看大海。

他们起身去看海。海上仍有风浪，但风势减缓。紫色的烟雾四处弥漫，笼罩着棕榈林，笼罩着大海。耳边传来游艇的鸣笛声，响了三下，是在提醒游艇的乘客今晚的服务截止到十点。岛上有很多鸟类，它们没有来得及返回海岸。上岛的时候，他们便看见成群的鸟，在棕榈树间飞来飞去，啄着芒果树上的芒果。

他们又喝了起来，他们想晚些进餐，等别人吃完以后。彼得·摩根谈起他正在写的那本书。

"她走着，我特别强调这一点。"他说，"她整个人，就可以说是一个漫长的行程，分成成百上千个同样不懈的行程，那是她不懈的步伐。她走着，这句话与她相随相伴，沿着铁路，沿着公路，身后留下一座座泥土的界碑，界碑上刻着名字：曼德勒，卑谬，勃生。她朝着落日的方向走去，夕阳西下，她走过暹罗，柬埔寨，缅甸，走过水乡泽国，走过崎岖的山区，足足走了十年，走到加尔各答，她停了下来。"

安娜-玛丽·斯特雷特沉默不语。

"还有其他和她情况一样的人呢？"麦克·理查问，"如果书里单单写了她，不如……更有意思。你在谈她的时候，我仿佛看见她和那些姑娘在一起，其他一些姑娘，仿佛看见她们在暹罗山和原始森林之间的时候都很苍老，到达加尔各答后却变得年轻。也许是安娜-玛丽跟我这样说的，不过，在沙湾拿吉，我看见她们光天化日之下坐在你说的田埂上，敞胸露怀，肆无忌惮，嘴里嚼着生鱼，是钓鱼的孩子们给她们的，孩子们吓呆了，她们却放声大笑。相反，后来，走近印度的时候，她们变得年轻且庄重了，她们坐在集市广场上，就是有一些白人光顾的小集市，还是光天化日之下，在那里卖掉新生儿。"他思忖片刻，接着说，"不过，归根结底你可以选择只写她一个人。"

安娜-玛丽·斯特雷特在睡吗？

"最年轻的那个吗？"乔治·克劳恩问，"被她母亲赶出家门的那个，是吗？"

"最年轻的那个，你的那一个。"

安娜-玛丽·斯特雷特似乎没有听见。

"有时，她也到岛上来，"麦克·理查说，"好像就是跟着她来的，跟着白人来的，很奇怪。看来，她已经完全习惯加尔各答，我不知道自己当时是不是在做梦，不过有的时候，我隐约看见她夜里在恒河游泳……她唱的那支歌，叫什么名字，安娜-玛丽？"

安娜-玛丽·斯特雷特在睡，她无法回答。

"她唱歌，说话，无边的沉默中无益的言语。也许应该说明这些言语说的是什么意思，"乔治·克劳恩说，"随便什么事情都能让她高兴，路过一条狗也会让她发出微笑，夜里她在外面漫步。要我说，要是我写的话，我会让她颠倒黑白，昼伏夜出，大白天在树阴下睡觉，恒河边上随便什么地方。在恒河……她最终迷失，她似乎找到了自我迷失的途径，她忘记了、不再记得自己是谁家的女儿，对家不再有思念之情，"——乔治·克劳恩笑了笑——"人生一世，大致如此。一丝的思念之情也不再有，不再有……"

她睡着。

"的确，她就像你说的那样，我还跟踪过她呢，"彼得·摩根说，"她去树阴下，口中嚼着什么东西，手指抠着地上的土，咧嘴笑着，她一句印度话也没学过。"

彼得·摩根看着正睡在那里的安娜-玛丽·斯特雷特。

"她身上很脏，脏得难以置信……啊，我舍不得丢下这一层面，我就是想写一写她身上的污垢，那污垢里面什么都有，多年积存下来，深入到肌肤之中，与肌肤结为一体。我还想进一步对这身污垢展开分析，具体看看是由什么构成的，那里有汗水，有泥土，有使馆招待会上吃剩下的肥鹅肝三明治，令人作呕，肥鹅肝，灰尘，沥青，芒果，鱼鳞，血腥，什么都有……"

为什么要对着这个正睡着的女人说这些呢？

"无边的沉默中无益的言语。"麦克·理查说道。

"到了加尔各答，就像是慢慢长路的一个终点，一切都不再有什么意义？只剩下……睡眠，饥饿，情感缺失，因果不辨？"

"我觉得他想说的，还有更多的意思，"麦克·理查说，"他要表达的是，她只在观察她的人眼中才存在。而她自己，她自己什么也感受不到。"

"在加尔各答，她剩下了什么？"乔治·克劳恩问。

"笑声……漂洗过的笑声……还有她说的那句话，马德望，那首歌谣，其余的一切都灰飞烟灭。"

"怎样才能找回她的过去？把她的疯癫聚拢到一起？把她的疯癫与疯癫分离，把她的笑声与笑声分离，把她说的马德望与马德望这个词分离？"

"她死去的那些孩子，她大概有过其他孩子，都死去了。"

"她的交易，人们所说的那种，有人要她就给的交易，到底难以与其他交易作出区分。可这毕竟发生过。"

"也许，还要在书中让她做出别人做不出的事情，你不这样认为吗？这样，她的经历也许会引人注意。要抓住这一点，即便微不足道，也不要忽略。"

安娜-玛丽·斯特雷特似乎睡得很沉。

"我只写到她疯癫发作，"彼得·摩根说，"这是肯定的，不过，我还是需要对这一疯癫有所了解。"

"书里只有她一个人吗？"夏尔·罗塞问。

"不，还会有另一个女人，她就是安娜-玛丽·斯特雷特。"

大家的目光此刻都转向她。

"哦，我一直睡着呢。"她说。


周围有人说，暴风雨完全停止了。他们开心起来。

他们开始用晚餐。饭菜味道上乘。麦克·理查说，一旦见识过威尔士亲王大酒店，那份安逸舒坦，今后无论走到世界的哪个角落，都不禁令人怀恋。

透过棕榈林，可以看见天空。月亮一直躲在高耸的云层后面。现在是夜里十一点钟。威尔士亲王大酒店的大厅里面，有人在玩扑克牌。这里看不见海岸，因为酒店的正面朝向大海。但是可以看见最近的几座岛屿，天空映衬下格外显眼，沿着码头闪烁着一排灯火。吹来一阵轻柔的南风，驱散开那些紫色的烟雾。气温又变成了加尔各答的那种气温。这里的空气有着又咸又涩的气味。那是牡蛎和海藻的味道。威尔士亲王大酒店面向海洋，大开门户。

麦克·理查和夏尔·罗塞正走在横跨棕榈林的路上。安娜-玛丽·斯特雷特吃过晚饭就回家了，彼得·摩根和乔治·克劳恩二人租了一条游艇，在海上兜风。麦克·理查和夏尔·罗塞要去安娜-玛丽·斯特雷特那里，其他人兜风之后也一起过来。

棕榈林间的芒果树上，困在那里的鸟类正在唧唧喳喳地叫着。那么多的鸟儿把树枝都压弯了，芒果树上满是鸟肉鸟毛。

情侣们正在棕榈林里漫步。他们在路灯底下出现，旋即消隐了身影，之后又出现在更明亮的路灯下面。女人们一边走着，一边摇动着宽大的白纸折扇。他们说着英语。路的两边，可见灯火通明的亭式建筑，那是酒店的配楼，麦克·理查说。整个这片棕榈林面临海的岛屿。林子的另一边，据说有一些别墅，还有一个小型的海滨浴场，不属于酒店。

很远，他们就听到了钢琴声。她在这里想必和在加尔各答一样，每晚都弹钢琴。夏尔·罗塞立刻听出来，是舒伯特的那首钢琴曲，乔治·克劳恩前一天要她弹的那一首。这时，在他面前，仿佛突然出现一道白色的亮光：安娜-玛丽·X，十七岁，身材修长，威尼斯音乐学院学生，适逢毕业考试，正在演奏乔治·克劳恩喜爱的舒伯特的作品。她是西方音乐的一颗希望之星。掌声雷动。身着盛装的听众纷纷祝贺她，祝贺这个威尼斯的宠儿。让人不仅这样去想：有谁会想到她的命运有朝一日会和印度相连？

"在认识安娜-玛丽之前，"麦克·理查说，"我在加尔各答先听到她弹钢琴，某天晚上，我正在路上走着。听到琴声，当下我就惊呆了，那时我还不知道她是谁，我是来加尔各答旅游的，我记得，当时我一点儿也受不了这里……刚一到达就想离开……是那首曲子，我当时听到的那首曲子，让我留了下来，让我在加尔各答一直留了下来……接下来一连几个晚上，我都站在维多利亚大街上听，后来，有一天晚上，我走进使馆大院，卫兵没有拦我，所有的门都敞开着，我走进那个客厅，就是我们昨天晚上去的那个客厅。我记得，当时我浑身颤抖……"他笑了笑，"她转过身来，她看见了我，她有些惊讶，但我觉得她并没有害怕，我就是这样认识她的。"

寥寥数语，夏尔·罗塞就听明白他一劳永逸地离开了英国，并且在印度和乔治·克劳恩做起了海运保险的生意——彼得·摩根也参与其事——，而这让他相当闲逸。音乐声越来越近了。

麦克·理查打开一个栅栏门，他们穿过一个花园。别墅前的台阶上有灯光，左面开着一扇窗，有一堵白墙。音乐是从那里传来的。二人在一条小径上停下，路旁有高大的桉树，树上也有鸟儿在休眠。大海的声音在他们身后响起。这里应该有一处沙滩，小径似乎直通大海，小径的尽头不时传来沉闷的巨响。

"她正在弹琴，我们会不会打扰她？"夏尔·罗塞问。

"我一向不知道，但我想不会……不太会。"

台阶上方是带有立柱的游廊，环绕着整座别墅。

"我听说，安娜-玛丽·斯特雷特取消了这里的夏季招待会。"

"正是这样，"麦克·理查面带微笑说，"现在，这是我们的领地，这里她只和自己的朋友在一起。"说罢，他笑了起来。

窗前的灯光照射着一盆蕨类植物，那是从八角厅挪移到这里的。门前有座水池，映衬着窗影。钢琴声停了下来。一个人影掠过水面。

她出现在灯影之中。

"晚上好。我听见你们在小径上。"

她身着黑色的棉睡袍，嫣然而笑，说她刚刚听见他们的朋友驾着游艇从别墅前驶过。

这大概就是她的卧室。没有什么家具。钢琴上胡乱放着一叠乐谱。铜床上罩着白色的被单。蚊帐没有放下来，而是被卷成大雪球状，挂在床的上方。一种柠檬香味，淡淡的气味，在卧室里飘浮。

"这可是最好的驱蚊法，如果能接受这气味的话。"

麦克·理查坐了下来，翻阅一张乐谱，他在寻找一首曲子，那曲子她两年前弹过，现在不弹了。她继续向夏尔·罗塞介绍：我叫人把家具搬走了，我就睡在那儿，我们别墅里的所有家具都是三十年前的，一件都没动，我情愿不要家具。

她看上去或许有些冷淡。让人不免这样去想：如果这是你到达加尔各答的第二天，她大概就会这样接待你。

麦克·理查还在寻找她两年前经常弹奏的那首曲子。她已经想不起来了。

"来看看别墅吧。"

她引着夏尔·罗塞来到一个大客厅——家具都被罩了起来——假的灯架，假的吊灯，又假又空的镀金灯饰。她随手熄灯，离开。

"今天早上，你哭了。"夏尔·罗塞说。

她耸了耸肩：哦！没什么……她领他去弹子房。没什么好看的，什么也没有，她摆手，熄灯，离开。从一间卧室出来的时候，他一把抓住她，她没有推挡，他拥抱她，彼此拥抱在一起，正在接吻的时候——这出乎他的意料——掠过一种不协的痛感，一种新的关系刚刚萌生旋即覆灭的灼痛感觉。又好似他以前爱过她，通过爱过的别的女人，在别的时光，以某种爱……哪一种呢？

　　"我们互相还不了解，跟我说点儿什么吧……"

　　"我不知道为什么……"

　　"求求你……"

　　她什么也没有说，也许什么也没有听见。他们又回到卧室房间。她叫了几声麦克·理查，他回来了，哼着曲子，他去花园里转了一圈。他俩刚才离开的时间偏长，他难道注意到了？沙滩上有些死鸟，他说。

　　她向门外走去，边走边说：我去再弄些冰块来，这些都化了，季风时节，冰化得太快……

　　他们听见走廊里传来的她说的最后几个词，那走廊一直通向台阶那边。而后，她的声音听不到了，卧室里面寂静下来，柠檬香味飘浮起来，淡淡的。麦克·理查哼着舒伯特的那首曲子。这会儿，她回来了，手里捧着冰块，好像很烫手的样子，开声笑着，将冰块丢进冰桶，之后给大家倒威士忌。

　　"将来你会回忆起这份炙热的，"她对夏尔·罗塞说，"那将是你在印度的青春时代的炙热，就这样接受下来吧，把它当成自己今后会回忆起来的某件东西，你将会发现它是有所变化的……"

　　她坐了下来，谈起其他的岛屿，都比这座更荒莽，她说出它们的名字，都是一些覆盖着森林的冲积岛，岛上的气候非常恶劣。其中有几座岛，麦克·理查是有所了解的。夏尔·罗塞不得要领地听她说着，他听得有些走神，他注意到她今天这样说话的时候，带有意大利音调。他久久地凝视她，她意识到了，有些惊慌，旋即沉默不语。然而，他继续凝视她，直到把她看破看穿，直到看得她坐在那里缄口不语，双眼成为两个空洞，人也成为威尼斯的尸体，她从威尼斯来，又回到威尼斯去，历经人世的苦难。

正是这个时候，他这样凝视她的时候，副领事的形象骤然萦绕脑际，令夏尔·罗塞难以抵制。他想起备受折磨的副领事，被雷电击倒一般，声音走调，目光炙热，要命地袒露心迹：我对她有了感情……太蠢了……

夏尔·罗塞站起身来。他几乎扯起嗓门，他说今天早晨，他做了一件糟糕的、不可理喻的事情，现在突然想到这件事情，他讲了起来。他把大清早副领事向他表白的话，他的恳求，原封不动地讲了一遍，又把自己听他说完以后所说的话也重复一遍：我不相信你刚才说的这番话。

"现在，"他说，"我觉得，尽管他那么笑着说，但他确实带着很大的真诚，说出来很不容易，我现在真的不知道当时为什么冲他发那么大火……太可怕了……"

她不无烦闷地听他说着。

"因为你，"麦克·理查说，"因为你和我们来岛上了。"

她请求大家不要再谈法国驻拉合尔的副领事了。夏尔·罗塞却偏要谈下去。

"你会见他吗？"夏尔·罗塞问。"可以晚一些时候，如果你愿意的话，但我求你见一见他，我并没有答应为他说情，不是的，但我求你这样。"

"不。"

麦克·理查显然不想介入这个话题。

"没有人愿意跟他打交道，没有人，"夏尔·罗塞说，"他完全是孤家寡人……他的出现让每个人都不堪忍受，我觉得你是惟一——

个对此安之若素的人，所以，我不明白。"

"你瞧，"她说，"你误会了，他不需要我。尽管他那么说，尽管昨晚他那样叫喊……那只是因为他喝多了。"

"你就权当那是一个念头，"夏尔·罗塞恳求道，"只是一个念头，一个不愉快的念头，出现一下，让你产生一小阵烦恼……我想，这你是可以做到的……"

"不，我做不到。"

"依你看，他为什么想要见你？"麦克·理查终于问了一句。

"哦！也许他认定，在我身上，体现出善良，有某种宽怀。"

"哦……安娜-玛丽……"

麦克·理查站起来，朝她走过去，她低垂目光，等待着。他用双臂拥抱她，之后又放开她，退了回去。

"听着，"他说，"你也听着，那个拉合尔副领事，我确信我们必须忘记他。为什么要忘记，理由不用说。除了把他从我们的记忆中清除，别无他法。否则……"他攥紧拳头，"……我们大家就面临着很大的危险……至少是……"

"说出来吧。"

"不再认识安娜-玛丽·斯特雷特的危险。"

"此地有人说谎，"夏尔·罗塞说。

夏尔·罗塞心想，他要马上回到威尔士亲王大酒店，回到加尔各答，这是他最后一次见他们。他在房间里踱步，又重新坐下，一言不发。她递给他一杯威士忌，他一饮而尽。

"请你原谅，"麦克·理查说，"不过，你刚才那样坚持……"

"此地刚刚有人说谎。"夏尔·罗塞又说。

"别再想这事了，"安娜-玛丽·斯特雷特说，"也别怨他了。"

"不是因为拉合尔？"

"不，不是因为这个。"

"因为其他？"

"什么？"麦克·理查问。

"我不懂，"她说，"我不明白。"

麦克·理查走到床边坐下。她走到他身边，抽起一支烟来，抚摩着他的头发，头倚靠在他的肩上。

"他应该像他那样生活，"安娜-玛丽·斯特雷特说，"我们也应该继续像我们这样生活。"

他想离开，她留住他。

"别再想他了。他很快就要离开加尔各答，我丈夫会处理好的。"

夏尔·罗塞突然转过身来。这样的现实令他震惊。

"噢，确实，"他说，"知道拉合尔的副领事……还活在世上……这怎么可能？完全不可能……又怎么可能去爱他，不论以哪种方式去爱？"

"你瞧，"她说，"如果我强迫自己见他，麦克·理查不会原谅我，其他人也不会原谅……我只能做现在和你们在一起的这种女人……如此这般打发时光……你看到了。"

"这里只有这个，"麦克·理查笑着说，"安娜-玛丽，没有其他。"

"究竟为了什么？"夏尔·罗塞追问着。

"为了我们的精神安宁。"她说。

大吊扇搅动着湿热的空气，柠檬香味飘起。他们待在那里。夜晚又变得令人窒息。她给他们倒了喝的，之后也在房间里踱起步来。大海的声音此时更响了些，她为乔治·克劳恩和彼得·摩根两人担起心来。他们正要出去看看，忽然听到游艇鸣笛三声。麦克·理查解释说，海上很快就会波涛汹涌，直到暴风雨停歇下来，他们回到酒店前面上岸了，不用再等他们了。夏尔·罗塞问，依他们看，彼得·摩根的小说是否会获得成功。

"你很年轻，你说是吧？"她问道。

两个男人待在那儿，待在她身旁，离她很近。房间里一阵沉默——夏尔·罗塞不是第一次遇到这种情形，前一天晚上，还有刚才晚饭结束的时候，都有过一阵沉默——它不是临别前的那种默默无语，也不是源于话不投机的相对无言。她到花园去了。夏尔·罗塞站起身来，想出去看她，却又坐下了。她回来了，一边把吊扇开到最大速度，一边说着：今晚怎么这么热！她站在房间中央，气喘吁吁，双眼紧闭，双臂晃动。他们看着她。黑色的睡衣，显得她细长瘦削；双眼紧闭，她的那份美也消失不见了。到底是什么样的安逸惬意让她如此难耐难熬？

突然发生夏尔·罗塞始料未及的事情。肯定吗？是的。有泪水落下。泪水从她的眼中溢出，在脸颊上流淌，细小晶莹。麦克·理查默默站起来，背过身去。

结束了，泪水风干了。她微微向窗子那边转过身，夏尔·罗塞此刻看不见她的脸。他也没有特意去看，周围似乎弥漫着醉意，女人的气味，哭泣的女人的气味正在四处蔓延。两个男人待在那里，在她身边等待着，她刚才走开了，就会回来。

麦克·理查转过身，轻轻地叫了一声：

"安娜-玛丽。"

她蓦地一惊。

"啊！我刚才好像睡着了。"

她又说：

"是你呀……"

麦克·理查的脸上流露着痛苦。

"过来。"他说。

她向他走去，投入到他怀中，似久别重逢。啊，是你呀！仿佛是在威尼斯，突然听到远处传来她的声音，她走在一条街上，还看不见人影，只听得到她的声音。与故人相逢，不是这里的两位，是另一个人，一个陌生人：是你呀，这么巧，真没有想到！真的是你吗？我不是在做梦吧？几乎认不出来了。她又说了几句话，说早晨的凉风很恼人。夏尔·罗塞没有听见，那些话没有传到这里，没有传到岛上。听着她说话的陌生人有着拉合尔副领事那样的苍白面孔。夏尔·罗塞驱散了幻影。

"你站着睡觉？"

她笑了。麦克·理查抚摩着她。她坐在他身上，两腿悬起。

"哦，差不多吧，我承认……"

"我刚才听你说话，感觉是在威尼斯的一条街上，真奇怪。"

麦克·理查将她整个人儿搂住——此时的她坐在他腿上，姿势像个孩子，四肢松弛，这让她忽然变得年轻起来。他紧紧拥抱她一阵，之后松开她。她走到窗前，打开窗子，看着窗外，之后她走到床边，躺下歇着。

麦克·理查站起身来，也走到床边，离这个女人非常近。她那平躺的身体仿佛失去了惯常的分量。人变得平坦，轻薄，直挺挺的，似一具尸体。她的眼睛闭着，但她没有睡，恰恰相反。她的面孔有了改变，不同以往，正在蜷缩，正在变老。突然之间，她变丑了，成了这个女人本来也许会变成的那个样子。她睁开眼睛，望着麦克·理查，叫了一声：啊，麦克……

他没有应声。夏尔·罗塞也站了起来，走到麦克·理查身边，他们都看着她。薄薄的眼皮在颤动，眼泪没有流出来。

那边，在花园的尽头，大海的声音持续不断传来，也传来暴风雨的声音。她透过那扇打开的窗子望着外面的暴风雨，她一直躺在那里，在两个人的目光之下。夏尔·罗塞抑制住呼唤。唤谁呢？大概是她。哪儿来的这一念头？

他唤她一声。

我说不出什么理由要哭，似乎有一种痛楚传遍全身，总该有人哭吧，我就好像那该哭的人。

她知道他们待在那里，那两个加尔各答男人，大概就在她身边，她一动不动，如果她动一动……不……看上去此刻她正经历着某种古老悲难的煎熬，欲哭无泪。

似乎夏尔·罗塞朝她伸出手去，这只手被突然抓住，捂在她的脸上。


眼皮不再颤动。她睡了，他们离开了。

大海碧波万顷，岛屿清晰可见，而花园依然被桉树的树影笼罩着，亮光出现在小径的尽头。鸟儿唧唧喳喳，朝海岸飞去，朝天空飞去，嘈杂纷乱，一向如此。

他俩穿过花园的时候，远处突然传来歌声，大概是从岛的另一端传来的。是的，这座岛是狭长形的岛，麦克·理查听出了那个声音。

"是沙湾拿吉的那个女人，"他说，"没错，看来她似乎一直跟着她。"

她确实到岛上来了——夏日季风时节，她几乎每个星期都过来，搭乘清晨第一班运送给养的小船，船上没有顾客，她待在一个角落，免费乘坐。今天她刚到。她不会认错岛的。发疯的大象也找得到香蕉园的路。那个巨大的二百米长的长方形门面，闪烁的灯光中那处白色的亮点：那里有吃的。

他们两个走出花园。这时，他们身后有一扇房门打开了。安娜-玛丽·斯特雷特走了出来，在栅栏门后面她看不到他们，她静静地朝大海走去。

"一定是歌声把她吵醒了，"麦克·理查说。

海里，沿着沙滩，一排高大的水泥桩露出水面，那是用来固定防鲨网的。

她没有径直走到沙滩上，她在小径边上躺了下来，手掌托着头，胳膊支撑着地面，一副读书女人的姿态，她捡起地上的小石子，向远处扔去。之后，她不再扔石子了，她将胳膊伸直，平放在地上，脸贴在胳膊上，待在那里。

麦克·理查要从沙滩那边回去，夏尔·罗塞则想穿过棕榈林走走。

"你们什么时候睡觉呢？"

"白天，"麦克·理查说——他黯然一笑——"我们都试过，包括在夜里睡觉，但大白天还是最合适。"

他们分头走开。

今晚，他们将再聚到一起。

明天，在加尔各答，他们也将再聚到一起。

林阴道上空寂无人。路灯熄灭了。她现在想必是在游泳，在防护三角洲鲨鱼的那道高大护网后面，乳白色的身影浸在绿色的海水中。夏尔·罗塞看到：别墅里、花园里都没有人影，她在游泳，身体仰俯在水面，不时被浪头淹没，也许她睡着了，也许她正在海里哭泣。

回去找她吗？不。难道是泪水让他与她这个人疏离？

夏尔·罗塞正体会着与她的疏离，以及与欲望的疏离。

他知道，过一会儿天亮时分会突然袭来一阵疲倦，但此刻它还没有踪影。他机械地走着，脚步轻飘。他在岛上走着。

他试图离开林阴道，走一些斜向的小径，不期然来到那道拦挡乞丐的栅栏护网前面，他转身折回，边走边找，终于在那道栅栏护网上找到一个门。他跨门而过，意识到自己刚才害怕了，害怕得有些荒唐，他竟害怕自己走不出岛上这块区域，使他独享了无比安宁的这块区域。

他来到另一侧的岸边。太阳还没有升出海平面。还需要几分钟的时间。他在印度还没有见识过这样的时辰。

这里，海水被两座长长的半岛包围，没有树木，只有一些吊脚楼。岸边的浪很弱。这是一处环礁湖。一条小路沿着环礁湖伸展。海岸满是淤泥，海浪轻轻地拍打在上面。碧绿的水色，美丽怡人。夏尔·罗塞朝着酒店的方向走去，远离着安娜-玛丽·斯特雷特。

远离着安娜-玛丽·斯特雷特的虚荣。

她想必从海里出来了，正朝那个门户开放、空无一人的别墅走去。别墅里，加尔各答女王的吊扇，日夜不息地旋转。

他停下脚步：映入眼帘的似乎首先是安娜-玛丽·斯特雷特的眼泪。

安娜-玛丽·斯特雷特直躺在那里的影像浮现在眼前，头顶上方挂着吊扇——她的天空是洒泪的天空，副领事这样说过。之后，蓦然浮现另一个影像。他很有这样去做的念头。做什么？他很想，是的，他很想抬起自己的手来……他的手抬起来了，又落了下去，开始抚摩她的脸，她的双唇。一开始动作很轻柔，之后越来越生硬，越来越有力。她张开了嘴巴，现出落寞且勉强的笑容。她的脸尽可能迎合着手的动作，任由他的手摆动，任由他支配。他一面拍打着，一面叫喊着：她不要再哭了，永远永远也不要哭了。她仿佛失去了记忆，不会有人再哭了，她说，没有什么再需要弄明白。手在拍打着，每次都恰到好处，正达到一种机械似的速率和精度，臻于完美。安娜-玛丽·斯特雷特忽然现出一种阴郁之美，平滑细腻，任凭她的天空被撕裂，头部曼妙地摆动，颈项自如地转来转去，上了润滑油的齿轮一般，无与伦比。她的头和夏尔·罗塞的手，一应一合，配合得天衣无缝。

麦克·理查在看着他们。

日出海面，朝霞万丈。阳光闪耀，炙人眼目。夏尔·罗塞此刻在环礁湖岸边停下脚步。太阳消失了。

他又迈开脚步。

这个时辰漫步，会让人以为终于可以免受高温之苦，而事实却不是这样。啊，要是有点儿风就好了，哪怕是热风，空气要是能不时流动一下也好啊……

昨夜，副领事会不会自杀了？

赶紧回到威尔士亲王大酒店，赶紧躺下，关紧百叶窗，直到夜幕降临，让青春的热血安歇下来，将它交给睡眠吧。

心中还是在想着：归根结底，拉合尔的副领事，他像谁呢？

倦意袭来，步履沉重。一阵热风吹起，飘浮在恒河的美索不达米亚平原上，聊胜于无。我还醉着呢，夏尔·罗塞想到。

他听到了适才自己心中那个问题的答案：像我。是安娜-玛丽·斯特雷特在回答。


沿着环礁湖，身后的小路上，响起一阵急促的脚步声，是赤足的跑动声。他回过头来。他害怕了。

发生了什么？

为什么害怕？

有人在叫他。有人过来了。身形高大细长。她现身了。是一个女人。头顶光秃，像一个肮脏的尼姑。她挥动着胳膊，哈哈大笑，停在几米开外的地方，继续招呼着他。

这是个疯女。她的笑说明了一切。

她手指着港湾，反复说着一个词，始终那么一个词，似乎是："马德望。"

是她激发了彼得·摩根的创作欲，这个可能来自沙湾拿吉的女人。

他从衣袋里掏出零钱，朝她走了两步，又停下来。她大概刚从海里上来，浑身湿漉漉的，双腿沾上一层黑泥，那是环礁湖岸的淤泥，岛的这一侧朝向恒河口，海水冲不走恒河带来的淤泥。他手里拿着钱，没有再往前走。她反复地说着那个词，像是"马德望"。她面色暗淡，肤质粗糙，两眼深陷，眼角布满褶皱。脑袋上面，积了一层褐色的污垢，像是戴了一顶头盔。湿漉漉的衣裙勾勒出她枯瘦的躯体。脸上不停歇的那种笑，令人毛骨悚然。

她将手从衣裙领口伸进去，在胸口处摸了一阵，取出一个东西，伸手向他递去：一条活鱼。他站在那里没有动。她收回了鱼，之后，当着他的面，一口咬下了鱼头，同时也笑得更欢了。被斩首的鱼在她的手中蹦跳。她想必是以此为乐：让人害怕，让人恶心。她向他走近两步。夏尔·罗塞后退着。她又向前走了两步，夏尔·罗塞再次后退。可是她前进的速度比他后退的速度要快，只见夏尔·罗塞把钱扔在地上，掉头便跑，沿着小路逃去。

脚步声在他身后，那是她的脚步声，跑动的步速均匀，如同兽类在奔跑。她没有去拣地上的钱，她快速奔跑，而他跑得更快。小路笔直悠长，顺着环礁湖延伸。到了，加油，威尔士亲王大酒店到了，那道栅栏护网，那一片棕榈林，将她阻拦在外。

她停下来了吗？夏尔·罗塞也停了下来，他转身去看。是的。

大汗淋漓，满身流淌着汗水。这么炎热的季风时节，简直要叫人发疯。思绪紊乱，头脑发昏，各种念头颠来倒去，恐惧无所不在，惟有恐惧。

她站在百米之外，不再追他。

各种思绪，再次萌动起来。

夏尔·罗塞想到，他不知道自己身上发生了什么，但是他要离开这些岛屿，离开让他有此遭遇的岛屿上这些荒凉的路径。

疯狂，我是没法承受的，我难以接受，我受不了……疯子的目光，我无法面对……什么都可以接受，惟独疯狂……

她正在看着大海，她忘了刚才的事情。为什么要这样害怕呢？夏尔·罗塞暗自笑了一下。因为疲倦，他心想。

天空放晴，依旧低垂，现出橙灰色，犹如某个冬日黄昏。有人在唱歌，唱的还是刚才那首歌。她嚼着满嘴的生鱼，在唱着。歌声适才唤醒了安娜-玛丽·斯特雷特，此刻，她大概还在听着，躺在刚才歇身的小径上。蓦然浮现刚刚逝去的夜晚的初次回忆，似一朵长茎的花儿，缓慢前行，寻寻觅觅，最终落在女乞丐的歌声上面。

他往回走去。她背转过身去，径直走向环礁湖，万分小心地进入水中，全身浸入。只有头浮在水面，恰似一头水牛，她开始游水，动作极其迟缓。他明白：她是在捉鱼。

白昼降临，令人窒息。太阳照在岛上，阳光此刻无处不在，映照着那个沉睡的姑娘闪亮的身体，也映照着那些躲在阴暗的卧室里面睡觉的人们。

今晚，在俱乐部，副领事正对经理说：

"和'物廉美商店'的那个伙伴在一起，我们彼此不说心里话，这件事，经理，我跟你说过吗？"

"把你揭发了的那个人吗，先生？"

"正是，是他对那家商店的保安说，不是他而是我偷了那张唱片。后来，他写信给我说：'你要我怎么办呢，我的父亲要是知道了会杀死我的，再说，我们其实也不算是真正的伙伴，我们彼此不说心里话。'我好好地想了半天，我现在有时还想我有没有跟他说过什么心里话。"

"先生，偷唱片这段，那是我的故事啊。"

"全乱套了，经理。"

"不谈这个了，先生。你继续讲吧。星期天'炸油老爹客栈'那段，是我更爱听的，"经理说。

"我没有什么更爱听的，"副领事说，"不过，'炸油老爹客栈'确实应该是最感人的。"

"'炸油老爹'那段故事，不是我的吗，先生？"

"不对。星期天，在炸油老爹那里，星期天过得快，茶点的时候到了，只剩下一个小时的时间，我母亲看着手表，我只说一句话。哪一句呀？"

"说你在阿拉斯很开心。"

"正是这句，经理。二月的天气，加莱海峡夜幕开始降临，我不要蛋糕，不要巧克力，只要她让我留在那里。"

"你的学习成绩怎么样，先生？"

"优秀，经理。不过，我们还是被开除了。"

"那个匈牙利大夫呢？"

"我对他有好感，他给我五百法郎的钞票。那时我大概十五岁吧，你呢？"

"一样，先生。"

"星期天，"副领事继续说，"有很多家长到寄宿学校来，带着自己的孩子，一天来来往往，这些孩子一眼就能认出来：穿着宽大的外套，戴着海蓝色鸭舌帽，都是一种神情看着来接他们的总是盛装打扮的母亲。"

"全乱套了，先生。星期天，你不是回到讷伊家中的吗？"

"确实如此。"

"先生，我们都醉了。你父亲在哪里？"

"在他愿意在的地方，经理。"

"你母亲呢？"

"我母亲嘛，我寄宿阿拉斯的时候，她就变漂亮了。那个匈牙利情人，他让我们母子单独待一会儿，他在外面的马路上踱来踱去，挨着冻，他冻坏了。而我呢，我又开始我的老调重弹：求求你啦，让我就留在阿拉斯吧。那个情人回来了，他冻坏了。我母亲这时说：对待孩子，是不是无论做什么都一样？那人回答说确实如此，他们不懂得自己到底要什么。之后，我就回去了。"

"回哪里？"

"随便哪里，先生：真是太烦人了！"

"确实如此。"

"你还从来没跟我讲过，先生，为什么你情愿留在寄宿学校？"

他没有回答俱乐部经理提出的问题。经理前倾着身子，他竟敢、竟敢又问下去，因为副领事留在加尔各答的日子恐怕为数不多了。

"蒙福尔中学以后呢，先生，来吧，讲一点。"

"没什么可讲的，命中注定，我母亲这样说的。我当时在厨房一边给自己煮一个鸡蛋，一边大概在思考着什么，我现在记不清了。我母亲走了，经理。她站在钢琴旁边，穿着蓝色的长裙，对我说：我要去重新开始生活，和你在一起我成什么啦？那个唱片商死了。她留在布雷斯特。她也死了。我还剩下一个姨母，住在马勒泽布那个街区。这一点，我肯定。"

"关于拉合尔的事情，先生，讲一点，来吧。"

"在拉合尔吗？我已经知道我做了什么，经理。"

"还是让别人了解了解吧，先生。"

"马勒泽布的姨母要给我找一个女人。我跟你讲过吗？"——经理说没有。——"她要给我找一个女人。"

"你不干涉她？"

"不。她要找的女人，想来还不丑吧，穿着晚装一定还算漂亮。她叫什么来着，确切的名字，我不知道，不过，尼科尔，尼科尔·库尔舍这名字也许很合适。头一年，兴许就生个孩子。自然分娩。听得明白吗，经理？"

"听得明白，先生。"

"产褥期里，粉红色的面庞，穿着粉红色的便装，她会在那里阅读，阅读普鲁斯特。她的脸上，流露着某种惊恐。她看我的时候，总是一副怯生生的样子，这个讷伊的傻女人，她是个白人。"

"你爱她吗？"

"给我讲讲那些岛吧，经理。"

俱乐部经理又讲起了那些岛屿。他说，威尔士亲王酒店的大厅，就像一艘大型客轮的甲板，由于宽大的窗幔遮挡，大厅里始终阴暗一片。瓷砖是新铺的。有一座码头，游客可以租上一条小艇，去别的岛上。风急浪大的时候，就像现在，夏日季风刚来，岛上到处都是鸟。鸟儿栖在芒果树上，被风浪困在了岛上。

"你的任命情况呢？"俱乐部经理问。

"我想，这几天就会有消息。"副领事说。

"知道是去什么地方吗？"

"我想可能还是孟买。我仿佛看见自己到了那里，在阿曼海边的一条长椅上，被人照了很多照片。"

"没有别的了吗？你没有别的什么要对我讲吗，先生？"

"没有了，没有什么了，经理。"

爱

一个男人。

他站着，他看着：沙滩，大海。

大海低潮，波澜不兴，季节无定，时间缓滞。

那男人站在沙滩上的一条木板路上。

他穿着深色衣服。面部清晰可辨。

他的眼中熠熠生辉。

他一动不动。他看着。

大海，沙滩，零落的水洼，平静的水面。

在看着的男人和大海之间，紧靠着海边，远远地，走着某个人。另一个男人。他穿着深色衣服。从这个距离看不清他的脸。他走着，来回走着，走来走去。他的步途较长，往返在同一段路上。

在沙滩的某处，在看着的男人的右方，有某种耀眼的闪动：一处水洼倾泻，一眼泉水，一条河流，许多河流，无止无歇，注入盐的深渊。

左面，一个闭着眼睛的女人。坐着。

行走的男人没有看，什么也没看，除了他眼前的沙子。他不停地走，步伐规整、遥远。

一个三角形在这两个男人和闭着眼睛的女人之间形成。她靠着一堵墙坐着，墙根是沙滩的尽头，墙外是城市。

看着的男人处在这个女人和在海边行走的男人之间。

由于那行走的男人不停地在走，迈着一成不变的缓步，三人之间的三角形时而变形，时而复原，却从不被打破。

这个男人有着囚犯一样规整的步伐。


天色暗了下来。

海天一体。远处，幽深的光线将大海和天空洗涤为澄清一片。

三个人，他们三个人也被徐徐落下的幽深的光线笼罩起来。


行走的男人还是在走，走来走去，面对着大海、天空。但是，此前一直在看着的男人动了起来。

一直有规律渐移着的三角形被拆开了：

他动了。

他开始走。


有人在走，在近处走。

先前一直在看着的男人走在闭着眼睛的女人和远处囚犯一样走来走去的另一个人之间。听得到他脚步踏在沿海的木板路上的声音。这脚步零乱、迟疑。

三角形拆散了，消失了。它刚被拆散：是的，那男人走过来，看得到，听得见。

听得见：脚步声渐近渐稀。那男人大概在看他走到近前的那个闭着眼睛的女人。

是的。脚步停下来。他在看她。

沿着海边行走的男人，只有他，保持着先前的动作。他一直在走着，带着一成不变的囚犯的步伐。

女人被看着。

她双腿平伸待在那里。她笼罩在幽深的光线中，身影嵌在墙上。闭着眼睛。

感觉不到被看。不知道被看。

面对着大海。面部白皙。双手半插在沙子里，一动不动，和身体一样。力量被强止、被移向空无。在其逃遁的运行中被强止。对此不知，不为所知。

脚步再起。

零乱，迟疑，脚步再起。

又停下。

又再起。

先前一直在看着的男人走过去了。他的脚步声渐行渐远。看得见他，他向一座堤坝走去，堤坝远离着女人，沙滩上行走的男人也远离着她。堤坝那边，另一座城市，遥不可及之处，另一座城市，蓝色的城市，开始被电灯的光线照亮。然后是其他的城市，更多其他的城市：统统一样的城市。

他到了堤坝之所在。他没有越过它。

他停下来。然后，他也坐下了。

他坐在沙子上，面对着大海。什么都不再看，沙滩，大海，行走的男人，闭着眼睛的女人。

有一阵时间，没有人在看，没有人被看：

没有人，无论是一直沿着海边行走的疯囚犯，还是闭着眼睛的女人，还是坐着的男人。

有一阵时间，没有人听到什么，没有人在听。

然后，有一声叫喊：

先前一直在看着的男人也闭上了眼睛，一股外力把他裹挟，把他拽起，把他的面孔拽向空中，他脸色失常，喊叫了起来。


一声喊叫。有人向着堤坝喊叫。

喊声震耳欲聋，惊天动地。撕裂了徐徐下落的幽深的光线。一直撞击到在行走的男人的脚步上，他没有停下来，没有放慢脚步，

但是她，她轻轻地抬起她的手臂，用孩童似的动作，遮挡上自己的眼睛，她这样的姿势持续了几秒钟，

他，那个囚犯，他看到了这个动作：他向女人的方向转过头来。


手臂落下来。

故事。故事开始了。在海边的行走、喊叫、动作、大海的运动、光线的运行之前，它就开始了。

不过，它现在变得可视可见。它已经在沙子上、在大海上生长起来。

先前一直在看着的男人走回来了。

又听到他的脚步声，又看见他了，他从堤坝的方向走回来。步

履迟缓。目光迷茫。

随着他走近木板路，升起喧闹声，一片叫声，饥饿的叫声。是海鸥。海鸥在那儿，此前也在那儿，在行走的男人周围。

这会儿，又听到了先前一直在看着的男人的脚步声。

他走到了女人面前。他来到了她存在的场域。他停下来。他看她。

我们把这个男人称作旅行者——如果这样做碰巧有必要的话——，因为他步履迟缓，目光迷茫。


她睁开眼。她看见了他。她看他。

他走近她。他停下来，他迎上她。

他问：

"您在那儿做什么？天快黑了。"

她非常清晰地回答：

"我在看。"

她示意着，面前的大海，沙滩，蓝色的城市，沙滩后面的白石之都，眼前的一切。

他转过头去：在海边行走的男人不见了。

他又走了一步，倚靠在墙上。

他在那儿了，在她身边。

光线的密度发生了变化，光线变化着。

它变白了，它变化着，它变了。他说：

"光变了。"

她微微向他转过身来，她说话了。她声音清晰，带着会让人惊慌失措的某种漠然的温柔。

"您听到有人叫喊。"

她说话的语气本不需要回答。他还是回答了。

"我听到了。"

她又转向大海。

"您今天上午到的。"

"是这样。"

语词的指向非常明显。她示意着她周围，周围的空间，解释说：

"这儿，直到那条河，是沙塔拉。"

她沉默下来。

光线又变了。

他抬起头，看着她刚示意过的空间：他看到，自沙塔拉的深处，南部的方向上，那个行走的男人回来了，他在海鸥之中前行，他来了。

他前行的步伐很有规律。

如光线的变化。

意外。

又是光线：是光线。它变化着，突然不再变化。它扩大开来，散射光芒，然后这样停留着，光芒万丈，普照四方。旅行者说：

"光。"

她看着。

行走的男人来到他刚才所驻足的那段步途的起点。他停下来。他转过身来，看了看，他也在看，他迟疑了一下，又看了看，重新起步，他走过来。

他走来了。

一点儿也听不到他的脚步声。

他到了。他在靠着墙站着的那个男人、那个旅行者面前停下来。他的眼睛是蓝色的，异常清澈。目光空洞无物。他大声说话，示意着他周围，周围的一切。他说：

"发生了什么事？"

他补充说：

"光停止了。"

语调中表达着强烈的希望。

光停止了，光芒四射。

他们看着自己周围停止不动的光，万丈光芒。旅行者先说话：

"它会重新开始运行。"

"您认为。"

"我这么认为。"

她沉默着。

他走近倚墙而靠的旅行者。蓝色的目光透着一种饕餮的专注。他用手指着，他指着墙后面说：

"您住旅馆里，那边？"

"是的，是这样，"他补充说，"我今天上午到的。"

她沉默着，她一直在看凝固的光线。他的目光离开了旅行者，他又发现了光的凝滞。

"要发生什么，这不可能。"

沉静：声音、大海的声音也随着光线凝固下来。

蓝色的目光又转过来，他目不转睛地盯着旅行者：

"您不是第一次来沙塔拉。"

旅行者试图回答，他几次张开嘴想回答。

"也就是说……"他停顿下来……

他说话的声音干瘪无力。空气同光线一样凝固着。

他一直在试图回答。

307

他们并没有在等待回答。

在试图回答而不得之中，旅行者举起手来，指了指他周围，周围的空间。做出这个动作后，他终于能有所回答。

"也就是说……"他停顿一下，"我记得……是这样……我记得……"

他停顿下来。

洪亮的声音在他面前陡然升起，接续着他的回答，清晰无比。

"记得什么？"

一种不受控制的、本能的、力量强大的冲力使他失去了声音。他的回答干瘪无声：

"记得一切，全部。"

他回答了：

光线开始重新运行，大海的声音重新回响，行走的男人的蓝色目光收回去了。

行走的男人指了指他周围的全部存在，大海，沙滩，蓝色的城市，白石之都，他说：

"这儿，直到那条河，是沙塔拉。"

他的动作中断了。然后又继续下去，又重新但好像更明确地指向他周围的全部存在，大海，沙滩，蓝色的城市，白石城，然后是其他的城市，更多其他的城市：统统一样的城市。他补充说：

"河那边，还是沙塔拉。"

他走了。

她站起身，她跟着他走。她头几步蹒跚而行，举步迟缓。然后他们就步调一致了。

她走着。她跟着他。

他们走远了。

看来，他们绕着沙塔拉走，他们没有走进厚重的石城。

夜落了。

夜。

夜里的沙滩，大海。

一条狗经过，它向堤坝走去。

没有人在木板路上走，但是在这条路沿线的长椅上有居民坐在那里。他们在休息。他们没有声息。他们彼此分开坐着。他们之间没有言语。

旅行者走过。他缓慢地走，他朝着那条狗走去的方向前行。

他停下来。他往回走。他好像在散步。他又起步了。

看不到他的面孔。

平潮时分。大海风平浪静。

旅行者又走回来。那条狗没有再回来。好像要涨潮了。听得见潮声渐进。一声巨大的闷响落到了入海口。天空阴霾密布。

依旧是夜。

旅行者面对着房间里一扇敞开的窗户坐着。他笼罩在电灯的光线之中。从旅馆的这一侧看不见窗外有什么。

外面夜色一片。

听到的不是海。房间不是朝向大海。听到的，是城市的噪声，无休无止、低沉暗哑、无边无际的嘈杂。

男人拿起一张纸，他写道：沙塔拉，沙塔拉，沙塔拉。

他停了下来。好像在斟酌用哪几个字为好。

他重新开始写。运笔缓慢，确信无疑，他写道：沙塔拉，九月十四日。

他给沙塔拉这几个字划上横线。然后，他继续写下去：

"不要再来，没有必要。"

他把信从面前拿开，他站起身来。

他在房间里走了几步。

他躺到床上。

旅馆的这个男人，他是旅行者。

他在那片灯光的笼罩下躺在床上，向墙面转过身去，看不见他的脸。

远处，在石城的嘈杂声里，在漆黑一团之中，警车的汽笛声呼啸而过。

然后，就只听得见漆黑一团中的嘈杂。

白日。

那个男人又在海边走着。

她又在那里了，靠着墙。

光线很强。她一动不动，嘴唇抿紧。面色苍白。

沙滩上有些生命的气息。

旅行者走过来的时候，她没有任何动作。

他向墙边走去，坐在她身边。他看着她似乎避免去看的东西：大海，令人作呕的翻滚的海浪，尖叫着并吞噬着沙滩上的尸骨和鲜血的海鸥。她缓缓地说：

"我怀孕了，我想吐。"

"不要去看，看着我。"

她向他转过身来。

那边，那个男人在海鸥中间停了下来。然后重新起步，走向堤坝。她问：

"您在那儿有很长时间了。"

"是的。"

她站起来，面孔朝向沙子。而他在看着堤坝那边远去的男人。

"他是谁？"

她略有迟疑，回答说：

"他守护我们，"她接着说，"他守护我们，他带我们回去。"

他长时间地看着他。

"这一成不变的路途……这样规整的步伐……就好像……"

她摇头：不。

"不，那是这里的步伐，"她接着说，"是这里、沙塔拉的步伐。"

他们等待着。

海上，浪涛依旧，翻滚不已。

"您没有吐一吐试试？"

"没有用，还会再来。"

等待，依旧。

光线开始降落下来。

头一群海鸥离开了沙滩，飞向堤坝。

行走的男人没有顺原路返回：他向沙塔拉走去，他没有走进沙塔拉，他在堤坝后面重新起步。看不见他了。

旅行者说：

"就剩下我们了？"

她摇头：

"不。"

等待。

海鸥继续在耀眼的白浪中进发。

它们进发。

它们急切地进发。

旅行者说：

"您可以再看了。"

她又开始看，看得谨慎、小心：海浪的运动依稀可辨，怒涛平息下来，化为耀眼的浪花。他说：

"颜色消失了。"

颜色消失了。

其后，海浪也消失了。

最后一群海鸥离开了。沙子重新将海滩覆盖。他说：

"一切都无影无踪。"

他听着她，听到她在呼吸，在动，在看，她长时间地窥察着黑暗的降临，窥察着沙子。然后，她又一动不动了。

她听到什么，努力去听，说道：

"有声音。"

他听着。他终于听到了什么：他以为又听到了河流入海，源源不断的河水倾入盐的深渊。他说：

"是水。"

"不，"她顿了一下，"来自沙塔拉。"

"什么？"

"沙塔拉，沙塔拉的声音。"

他又长时间听着。他听出了持续不断的嘈杂。他问：

"他们在吃饭。"

她不太清楚。她说：

"他们要么就是在回家，"她接着说，"要么就是在睡觉，要么就什么都没做。"

他们沉默了，他们在沉默中等待沙塔拉的噪声减弱下来。

噪声似乎减弱了。她重新开始呼吸。

她动了起来。

她看着他，这个旅行者。她打量着他的衣服，他的面孔，他的双手。她碰了他的手，小心、温柔地触摸着，然后她唤他一声，指着堤坝，对他说：

"那声叫喊是从那里传过来的。"

在她用手指着的那个方向，他出现了。

他现在尚在远处。

从堤坝那边，那个行走的男人，他回来了。他来了。

他身后，海潮涌起，连绵的建筑群华灯初放。建筑群上方，油烟升起，阴沉一片。

他来了，他沿着海边走，什么也没在看。她向旅行者示意他的到来：

"他回来了。"

旅行者看了看：

"他从哪里回来？"

她追寻着行走的男人刚刚走过来的方向，她言辞清晰地说道：

"有时候他走过沙塔拉，不过要心里有数，"她接着说，"要善于等待。"

远处，他继续向这边走过来，他越过沙滩，绕到他们这个方向上来。旅行者说：

"不能走过沙塔拉，不能进入沙塔拉。"

"是的，不过他……"她等了一下，然后说，"有时候，他会迷路。"

他来了。他们等着他。

他到了。他在那里了。他看着他们。他坐下，他没有说话，他那双蓝眼睛也巡视起周围的空间。然后，他说话了，他非常明确地告诉他们：

"弄错了，"他接着说，"叫喊声来自更远的地方。"

他们等着他继续说： 他没有再补充什么。

"来自哪里？"

"四面八方，"他停顿了一下，"多得无数、数不胜数的叫喊，"他又停顿了一下，"一切都被摧毁了"。

他看到了她。指着她说：

"她没有吐一吐试试？"

旅行者对他回答。

"没有用，还会再来。"

"确实如此。"

她第一个站起来。她站起来了。

她站在那里。她靠在墙上。

一段时间过后，他们也站起来。

他们站着。

旅行者指着他们前面的大海，还有身后的石头城：

"您做什么？您沿着海边走？沿着沙塔拉走？"

"是的。"

"仅此而已？"

"是的。"

蓝色的目光转向大海，又转回来。目光清澈、犀利。旅行者继续说：

"可是……步伐那么明确，那么有规律……路途那么清晰……"

"不。不……"他停顿了一下，"不……"他又停顿了一下说，"我是疯子。"

他们互相看着，他们看着，他们等待着。起风了，风掠过沙塔拉。蓝色的目光监测着天空、大海、所有的动静，带着同样的专注。

是他，行走的男人，第一个起身，第一个走出这一静止状态。只要一走起来，他的步伐就很规整。

她跟着他。她的脚步开始有些蹒跚，非常迟缓。然后他们就步调一致了。她像他给她示范的那样走起来。她开始跟上他了，但还是稍有些拖后。

然后，他就停下来，以便她能赶上。她赶上来了。

然后，他开始前行，向着河流的方向。她又赶上来。他又继续走。他们就是这样每天都要弥补彼此的距离，沙塔拉沙滩上彼此的间隔。

他们消失了，他们顺着河边转过去。他们绕着走，他们躲着走，他们并不走进那厚重的石头城。

三天。

三天之中有一个星期天。喧嚣升起，沙塔拉在摇晃，然后喧嚣减弱。

一场暴风雨把大海冲撞得七零八落。

三夜。

早晨，海滩上死着一些海鸥。堤坝那边，死着一条狗。死狗面朝着被暴风雨袭击过的娱乐场门柱。上方，死狗的上方，天空低沉阴暗。正是暴风雨过后，大海一片狼藉。

墙边那个地方没有人影，有风刮过。

海水卷走了死狗、海鸥。

天静了下来。连绵的建筑群上升起了油烟。然后，大海浮出了。太阳出现了。


太阳。傍晚。

她是傍晚再次出现的。她来到木板路上。她身后，是行走的男人。

他们又回来了。他们从河流那边过来，他们穿过，他们沿着沙塔拉走，他们一路绕过。他们从三天三夜的幽暗中走出来。又看见他们了，在荒芜的沙塔拉的阳光下。

旅行者从墙后的旅馆里出来，他看见他们，向他们走去。

旅行者一走出旅馆，在她身后走着的男人就停了下来。她，在往前走。她还没有看到旅行者向她走来。她往前走，在她身后停下来的男人的意愿的推动下，她往前走着。

他们走到了一起。她看到了旅行者，一开始她没怎么认出他来。

她认出了他。

她身后的那个男人转过身去，往回走。朝河流的方向走去。

她说：

"啊，您来了。"

暴风雨刻深了他的面部轮廓。

他们首先向堤坝走去，然后向河流走去，他们停下来，又往前走，他们走向木板路上面的一束强光团，就在海边，在沙滩边上，再往前就是连绵厚重的石头城。

他们长时间注视着那束光团。

然后他们走了进去。

她饿了。

她边吃，边看，边听。有可看的，有可听的，滔滔不绝的话语，说话声，笑声。他和她一起看，但却以不同的方式，他不时地转过身来看着她。她说：

"我饿了，我怀了一个孩子。"

这么说的时候，她的目光放大旋即黯淡下来——她重复说：

"一个孩子。"

"一直这样？"

"是的。"

"谁的？"

她不知道。

"我不知道。"

她身上散发着沙子和海盐的味道。暴风雨使她的眼圈发黑。

咖啡馆的喧哗声更大了。那声音过大时，她睁眼就有些吃力。她还是有些心不在焉。她问：

"您每天都来沙塔拉？"

"是的。"

"很远的，"她接着说，"路程很远的，是吧？"

"是的。"

他试图去看这封闭的空间外面，去看玻璃窗外面。

而她，她要看这里，这封闭的空间。

玻璃窗外，木板路上，沙滩上，有个人走过，一个迈着规整步伐的身影，确定不疑地朝着幽黑一片的堤坝走去。旅行者的目光久久追随着那身影，直到它在幽黑一片后面消失。他说：

"他刚从那里过去，他走得快，他什么也没看。"

她明确地说：

"他在寻找，"她接着说，"由他去吧。"

她看到他在她身边——他是旅行者，旅馆的男人。她抬起手来，触摸起自己在看着的这张脸。在她这么看着的时候她的手一直停落在他脸上，手是湿热的。她一边温柔地抚摸着面部的肌肤，一边发出空落的声音。

"您回到沙塔拉，为什么？"

他们互相注视着。

"是一次旅行，"他停顿下来。

他们又互相注视着，然后脸转了过去，手落了下来。

他们待在那里，无言无语。

长时间。

喧哗减弱。

人去厅空。

眼前的情形，他们在看，他们在听。长时间。

此处的喧哗声更弱了。她在关注着某个结局，好像那个结局的威胁会随着喧哗声减少而增大。她说：

"他们走了。"

"谁？"

她指了指玻璃窗内外，到处在走动的身体。她做了个双臂张开的动作，带着某种绝望的柔情：

"我的沙塔拉子民。"

此地的喧哗停止了。远处城里持续不断的嘈杂又开始了。逐渐增强。

嘈杂声变化着。

变成了一首歌。一首遥远的歌。

沙塔拉的居民在唱歌。

她看了看自己的周围、面前：

"他们走了，"她侧耳听着，"您听到了吗？"

他们抬起目光，越过玻璃窗，他们在听着他们唱。他们听着那遥远的歌。她抬起手来：

"您听到了吗？"她略作停顿，又说道："是这首曲子。"

是一首庄重、缓慢的进行曲。一首缓慢的舞曲，来自逝去的舞会，血腥的节日。

她没有动。她在倾听着远处的颂歌。她说：

"我该睡了，不然我会死。"

她指了指她要去睡的那个方向。

"应该穿过河。"她停顿下来。

她在听。

他害怕了：她一动不动，不再呼吸，倾听着这首曲子。他问：

"您是谁？"

音乐还在继续。她回答：

"警察局有个号码。"

音乐还在继续。她看着他。

"您为什么哭？"

"我哭了吗？"

一阵风响，门开了。

行走的男人。

他来了。

他走进这封闭的空间，独自一人，门又关上了。随着他的到来，忽然出现来自大海的碘和盐的气味，出现了那双映衬着白昼与黑夜的熠熠生辉的蓝眼睛。

他站着，听着远处的舞曲，他说：

"记得吗？沙塔拉的音乐。"

他站在那里。他在听。脸上掠过纯净的微笑。带着某种不可理喻的专注，他倾听着远处的乐曲。

她指了指旅行者，说：

"他哭了。"

湛蓝的眼睛此时也溢满了泪水。微笑凝固在脸上。他解释说：

"沙塔拉的音乐叫人落泪。"

音乐停下来。

他试图再继续听。他放弃了。

嘈杂声又起，大家沉默着。

她指着旅行者说：

"他害怕。"

"怕什么？"

"怕再见不到您了。"

"确实……"

湛蓝的目光凝聚起来，又看。看到了危险、迷失。

"确实，我在那边迷路了，我超过了距离，"他接着说，"也回来晚了。"

他用手指了指黝黑的堤坝后面那荒僻的方向。他的手在颤抖。

"我刚才不知道该怎么回来了。"

他不再用手指什么了。他忘了一件事，看到她，想了起来。他对旅行者说：

"她跟您说过吗？她应该睡觉。"

他对旅行者说：

"应该穿过那条河，在火车站后面，在两条支流之间。"

"什么？"

320

"沙塔拉的监狱，她的官邸。"

他们站起来。他们走出去了。

夜。

灯光下，旅行者在写信。

旅行者把面前的信推开，待在那里。

他的眼前，是空寂的道路，道路后面是熄了灯的别墅、公园。公园后面，是一望无际的厚重建筑，耸立的沙塔拉。

他又拿起信，写起来。

"沙塔拉，九月十四日。

"不要再来，不要来，随便跟孩子们说什么。"

手停下来，又接着写：

"如果您不能和孩子们说清楚，就让他们随便去想。"

他放下笔，之后又接着写：

"不要有任何遗憾，不要有任何痛苦，不要去弄明白为什么。对自己说，只有这样做才算，"手举起来，落下，又写上："明智。"

旅行者把信从眼前推开。

他走出房间。

房间里没人了，灯还亮着。

夜。荒芜的沙塔拉。

他在走。是旅行者，住旅馆的男人。

他穿过河流，沿着火车站走。

海水涌上泥沙淤积的河岸。天上乱云翻滚，一片低沉昏暗，间有黑云密布。火车站关着。

他转过身。就是这里。河流分岔。是这里，两条支流之间。

有一座大型的石建筑，外形简单。石建筑的台阶下是一片空地，空地两边两条支流流过。

她在那里，在最上面一级台阶上睡着，背靠着建筑物的墙，姿势和在海滩上一样。

他也在那里。他站在那块空地的岬角处，面对着河口，入海口。

他在说着什么。

旅行者向沙洲上的那块空地走去。暴风雨肆虐的痕迹，满地被摧毁的树枝。他走到她前面，走近她，看见她睡得很沉。呼吸均匀、顺畅。

旅行者又继续向沙洲的岬角走去，那里离睡着的她有二十米远。

但他没有走过去。

他坐到一条长凳上，在睡着的她和在岬角上说话的男人之间。

从朝向大海的河岸，从四面八方，很多的船只驶向大海。看得见这些船，它们从出海口鱼贯而过。

忽然，有一声呻吟。

忽然，在马达的轰鸣和大海的喧嚣之中，融入了一声孩童的呻吟。好像是从她在睡着的地方传过来的。

男人的说话声持续了一会儿，不连贯的声音，徘徊在沙洲上，与呻吟声合为一体，融入到马达的轰鸣和大海的喧嚣之中。

然后，声音停了下来。

他大概听到了呻吟声。

他离开了岬角。他走过来。他看到了另一个人，旅行者。他在长凳旁停下。

"啊，您来了。"

他继续走，他向石阶走去。他向她俯下身来，倾听，又直起身，走过来，急切依旧。他走到长凳旁，停下，他宣布：

"她睡得很好。"

呻吟，依旧。

"呻吟声，是她吗？"

"是的。她不耐烦，您明白吗？但是她在睡，"他停顿一下，接着说，"只是愤怒，没什么。"

"对什么愤怒？"

他指了指他周围一片的动荡不已。

"对上帝，"他接着说，"对普遍意义的上帝，没什么。"

他健步离开，又来到岬角上。

噪声升起。伴着呻吟声。伴着入海口的混乱。

旅行者来到岬角处和他在一起。

借助澄清的海色，他把他看得很清楚：就像是第一次看见他。马达声更响了，船只的启动更多了，大海不停地吸纳着。

他说话了，他说：

"一片混乱，"他接着说，"再有一个小时，就不再有船起航了，并且依我看，海水也不会再涨了。"他又补充说，"因为时间毕竟在流逝。"

他指着满是水流漩涡的入海口说：

"看，您看。这里，看。"

他指着被淹没的河流，海水与河水的撕扯，各种水流的汇集，向睡眠的方向猛烈冲击的盐水。

呻吟中有呼叫。呻吟中有呐喊。

旅行者说：

"我难以回旅馆，我难以离开她……"

他回答，看着眼前的混乱景象回答：

"我理解……"他指着自己面前说,"我理解……我也是,我不能……看……"

他指着他周围的一切。

呻吟中又有呼叫。

正看着海的人似乎听而不闻。

旅行者离开了岬角,向睡着的她走去。在她那坦然睡去的身体一侧,他坐下来,看着她。她双唇微张。睡梦中动物般的呻吟变得更加轻柔。头部完全是沉睡的。他俯下身,把自己的头放在她的胸部,听到交织为一体的孩童的呻吟和心脏的跳动,听到孩童的呻吟,心的愤怒。

他站起身,努力控制着自己以免晕倒。

他走起来,停下,继续走。他再次走过沙洲上那块空地,再次向正在看水的人走去。

海水还在涨。河道被注满。河岸被淹没。海水离沙洲这块空地越来越近。

他做手势让旅行者走过来,过来看。

他边说边用手指着:

"看,看那边。"

一层水雾,薄薄的水雾,从入海口飘来。在眼前跳跃,落下,海水将它撕碎,但其他的雾飘过来,跳跃着。他说:

"看,"他笑了。

孩童愤怒的呻吟依旧。

水流的势头有些减缓。海盐的吸纳也有些乏力了。

旅行者指着台阶,请求道:

"给我讲讲那个故事吧。"

他没有转过身来,除了眼前之物他什么也没看到。他回答说:

"依我看,先有这处沙洲,"他指了指大海,"从那里来。

然后才有沙塔拉，与灰尘一起到来，”他接着说，“您知道吧？
时间……”

因为起航的船只渐少，开始有了沉寂。他说：

“因为起航的船只渐少，开始有了沉寂。”

呻吟声也刚刚有所减弱。

“您看。”

在两侧河岸之间，一座水谷开始形成。入海口出现了另一番景
象：白浪翻卷，海盐四散，海水退却。船闸溢满了。

愤怒，呻吟，刚刚停息。

最后一串话从他嘴里说出。他的眼睛熠熠生辉，面对着平静的
大海闭上了。

“绝对欲望的对象，”他说，“夜里的睡眠她通常在这段时
间完成，无论她在哪里，都不可改变，”他停顿了一下，又继
续说，“欲望的对象，谁要她都可以，她把这一绝对欲望带在
身上，带着它起航。”

他睁开眼睛。他转向另一个男人、旅行者，然后转向睡着的
她，然后他的目光穿越沙塔拉，迷茫起来。

他们走到睡着的身体旁边。

他们走近，看着。天空变得晴朗无比。

他们在睡着的身体旁边坐下。她的嘴唇又抿紧了。她的呼吸，
在世间万物的呼吸中，为自己开辟了一条通路。

他就像刚才看着大海那样看着她，激情奔放，不可理喻。旅行
者问道：

“故事是什么时候开始的？”

他向他转过身来，用迷茫的目光盯着他看，忽然又确定无疑
地说：

“依我看，是由光开始的，光的绽放。”

他继续看着他，认出了他，在他清澈的目光里，一切都被淹没，一切都不再新奇。他说：

"您来沙塔拉是为了她，您是为了这个来沙塔拉的。"

他指着她。她在看着他们：她睁着眼睛在睡。

旅行者离开了沙洲。他跟他一起走。

他们在走。

他们在走，沿着火车站走。他指给旅行者看沙塔拉成群的厚重建筑。

"她的孩子在这里面，这玩意儿，她生出来，她送给别人，"他接着说，"城里，地上，有的是。"

他停下来，指着远处，大海那边，堤坝那边。

"她在那里生孩子，在听到过叫喊声那边，她生出来留给他们，他们来把孩子带走。"

他凝视着堤坝的方向，继续说：

"这里是沙的国度。"

旅行者重复着：

"沙的国度。"

"风的国度。"

他向旅行者转过头来。

他们互相看着：

"您想起来一些吗……听到叫喊声的那一天……您想起来了吗？"

"没。没有。"

他再次向旅行者指了指连绵的石建筑：

"她什么地方都住过，哪里都住过。医院，旅馆，田野，公园，道路，"他停顿一下说，"市立娱乐场，您知道的吧？现在她住这儿。"

他指着沙洲。旅行者问：

"监狱墙外。"

"正是这样。"

"墙内关的是罪犯？"

他漫不经心地回答：

"罪犯之类的。"

他们又走起来。旅行者说出了某些词。

"墙外，自愿监禁。"

他没在听，他看着大海，海天深处，有一块光亮。他说：

"月亮，看，疯子们的月亮。"

他们又走起来，缓缓地走。旅行者问：

"她忘了吗？"

"没有什么。"

"丢了？"

"烧了。但是，在那里，流散着。"

他漫不经心地指着那连绵不断的黑压压的建筑。

他停下来，又去看大海，久久地看着，然后他回到沙洲，回到她身旁。



夜。

旅行者沿着海边走过。

他又沿着墙后的旅馆走，走过旅馆。

他走到一条路上，朝一座高处的房子走去。

他来到那座房子前面。房子四周是令人眩晕的沙塔拉全城。

那座房子是灰色的长方形建筑，有白色的护窗板。它居高临下，下面依次是沙滩，大堤，被污染的城市。花园里荒芜一片，草长得很高，越过了墙壁。

半开的栅栏门像是邀约有请，又令人心生恐惧。

旅行者走开了。

他重新走到路上，朝下面的海滩走去。他没有向堤坝走去，而是向那堵墙走去。

旅行者来到了坐落在墙后面的旅馆的大厅。那里光线昏暗。两排座椅放在那里，朝向大海。有一扇门通向阳台，门是开着的。黑色的植物在穿门而过的风中摇动。两面墙上并排挂着镜子。镜中反射着大厅中央的石柱，石柱厚实繁重的影子，绿色植物，白墙，石柱，植物，石柱，墙，柱，墙，墙，然后是他，那个旅行者，他刚刚走过去。

白天。

当旅行者出来的时候，她正在旅馆的院落里。她穿着夜间穿的衣服。她在等他，眼睛看着白色的旅馆门面。身体笔直，站在墙外，她看着旅馆。

她听到了他的脚步声，她看见他，向他走去。

"我来了。"

"我去找过您了，"他补充说，"您知道我会去？"

她没怎么听懂。

"哪里？"

"沙洲上，您知道我会去？"

"不。"

她走近他，把头放在他的肩上，动作中透着困窘和惊慌。看起来像是她感觉到冷。她说：

"我知道这个地方，"她抬起头，看着旅馆，又看着他，接着说：

"我认识您的。"

他沉默着。惶惑突然增大，她又看着旅馆。

"昨天夜里我到了沙洲上。"

"噢。"

"在海滩上我也遇到了您。"

她抬起头，看着面海而建的这座形状简单的建筑物的白色门面，他费力地带她离开。

他带着她，他们绕过旅馆。

海滩。

远处有几个散步者，还有正在那里遛圈的几匹马。雾散云疏，天气晴朗。

他们向大海走去，走在裸露的沙子上。

她还是感觉冷，旅馆在拽着她，她又折回。他把她拉回来，带着她。她说：

"我问他您住在哪儿，他问我您当时怎么样，我对他说了，"她停顿一下，"然后他对我说怎样能找到您，"她用目光询问他，"我没有弄错。"

"没有，正是这样。"

她身体还是有些发抖。身后的旅馆，还是拽着她一样：他把她的头搬过自己这边。他指着旅馆问她：

"您以前见过它？"

"没有，"她说，"我从不来这里，从不来沙塔拉的这一边。"

他又带着她走。她走着。

她看到大海。她说：

"有的时候，这里很安静。"

她看起来好像开始忘记旅馆了。

"什么都听不见。"

她用手指了指，这是早晨的大海，欢快、碧绿、清新，她向前走去，她笑了，她说：

"大海。"

她又停下了。他继续往前走。她又开始往后看。

"过来。"

"我该走了。"

她此前一直是跟着沙塔拉的另一个男人走的，跟着旅行者走她大概有些忐忑不安。

他坐下来，他叫她。

"到我这里来。我们在这儿停下。"

她过来了。她坐在他身边。她不说话。

然后她在海滩上寻找另一个男人。

是他，旅行者，首先发现他的。

"他离我们不远，看。"

远处，从堤坝后面，确实是他，他出现了。他朝大海的方向走去，一成不变。

她看见他了。脸上又恢复了光彩。渐渐放松下来。旅馆的记忆远去了。

她看着他，这个旅行者。她不再发抖。他躺到沙子上，她还是看着他。她大概注意到旅途劳累的某些迹象。她抚摸着那双没有睡意的双眼。她说：

"我来看您是为了这次旅行。"

他又叫她。

"到我身边来。"

她滑到他身边。她俯下身去，把脸放在他的胸部，这样待着。

"我听到您的心跳。"

"我正在死去。"

她轻轻抬起脸来。他没有看她。他重复说：

"我正在死去。"

他发出了某种喊叫。那句话落在空中。但是，喊声却让她重新站立起来，稍稍偏离开他。她站在他的上方，忽然呆住，神情疑惑。过一会儿，她说：

"不。"

她温情脉脉地说出这个词。在温情脉脉之中，喊叫的粗暴消失了，隐晦的威胁淡化了。

她又开始说：

"我来看您是为了您要做的这次旅行。"

她沉默了。他没有问什么。那句话还在开放着，她不知道那句话的尽头是什么。它过后会自行关闭，她对此有感觉，一点儿也不着急，她在等待。

在海滩的另一头，沿着堤坝，行走又开始了。步途一直不变。他走来走去。看得见他来回走着。她指着他，缓缓地说：

"今天早晨我找您的时候他给我说了好几个名字，"她停顿了一下说，"我选择了沙塔拉的名字。"

她没有动，专注于自己所说的话的进程。

"我们是因为这个相识的，"她接着说，"我在这里有很久了，而您，您应该知道的，"她接着说，"您应该知道点儿什么的。"

流沙，持续不断的流沙。在她说话的时候，疯子的脚步声传过来。

"于是您就来了，"她接着说，"您来沙塔拉是为了我。"

她从上到下打量着他，她做了个否定的动作，摇头说"不"，否定刚刚发生、刚刚从她脑际掠过的这一错误想法。对她自己说：不。然后又确定无疑地说：

"您来这里是为了自杀。"

她在等待。他不回答。他好像睡着了。她触碰他，又接着说：

"如果不是为了这个，您不会看到我。"

她唤他：

"您听懂了吗？"

他点头示意他听懂了。她不说话了。他问：

"没有人看到过您吗？"

她清楚地回答：

"谁都看到我，"她略等片刻说，"不过，您，您还看到了其他东西。"

她又指着远处在走着的那个男人，接着说：

"他。"

她面朝大海一动不动。他说：

"我把你们忘了。"

"是的，是这样，"她缓缓地辨认着空间，"于是您为了自杀来沙塔拉，然后您看到我们还在。"

"是的。"

"您想起来了。"

"是的，"他接着说，"想起……"他停顿下来。

"我不知道用哪个词说它。"

他们沉默下来。

一道阴影遮住太阳。风来了，又走了。大海的运动将要改变方向。改变在酝酿着。

远处，在大海前面，那人一直在走着。

她站起来，转向堤坝的方向，转向行走的人：

"我要去看他，我会回来的。"

他没有去抓住她。她在他身旁立着，但是目光一直追随着远处在行走的那个人。

"我该问他点儿事情，"她重复说，"我会回来的。"

她还在等待。她还有些话要对他说。

"是为了这次旅行，"她停顿一下，"我不明白我怎么会知道我们该去做这次旅行。"

她指着远处那人：

"他会告诉我。"

她走开了，他叫住她。他问：

"沙塔拉，是我的名字。"

"是的，"她对他解释着，用手指着说："一切，这里的一切，都是沙塔拉。"

她走开了。他没有叫她。她沿海边走。

他看着她走。她比平常走得快。

步伐规整，她忽然也这样走起来。

她赶上他。她开始和他一起走。他没有停下来，他继续走，她跟他继续走。

大海的运动改变了方向。河水正准备下沉，滑入盐水的深渊。白浪翻滚之际，海鸥出现了。它们向裸露的海沙奔去。用饥饿的叫声开路。

哪里都看不到他们的身影。

很久以后，他们才重新出现。

他，沿着海边走来。她，走在木板路上：她什么也不看，她避免去看白色的鸥群和无穷无尽的深渊。

他们向河流走去。

旅行者今夜不去沙洲。


正午刚过。他们走来。

他，沿着海边走。她，走在木板路上。

旅行者就在木板路上。

她没看见他。她什么都没看见。

他们向堤坝走去。他们消失在堤坝后面。

也许他们在为孩子的出生做准备，在那边，在传出沙塔拉的叫喊的堤坝后面。

晚上，他们回来了。海鸥在喧叫。她走路有些弯腰，步履沉重：好像孩子快出生了。

不要招呼他们。


旅行者在别处等着，他在旅馆的大厅里等着他们。他在另一个时辰等着他们。夜里。夜里的旅馆大厅。

大厅变了样子。镜子失去了光泽。座椅面对着镜子，沿着白墙摆放。只有黑色植物还在原来的位置上。从敞开的门吹进来的风使它们摇动不停。恶浪和死魂的缓慢运动。

他在黑夜中到来。她没有来，他是一个人。他迈着快步走进大厅，他看见旅行者坐在靠墙的一张座椅上。他说：

"我路过。"

他接着说：

"我从不到这边来。"

他站住，他看。

突然，他看见大厅。

大厅，在他的周围。

他的眼睛放出光芒。夜色漆黑一片。他就像在白天一样看着。长时间看着。

他动了。

他走向阳台，转过身来，又专注地看。又走回来。又从坐在阴暗处的旅行者面前经过，视而不见，他只看到大厅。

突然，他站在舞池中央不动了，指着这一空间，用手势划出那排座椅和立柱之间的空间，问道：

"是这里吗？"停顿片刻又说，"还是那里？"

他的声音不太肯定。

他在等待。

他站在舞池的中央，还在等待。

然后，他又一次指着这一空间，重新用手势比划着两排座椅之间的空间，等待，什么也没说。

行走，走过这一空间，再走过，停下来。

重新起步。又停下。不动。

有歌声，很低。

有歌声。

他在唱。

是沙塔拉逝去的节日的音乐，它的进行曲沉重的曲调。

他前行。惯常僵硬的体态突然消失了。现在，他前行，又唱又跳，他在舞池上前行，跳着，唱着。

身体飞奔，记忆返回，他被音乐带着跳动，他吞噬，他燃烧，欣喜若狂，他跳动，他燃烧，某种燃烧穿越了沙塔拉之夜。

几秒钟时间。他停下来。

他被迫停下来。他不再动。他不再唱，他寻觅着自己周围使他停止跳动、停止歌唱的外部事件，寻觅着发生的事情，他被独自承受的某种眩晕攫住了。

大厅尽头，有什么东西动了一下。

他问：

"谁在那儿？"

他听着自己的声音。凝视的目光没有改变。他承受着自己说的话，就像刚才承受着自己的动作。

他说，他重复说：

"谁在那儿？"

好像他害怕了，他转过身来，他立直站着。

旅行者站了起来，他从大厅尽头缓慢走来。

他看着这另一个男人，旅行者。后者走了几步，来到了舞池的光线之中。他看着他。

他看见了他。

静止打破，嘴角张开，没有出来任何声音，他还在努力说话，说不出，跌到座椅上，向旅行者伸出手，像头一次看见他，自言自语道：

"您，原来是您，"他停顿一下，"您回来了。"

他哭了。


星期日。沙塔拉没有出现更大的噪声。起风了。然后下雨了。

336

旅行者在雨中的沙塔拉行走。

他没有遇到他们。

一夜。一天。

旅行者在沙塔拉的任何一个空间、任何一个时间都没有看到他们。

一个黑夜。

她走过，在旅馆前面走过。

旅行者在阳台上，看见她在木板路上走过，身影映衬在大海上。

她缓缓地、不停歇地向堤坝走去。她没有转向旅馆。夜里，她前行，径直前行。

孩子，是孩子，孩子的出生。

他，另一个人，这天夜里，跟着她。她前行，没有理会他。他跟着。她前冲，动物一般，往前走。

她消失在堤坝的一团黑色后面，消失在沙子中，消失在无边无际的风中。

他也消失，不见了踪影。

什么都没有了。只有无穷无尽的深渊，沉睡着。

第二天晴。

旅行者在阳光下绕着沙塔拉行走。

他避开，并不走进沙塔拉。他走在一条路上，路两边是紧闭的房屋： 石头海洋中的群岛。

他在沙塔拉寻找，在外围寻找。



又晴。

旅行者走到一个有住家的房门前。花园里有一个阳台。从路上可以看到某些东西。窗子打开着。房里有人说话。

一个女人在笑——笑声轻快、短促。

正午。

旅行者往回走。

他走开了。



傍晚，河边，沙洲上。她一个人，她坐在河岸上，看着眼前，看着沙塔拉。旅行者来到她身边坐下，她看见了他：

"啊，您来了。"

她专注地看着眼中之物。他问她：

"关于旅行您问他了吗？"

她想起来了：

"他说，我一直说起这次旅行而我却又一直在这里，在沙塔拉。"

夕阳西下。由于专注地看沙塔拉，她就要睡着了。而她还要等另一个人，让他把她带入睡眠。

她的脸上不见有任何疲劳和痛苦的痕迹。可是她瘦了，并且目光中有一种微笑的力量。

她注意到旅行者走开了。


旅行者又来到有人居住的那所房子前。他停下来。从街上可以看到阳台，花园的一部分。

他按铃。大门自动从里面打开，他进去了。这地方很敞亮，白色家具。

一个女人的声音：

"谁呀？"

他没有回答，他做不到。他的面前是一个开向阳台的落地玻璃窗。声音是从他看不到的那部分阳台传过来的，从玻璃窗洞后面。他等着。

她是在落地窗中出现的，逆着光。她穿着夏天的连衣裙。她的头发很黑，披散着。

在门厅的暗光中她看不清他。

"您找谁呢？"

他向前走了一步，他什么也没说。她还是看不清他。

"您要做什么？"

他继续向她走去。她看着他走过来，她微笑了，她没有料到，但她看上去没有一点儿惊慌。

他又走了一步，他停下来。他来到了阳台的光线之中。

她看到了他。

目光一下子从他身上移开。面部僵住，眼睛闭上，某种不可扼制的痛苦似乎穿过全身。

她走向阳台，他跟着她。她的动作是机械的，她指着一把扶手椅说：

"请坐吧。"

他们站着，一动不动。她自言自语道：

"您回来了……"

他们谁也没看谁。

他在她身边站着。他没有坐。她靠在阳台上的一张桌子上。

她拿出一支香烟。她的手在颤抖。

她坐下。

她在蓝色大阳伞的光线中。

他开始看她：美丽依旧，楚楚动人。

她右首有一张矮桌，桌上有一本打开的书。她前面有一条小径。小径尽头，一扇白色的栅栏门。花园很大，绿色草坪，一直延伸到关着的栅栏门。

"她从来没有治愈？"

"从来没有。"

她转过身去，头部落到了扶手椅的椅背上，她面朝花园隐藏着自己的脸，她说：

"有的时候……我以为她呼唤我……还在呼唤……现在还在呼唤……"

她克制着自己。下巴收紧，避免失声哭出来。

她不是哭她自己。

他一直全神贯注地看着她。她没有注意到。

"我知道她没有死，会有人通知我的……"她犹豫着，以更低的声音问道："最后的下落？"

"沙塔拉的监狱。"

"啊……"

她驱赶着这一景象，落回到椅背上。

她的身形在连衣裙里清晰可辨。她的身体依旧生机盎然。她裸露着双腿，放在阳台的石头上的双脚也是裸露着的。

旅行者一直以那种不正常的注意力看着她。她一直也没有注意到。她还在自言自语，她问：

"她还谈起我吗？"

"不。"

她拿起了另一支香烟。她还在抖。她的眼睛深沉阴暗，涂有黑色的眼影，如意义在其中迷失的无底洞。

她愣愣地看着花园里的某一点。

"我想什么对她都没用，是吧？"

"什么都没用。"

她一直没有看到以她为对象的那深不可测的注视。她问：

"您回到沙塔拉为什么？"

沉默。她感到惊讶。

她向他转过身来。她看到了，看到了那目光。

他试图回答。他开始回答：

"我不太确定自己想要这样做，"他停了下来。

他摇头表明自己可能弄错了，他还是试图回答：

"不……我弄错了……不……"他接着说，"是我自己想要的。"

"什么？"

"自杀，"他补充说，"我本来要找个地方自杀，我遇到了她。"

她从椅背上轻轻欠身——她的目光瞬间凝视起花园，看到了全部的过去——然后目光收回来，她说：

"是这样……正是这样……无论她到哪里，一切都被打乱。"

旅行者没有指出涉及到他死亡问题的这句话在时间顺序上

有误。

"死亡也无济于事？"

"是的。"

现在，她看着他。他们互相看着。他说：

"我不肯定认出了您。"

表情变换，如日与夜的突然交替：

"有什么区别？"

他摇头：他看不出什么区别。

她开始微笑。她微笑着。面部出现了不易觉察的变化。她微笑着。

"您没有看到？"

微笑贴在脸上。后面的表情变得难以辨认。她一直微笑着。

再也看不出她是谁。她说：

"看着我。"

她站起身来。站在他面前，直立，僵硬。他面前是她全部的身体，她的脸，她的微笑。

"您没有看出？"

"没有。"

她又坐下。

"再看。"

她向前伸出脸去：是脸部周围。他说：

"您的头发。"

"是的，"笑声提高。

"染的。"

"是的。染成黑色，"她接着说，笑声还在提高，"我的黑头发染成黑色。"她又问道："没有别的了吗？"

恐惧掠过，阳台，花园，突然都成了恐惧的所在。旅行者站起来，倚在桌边，他不再看她。她继续看着他，等着回答，一直这样，她微笑着说：

"那么？您看不到吗？"她指着她周围的住所、花园、围墙和栅栏内封闭的空间、护园设施，说道："您什么也没看到？"

他摇头： 什么也没有，他什么都不再看到。

她说：

"沙塔拉的死人。"

她重复着，她说：

"我是沙塔拉的死人。"

她等待着，她完成了那句话：

"我劫后余生。"

她又等待，她又完成了自己的话：

"你们所有人之中惟一的一个，"她接着说，"惟一的，沙塔拉的死人。"

她转向她的花园，她的住所。她不再完成任何一句话。微笑还挂在脸上，微笑后面只剩下面部线条。

他走了。她任他离去。她待在那里。那里。

他踏上小径，打开栅栏门，出去。

外面。空间。海鸥飞过。


沙塔拉的上空冒起了黑烟。

大白天。

旅行者从自己房间的窗子往外看。

警报器的响声升起。是河流那边。

旅行者看了一眼手表，然后又重新看阳光下的黑烟。

警报声停了下来。

听见有脚步声，外面。

一个女人穿过院落，向大厅走去。有两个孩子陪着她。他们穿着丧服。

旅行者离开窗子，他在等，在听，在等。

警报声再次穿越城市上空，激烈刺耳。

烟雾在河流那边的沙塔拉上空继续升起。

这一天沙塔拉闷热难耐。树木的影子深嵌在沙塔拉的地面。风无影无踪。空旷的天空下凝固的阳光把沙塔拉包裹住。

旅行者走到桌前，拿起信，把它放到信封里，然后放到桌子上。

他走出房间。

走廊：尽头，那个行走的男人。

他在楼梯窗户的光线之中。

他在等。

他们互相看。他张着嘴笑，蓝眼睛在落有灰烬的脸上熠熠生辉。

他指着警报响的方向，宣告着：

"火。"

他的眼睛清澈透明。他接着说：

"监狱，"他接着说，"我走的时候火灭了，"他停顿一下，告诉他："经常失火。"

警报狂啸。旅行者说：

"又失火了。"

"是的，但是更远，"他停了一下说，"总有什么地方失火。"

警报停了下来。旅行者问：

"您路过？"

"我找她。"他解释说，"有时候她走过沙塔拉的地界，不过要对此心里有数。"

他看着自己的周围，接着说：

"除非她在这里。"

"没有。"

他离开，他又想起什么，又走回来。

"有人在大厅找您，我说让他们等着。"

他走了。

旅行者原地不动，等着。

很久。然后，有人来了。

有人上楼梯。认得出来。是刚才穿过院落的女人。她看到他在楼梯上面。警报停止。她看着他，她说：

"有人告诉我说您在这里，一个我不认识的男人。"

她继续上楼。他不看她。她来到他身边。

"可以去您的房间，"声音胆怯、惊慌。

他看着走廊里的玻璃窗。她说：

"我认不出您了。"

她抚摩着他的肩，重复说：

"可以去您的房间说话吗？"

他说——声音缓慢，柔和，又突然失声：

"我给您写了信。信还在那儿。"


她把信又放到桌子上。她站着。他看着窗外静止的城市，沙洲上方的烟雾。

警报声穿过，掠过。她说，——语调低沉、平直：

"我不太明白……"

他看着她：目光迷茫。她后退。她颤抖。

"您不再……"

他试图回答，他做不出。她继续说：

"我想即便……是否当初……您从来没有对我……"她停顿一下。

他说：

"或许没有。"

警报声重新响起，震耳欲聋，穿过沙塔拉。她停止说话，她害怕，她叫喊：

"究竟怎么回事？"

"火。"

警报声中，她大叫：

"在哪儿？"

"远处。"

他听着警报声。她看到他在全神贯注地倾听着警报声的走向。他的心不在焉激起了她的愤怒，她又喊叫起来：

"有别的原因，我肯定，有别的原因。"

警报声远去了，更远了，变得很遥远。

他看着眼前，空寂的街道，不变的阳光。

愤怒减弱。

她忽然恳求起来：

"给我讲讲，求您了。"

他说：

"我想再见见孩子。"

他闭上眼睛，他走了一步。她以为他要走，她把他拽住。

"不要走，先让我知道……"

"我想再见见孩子。"

他等着。

她没有回答。她长时间看他，然后向他走近，犹豫了一下，更走近些：

"从什么时候开始的？"

声音单调、平淡。他说：

"一直如此。"

她发出一声惊叹，一声勉强、短促的笑。他看：面部冰封在无声的笑之中，目光在恳求：

"您耍我？"

"没有。"

回答的真诚让人害怕。她后退。在她后退的时候，他意识到自己刚犯下的错误。他向她走去，做了个道歉的动作，他说：

"理解我，"他停顿一下，接着说，"我想说……我只是最近几天才刚刚知道这一点。"

她等着：没有下文，他什么都不再说。

"您让我感到难过……"

他没有回答。

喊叫声再起，但这次没有力量，愤怒被折断。

"我要一个解释……我好像有这个权利……"

他没有听见。

"您对我有什么不满？"

"什么都没有……我……"

他在她面前。她看到他做出努力试图要说什么，却无力完成。她拿起他的手，他任其所为。他终于说出：

"是不期然的一个事件，"他补充道，"普遍范畴的。"

她松开了他的手，打呼哨一样尖声说：

"您故意这样做的？"

"不是。"

她等着：其他什么也没有，他其他什么也没说。

他忘记了她的存在，他看着街道。突然一下子，她明白做什么都是无济于事的。

"什么……当真吗？"

声音破碎：

"您是说……"

"是的。"

她最后一次犹豫：

"不是一厢情愿？"

"不是。"

她等着。他什么也不说。又等着，长时间：什么都没有。

稍后她动了起来。她在走。

她在房间里走着，来回走着。压抑的哭声。听到她低声在说：

"我呢，可怜的我，我什么都没有料到……"

她突然停下来。

一动不动。

她是在床头柜前停下来的。手里拿着一个装满白色药片的玻璃瓶，还没有启封的药瓶。她看着，读着瓶子上的标签。

警报声从旅馆前的道路上呼啸而去，一直奔向河流那边。

她放下药瓶。她看着站在她面前的男人，长时间看着。她把手放到自己脸上避免去看。

他看到她。他向她做了个表示歉意的动作，却不能说出什么。

她用同刚才一样的破碎声音问道：

"这是什么意思？"

他做手势：没什么，他做手势说这没什么。

她悄声走近他，离他的脸非常近，她一边抚摸着他的脸，一边说：

"我了解您，您不会这么做的。"

警报声，又一次，从河流那边响起。

警报声停下来。

她平静地说：

"孩子们在大厅里。"

警报声，又一次，从河流那边响起。

孩子们。

他们站起来，他们看着他走过来。黑色的衣服衬出他们的白皮肤。他们没有动，他们看着他，只看着他。

他们并排站着，彼此相距一米，都在等待。他们被告知了事件的发生，他们不知道事件的性质。

他停下来。他看他们。

他轮流看他们，一个，另一个。他把他们分开看，然后又把他们合在一起看。他没有走近。

在他和他们之间，有从敞开门的阳台映照过来的长方形光线。没有人越过这一长方形光线。孩子们眼中没有任何恐惧。只有了解情况的渴望。

母亲在大厅的某一处，他们没看见她。

他们看着这个沉默的男人。他们等待着。

他说：

"我不再回来了。"

这一消息在沉默中被接受。孩子们的目光没有改变。渴望还是一成不变。

"永远不？"

声音是中性的、机械的。

"永远不。"

成人的声音和孩子的声音同样镇静。

女人穿过了将男人和孩子分开的长方形光线，她寻找空气，她跑向阳台，撞到了门上，定在那里，倚靠着门，用手捂着脸。

孩子们没有看到她。他们看到男人，只有他。

"为什么？"

声音清晰，镇静如常，没有任何色彩。

"我不想要孩子了。"

了解的渴望还是一成不变，无边无际。嘴巴向无边无际的渴望张开着。没有痛苦的显现。另一个孩子的声音：

"为什么？"

"我什么都不想要了。"

女人动了起来，她跨过门，又从阳台回来。她发出了窒息般的沉闷的呼叫。

面部一成不变地绷紧。渴望也一成不变。

全城都响起警报声。

女人跑着，叫着。

"怎么回事？是这里吗？"

男人和孩子们都没有回答她。

警报声的强度突然减弱。停了下来。

带着一成不变的清醒的声音，一个孩子把表面上没有关系的事件联系到一起。

"您在上面的时候警察来过。"

另一个孩子抬起了手臂，一边看着男人一边指着河流那个方向：

"一场火灾，因为一场火灾。"

孤单的尖叫：母亲。她叫着该走了。

"离开这里。"

在警报的呼啸和女人的尖叫声中，孩子们镇静地说道：

"他们找一个和您在一起的人。"

"有个女人逃走了，他们害怕。"

女人叫道：

"离开这个地方，我受不了了。"

孩子们没有听到她。

她向他们走过来：

"来吧，走吧，我们走。"

她来了，用力推他们。小男孩倒下了。她拽起他，让他站好，推他，又抓住小女孩，也推她，推她，推到她自己身前，她无法把他们合在一起，她推着，往前推，吼叫，和警报声一起吼叫：

"再不过来我叫人了。"

他们不愿意动，他们一直看着他，一动不动。

她害怕了，她叫道：

"我害怕，过来。"

渴望如初，无法满足。他们还在等待。渴望将得不到回答。

她从身后推他们，让他们往前走，推他们，用尽全力把他们推向大厅的门口。

大门。

到了大门。

大门，还是大门。晃动着。人在旅馆的院落里走着。

从阳台的大门看去，沙子，大海。很久以后，他出去了。

她靠着墙，暑热之下。眼睛几乎紧闭着。脸上流着泪水。她没有注意到旅行者的出现。

他在她身旁坐下时她看到了他。

他没有言语。她说：

"啊，您回来了。"

半睁半阖的双眼里，大海很遥远。远处的城市影影绰绰，在泪眼中模糊一团。鸟儿没有了踪影。泪水从她的眼中流出。她说：

"一个女人带着孩子来过。"

他点头：是的。她从泪水之中看到他。炙热之下他似乎感觉到冷。他什么也不看，除了眼前的沙子。

"他们走了。"

"是的。"

远处，大海的上方，一片阴云。天空被遮盖。然后，阴云覆盖之处下起雨来。她看着。她哭着。

"您也是，您现在也一无所有了。"

他没有回答她。

她哭着。

泪水有规律地、持续不断地从眼中流出。

海上升起了一个巨大的四边形光柱。

他们没看到。

他在看着身边的沙子：她放在沙子上的手又脏又黑。他说：

"您的手黑了。"

她抬起手，自己也看了看，又放下。

"是火灾。"

"有人在找您。"

他抓起沙子。

触碰沙子。

海上升起了一个巨大的四边形白色光柱。

她用手指着说：

"光，那边。"

他没有听。他问：

"您哭什么呢？"

"哭一切。"

他看到沙子在她的眼下发亮。他抬起头，瞥见了海上的光线。

目光回到沙子。

"您哭火灾？"

"不，哭一切。"

他一直一动不动，不看，也看不到什么。海上，巨大的四边形光柱升起来了。她指给他看：

"那边有光，那边。"

目光盯在沙子上。

她指着光柱之上赤裸的天空。

他重复说：

"警察在找您。"

远处，警报声。

"是的。"

"他们会杀了您。"

"我不会死。"

"确实。"

然后，她指向海滩。然后，又指向海滩的某一个地方，光线映照之下，被风暴袭击过的娱乐厅的石柱旁边：

　　"那天就在那个地方，有一条死狗，"她向他转过脸来，"风暴来的时候海水把它卷走了。"

　　她不再指，也什么都不再看，专注于那条死狗。

　　她这样待了很长时间，差不多与此同时那道光柱渐渐熄灭。他说：

　　"我看到了死狗。"

　　"我想您也会看到它。"

　　雨后的四边形光柱消失了。

　　其他的风暴响起。

　　阳光下如注的雨帘，遍及海面。

　　他开始看如注的雨帘。

　　雨。它今天不会到达沙塔拉。只有它的气味到达那里：火的气味，风的气味。

　　她不再哭了。她说，她重复说：

　　"我们现在可以出发了，"她接着说，"您也一无所有了。"

　　"可以了，"他接着说，"一无所有。"




　　她不再靠着墙。她向河流走去了。

　　夜。到了。

　　居民们在木板路上。他们行走缓慢。低声谈着最近在沙塔拉听到的叫喊声，一场场的火灾。

　　旅行者站起身来。

　　他走。

他的脚步非常迟缓、滞重。

他沿着走。他绕着走。他沿着海滩走。然后沿着封闭的火车站。沿着河流。过河后，他转方向。海水升高。船只离开了沙塔拉。远处，被遗弃的巴比伦。

沙洲上有火灾的遗迹，烧焦的树木，熏黑的石头。

他们在石阶的最上一层，她平常待着的地方。他们互相拥抱着睡在一起。他们睡得很沉。

他坐在他们身边。他也睡去了。

早晨醒来，只有他一个人。他们已经出发去劳作了，用沙子把沙塔拉包围，是他们追求的目标。

夜晚。金色的光线。

她在木板路上等他，面向旅馆，面向沙塔拉。他向她走过来。她说：

　　"我来看您是为了这次旅行。"

她顺着旅馆和公园看过去，那里的建筑是空间的连绵不绝，时间的厚实凝重。她接着说：

　　"到沙塔拉的旅行，您知道。"

他看不清她转向厚重城区的面部。

　　"从我年轻的时候起我就从来没有回去过。"

这句话悬在空中一会儿，然后她把它说完了：

　　"我忘了。"

她不再看沙塔拉。她向他微笑。他问：

　　"他怎么说？"

　　"他说这次旅行是必要的，"她接着说，"他没说为什么。"

一阵清爽的微风从大海那边吹过来，非常柔和，带着海藻和雨水的气味。

"以前，"她说，"这里是沙的国度。"

他说：

"风的国度。"

她重复道：

"风的国度，是的。"

她站在木板路上，她不再看。她什么都不看。她直立着，面对着岁月。他说：

"那时河流宽阔，还有田野，在大海的后面？"

她微笑着：

"是的，"她接着说，"人们坐火车穿过，夏天去度假。"

她重复说：

"夏天。"

他们沉默着。她看着他。他说：

"您想什么时候去我们就什么时候去。"

她离开了木板路。微风清爽，继续覆盖着海滩，晴空下光线暗了下去。




三天。金色的光线。

三天之中什么也没发生，除了日出而作、日落而息的不停的嘈杂。

阳光直射沙塔拉。有风。金光直射，任风击打。盐和碘相混的气味，从海底翻出的苦涩气味。

大海，剧烈跳动，在赤裸的天空下，沙子冲起、奔跑、呼叫，海鸥在和海风抗争，飞行迟缓。

墙那个地方是空的，有光线照射。

然后，风停下来，沙子也重归平静。大海安静下来，连绵不断的石头建筑在阳光下展现着片片狼藉。天空中，重新行驶出缓慢的雨船。

三天。

然后她来了。

她步履轻盈，来到木板路上，她向正等着她的旅行者走来，他等着她，是为了陪她去做最后一次旅行，穿越厚重的沙塔拉的最后一次旅行。

沙塔拉。

他们走着。他们在沙塔拉城里走着。她直身前行，面对着岁月，在岁月之墙中穿行。旅行者说：

"十八岁，"他接着说，"您当时的年龄。"

她抬起眼睛，看着眼前已被石化的景色。她说：

"我不记得了。"

道路平展，易于行走，举步自如。时不时地，她就说出这个词来，她叫着它：

"沙塔拉，我的沙塔拉。"

然后她看着路面。

"我认不出了。"

在他们的步履之下，沙塔拉列队而过，它的别墅，它的花园。

道路转弯。

转弯以后，她犹豫着，停了下来。

她看。他们面前那座灰色的房子，有白色护窗板的灰色长方形建筑，迷失在令人眩晕的沙塔拉之中。

周边是花园，依然青绿的草，疯长着，爬到了那扇灰色的护窗板上，漫过了围墙。她看着，她说：

"当时没必要回来。"

她又开始走了起来。

她又向散着灰尘的地方走去，行走在沙塔拉的路面上，她边走边说：

"是其他地方。"

他们前行。

花园更小一些，别墅毗邻而立，围墙彼此相接。

他们前行。

旅行者也开始看路面了，看那些白色的灰烬。他说：

"一切都跟着个人物品一道被收走了。"

"什么时候？"她放慢了脚步。

"您第一次病倒的时候，"他接着说，"舞会以后。"

她没有马上作答，她微笑着：

"是的，我以为。"

他们走着。她的目光又回到路面。她身着白衣，头发梳理过。他今天早晨在沙洲上为她准备的，他给她洗脸，给她梳头。她带着年轻姑娘用的一个小包，也是白色的，沙塔拉之行的白包。她拿起它，打开。她拿出了一面镜子。她停下脚步，照了照镜子，又开始走。她把镜子向他递过去，她给他看。

"出发前他把它给我。"

她又重新打开白包。她把镜子放进去。他看到：包里是空的，只放着这面镜子。她合上包，她说：

"一个舞会。"

"是的，"他犹豫一下，"您当时被认为是爱着的。"

她转过身来，向他微笑。

"是的。后来……"她回到对岁月的追忆，回到对路面的凝视，"后来，我嫁给了一个音乐家，生了两个孩子，"她停顿一下说，"他们也被带走了。"

她向他转过身来，跟他解释：

"您知道，那以后我又第二次病了。"

"有人跟您这么说的？"

"我那时还记得孩子们，"她接着说，"还有他。"

他停下来。她也停下来。他说话有困难，她没有注意到。

"他现在在哪儿，他？"

她顺着自己的思路说：

"死了，他死了。"

海风开始在沙塔拉刮起。他不再动，站在那儿，在风中。她站在他身边。她一点儿也没有看出他在眩晕。她在风中很自得。她说：

"沙塔拉的风，一如既往。"

他看她。

他停在她面前，看着她。

她大概看得出他目光中的某种暴烈。她寻找着这种暴烈的方向，惊讶未名，她问：

"怎么了？"

"我看您。"

她说，她问：

"没有做旅行是吗？"

"没有。我们在沙塔拉，关在这里，"他接着说，"我看着您。"

她顺从地向他靠拢过来。他把她紧搂在怀中。她任其所为。他放开她，她任其所为。

他们走，他们又开始走。

大花园消失了，出现了一些小花园。

上坡的路。

大海远去了。还有沙子。她转过身，看着它们。

他说：

　　"一排排杨树在火车后面倒下。他看着她。"

她笑了，她走着。

他说：

　　"一片片平原，田野，纤秀的金黄色树墙。"

　　"他看着她。"

她还是笑。她往前走。

他们前行。

出现了一个变化。道路放宽了。有一座广场。海风渐渐平息下来。

她又开始看。

他们停下来。变化突然之间加剧。不再有风。太阳在变大。

热气从石缝里窜出。

面对她白色的故乡，她略有惊讶地微笑着，说道：

　　"这就是沙塔拉的夏天喽？"

他们又开始走。

他们穿过了无人的广场。

她走得更慢了，已经开始有了疲乏。

暑热上升。

太阳也上升，缓慢地照射。

他们穿过了广场。一离开广场，沙塔拉的居民，他们就在那儿了，突然在那儿了，从城市、从洞穴、从石头中冒出来，在普遍一致的活动中彼此漠然，视而不见。

他们跟着他们。

她带着同样的专注看着沙塔拉的居民，他们的居所，她身边的他，以及远处的大海。看着此处——他们刚刚经过的一座建筑的门楣上——与"政府"两个字混在一起的沙塔拉这个词，和远处、很远的地方飞来飞去的白色海鸥以及散乱不经的沙子。

她也同样承受着这一暑热，这一难以理喻的日照。

他们还跟着他们。

她走得越来越慢。

他们超过了他们，他们离开了他们。

她停下来：

这是一条长长的笔直的林阴道。

突然之间，穿过了普遍一致的活动和广场之后，他们来到了这条林阴道，长长的，笔直的。

她不再走。

她不信任地看着，忽然皱起了眉，看着长长的林阴道。

太阳在燃烧。好像阳光直射使她的眼睛感到不适，她就像是被迫在看着。

她重新走起来。

她重新又什么都不再看。

他们开始走了。

前行的路悠长、笔直。看不到尽头。

她半闭着眼睛在走，她避免阳光直射引起的刺痛。她不和他说话。她走。

四处是白墙，沙塔拉的街头。林阴道没有树。

只有他，这个旅行者看见了他：在他们前面，林阴道的尽头，穿着他的深色衣服，步履轻快，他在走。从离开沙塔拉的沙滩以后，他们一直在跟着他走，他们自己却不知道。

围墙窜起，白色的围墙，行进中道路的每一侧都层出不穷。

她大概很热，用手擦着脸上的汗水，她放慢脚步，又继续前行。他们前进得非常缓慢。

围墙此起彼伏，层出不穷，时断时续，敲打着太阳穴，刺痛着眼睛。一直没有半点阴凉地。

一直在前面，走着林阴道尽头白墙下的那个黑色人影。

她一直没有看到他。

她前行。

她停下。

是她停下来的。眼睛盯着路面，忽然之间，她知道了：从沙塔拉的心脏到大海之间的距离，是当年孩子的脚步丈量出来的，她抬起眼来，说道：

"看，他们建了这东西。"

是一座无以名状的建筑，看上去很大，白粉笔的颜色。有很多的出口，现在却都关着：护窗木板钉在墙上。

"以前这里是一座广场。"

她停顿了一下。她重复道：

"以前是座广场，他们盖上这么个东西。"

她转过头来，看见了他，另一个人，他也停下来，在等着，她马上说：

"我该睡了。"

一边说一边又走了起来。旅行者拉住她。他说：

"我也想起来了。"

他们看着：建筑固定在那里，以它的形状、它的高度立在那里。钉子打进去了。

旅行者这时说：

"以前是座广场，"他继续说，"一块平地，广场四周有围墙，墙上有个门。"

他们互相看。他们互相看到了。

"噢，也许是，"她低声回答。

她迅速闭上眼睛，旋即睁开，目光回到路面。她在等，她不再看他，她看着路面，他没有继续说什么。她又走起来。

她忽然快步走起来。

大海。她看到了。

一走过那建筑物，就看到大海了。

大海在那儿，很近。沙塔拉的心脏朝向大海。

林阴道到了尽头：他们前面没有任何人在走。

有一条木板路。他们穿过它。出现了没有围墙的海滩，大海，沙子，海水。

他们左边，是从沙塔拉心脏延伸出的巨大建筑。它的正面朝向海滩。

她倒在沙子上，她躺下，她不再动。

沙塔拉的海滩。

他坐在她身旁。他擦着她额头上的汗，慢慢擦。这动作使她闭上眼睛。她松开了一直抓在手里的包。她说：

"有动静。"

他继续在她额头上的动作。

"睡吧。"

"好的。"

她向沙子转过脸去，她倾听，她说：

"今天晚上，从这里来。"

她指着海滩的内部，沙子的内部。他说：

"我也听到了。"

"啊……"

她轻声问：

"他们死了吗？"

"没有。"

"他们怎么样了？"

"他们在休息，"他接着说，"或者什么都不做。"

她喃喃地说：

"啊，是的……确实，确实……"

他在她身边躺下，用空闲的手支撑着身体，看着她。他从没有这么近看过她。从没有在这样剧烈的光线下看过她。她一直在听着那动静。她闭上眼睛，她想闭上眼睛，因为努力想闭上眼睛她的眼皮在抖动。

"跟我说睡觉。"

他对她说：

"睡觉。"

"好的，"声调充满希望。

她触摸着沙子。他说：

"我们回到了海滩。睡吧。"

"好的。"

他停止擦拭额头，他把手放在她眼睛上方，替她遮挡太阳。

"睡吧。"

她不再回答。

他等着。

她不再动。他抬起手来。手下面的眼睛闭上了。阳光再至，眼皮轻微抖动，但眼睛不再睁开。

她睡了。

他抓起沙子，往她身上倒。她一呼吸，沙子就动起来，从她身上流下。他再抓起沙子，他又开始。沙子又流下。他再抓沙子，再倒。他停下来。

"爱。"

眼睛睁开了，它们视而不见，什么也没有认出，然后又闭上了，又回到了黑暗之中。

他不在那儿了。她一个人躺在阳光下的沙子上，腐朽发霉，思想的死狗，手埋在白包附近。

建筑物的入口处空无一人。听得到嘈杂声。更远的地方，走廊尽头，血腥节日的音乐，沙塔拉颂歌的曲调，遥远，非常遥远。

半明半暗。

进门以后，很长的走廊。

旅行者在走廊里前行，进入。从走廊深处走过来一个男人。他穿着制服。

"您找什么吗？"

他们面对面走到一起。旅行者看着他。

"能为您效劳吗？"

他们两个人都站在半明半暗的光线中。旅行者异常专注地看着他。

终于，旅行者说话了：

"您在这里很长时间了吗？"

"十七年，"他等待一下，又问："怎么了？"

旅行者打量他的脸：明亮的双眸已然映出疲惫，鬓角现出灰白的头发。被看的男人不耐烦了。

"您找什么人吗？"他等待回话，声调更短促，"您想做什么？"

"我看看。"

旅行者没有动，眼睛盯在对方的脸上。那男人做了个无奈的手势。旅行者问：

"多长时间您说？"

"十七年。"

旅行者看着走廊深处，问题突如其来：

"舞厅，在那边？"

"有好几个，"他接着说，"您说的是哪个？"

旅行者指着走廊深处的一扇门。

"这个。"

男人说：

"没有舞会了。"

那男人大概看出了旅行者目光中的暴烈。他说：

"如果您愿意我可以给您打开看。"

"谢谢。"

"跟我来。"

那男人在旅行者前面走，他打开一扇门，他进去，让门开着。旅行者进去了。

"就是这里，"他接着说，"您回忆起来了，我看……"

有镜子，已经黯淡无光。座椅沿着明亮的墙朝向镜子排着。绿色植物的底座是空的。

旅行者走到舞池中央。他停下来，看着四周：一张台子，一架关着的钢琴，沿着墙铺开的地毯。舞池周围，光光的桌子。

他听到：

"原来在这儿跳舞。"

他转过身。那男人在半明半暗中微笑着，他指着舞池，问：

"您想让我开灯吗？"

"不。"

厅里的光线是阳光从厚厚的窗帘中渗过来的。

旅行者走向关着的门。他掀起了一块窗帘，透过被钉牢的窗板，他看见一座阳台，看见海滩，在海滩上睡着的她。

旅行者试图打开门。门打不开。他坚持。

"门锁着的，很明显。"

那男人叫了起来，他来到旅行者身边。

"为什么要坚持，您看它明明锁着的。"

旅行者松开了门把手，待在那里不动。

"我没有钥匙，"他的语调重又变得单调起来，"没有权利打开它。"

旅行者又一次掀起了窗帘： 阳台，海滩，她。

旅行者向男人转过身来，问道：

"您认得她吗？"

男人走近，看。

"睡着的那个女人？"他指着她，"是她吗？"

"是的。"

他假装专注地看了一下。

"这样的距离，"他迟疑了一下，"对不起，"他明确地说，"我不认得。"

旅行者放开窗帘，窗帘随即落下。男人说：

"很遗憾。"

旅行者走近，恳求道：

"认认她。"

男人迟疑着，问道：

"为什么？"

旅行者没回答。男人问道：

"她叫什么名字？"

旅行者回答：

"我不记得了。"

男人说出个名字。

旅行者非常专注地听着。男人问他：

"是这个吗？"

旅行者没有回答。他再次恳求：

"您能再说一遍那个名字吗？"

"哪一个？"

"您刚说的那个，"他停顿一下说，"我请求您。"

男人走开了一些，他清清楚楚、完完全全地重复了他刚才杜撰的名字。

旅行者向门口走去，伸出手臂就好像他要穿门而过，然后放弃了，将头放到臂弯里。他失声痛哭。

男人看着他，让这段时间过去，然后向他走过去，声音镇静地说：

"您该出去了，去找她。"

旅行者挺起身，双臂垂下。

男人又让时间过去了一会儿，然后他抓起旅行者的手臂，带他到门口。他说：

"您现在该走了，我还有工作做。"

他们出门了。男人用钥匙锁上门。走廊深处的音乐又响起来。

男人一直送旅行者到大门口，然后就不管他了。

旅行者穿过大门口，他走出去了。


　　她一直躺着，在阳光下，她的眼睛睁着，她看到旅行者过来。她的目光和她的声音同样温柔。

　　"啊，您回来了。"

　　那边，海边处，另一个人又出现，他在走着。在可视的空间范围只有他一个活物。旅行者说：

　　"您睡着的时候我去散步了。"

　　"啊，"她盯着他说，"我以为您又走了。"

　　她指着烈日炎炎下在空寂的海滩那边行走的男人。

　　"我会再和他一起走，"她接着说，"要么警察把我带走。"

　　他坐在她身边。她忽然叫他，她触摸着他的手臂，她要他看她。

　　"您刚才在哪儿？"她接着说，"您去哪儿散步了？"

　　"您当时在睡，我不想打扰您睡。"

　　"不是。"

　　他在那边，走来走去，步伐规整，在不可理喻的等待中，在荒芜的沙滩上。他看他，他只看他。她说：

　　"您去哭了。您去问了。"

　　目光穿过他，尖锐，不懈。他，旅行者，一直在看着沉稳地走着的人。

　　"我去寻找围墙中的广场。"

　　她长时间没有回答，没有说话。

　　"您找到了吗？"她低声问。

　　"是的。也可以看到我们当年从那里走出来的大门，"他补

充说，

"我们分别从那里走出来的大门。"

他们沉默着。

他们长时间地观察着远处海边的事件。

行走的运动有了变化：本该走回来的，他却继续走下去了。她看到了他，她看到他走远。旅行者说：

"他守护，他守护我们。"

"不是，"她接着说，"什么也不是。"

他向着城区高处绕行。在建筑物后消失。旅行者心不在焉地问道：

"什么？"他继续说，"他做什么？"

她向他转过身来：

"我跟您说了吗？"

"他守护大海？他守护我们，把我们带回去？"

"不。"

热气下降，阳光减弱。

她感到轻松适意。她坐下来。有风吹来，又离开。后面，在连绵不断的建筑中，嘈杂声又响起。旅行者又问：

"他守护着潮汐的运动，光线的运动。"

"不。"

"水的运动。风。沙。"

"不。"

"睡眠？"

"不，"她犹豫着，"什么也不是。"

旅行者不说了。

她向他转过身来。她说：

"您什么也不说了。"

她想起来了：

"确实，"她停顿一下，声音重新变得温柔，"您什么也不是。"

天空黑了下来。海潮退得更远，海边出现黑色的淤泥。远处，它们又来了，那些食肉的飞鸟，那些海鸥。

她追随着眼前一个看不见的方向。

"晚上了？"

"我想是。"

她忽然确定无疑，温情脉脉地说：

"我不再认识这个城市，沙塔拉，我从来没有回去过。"

这些话响起，消逝。

他们审视着海滩。

夜，来了。

他没有再出现。旅行者问：

"他没有再走，他会回来吧？"

"是的，"她接着说，"有时候他不能自已。但他总要回来。今天夜里，他会回来。"

海上起了风。

他再次出现的时候，是夜里了。

他没有向他们走来，他又向沙塔拉城走过去，而这次他消失在成群的建筑之中。她说，她重复说：

"今天夜里他会回来，"她接着说，"今天夜里他应该在沙塔拉的心脏放火。"


海滩。夜。

旅行者躺在沙子上。她在他身边躺着。

他们没有说话。他们等着。

沙塔拉的寂静今夜响声入耳，它在叫喊，它在爆裂，他们倾听着这一寂静，追踪着它最隐秘的起伏。

她说：

"有人说话，在旁边。"

沙滩上有说话声，就在近处。他说：

"情人们。"

他们听到了爱欲的呢喃，难耐的快感的呻吟。她说：

"我什么也看不见。"

远处，第一处黑烟。他说：

"我看到了。"

第一处黑烟在沙塔拉晴朗的夜空下升起。

她做了个双臂张开的动作，带着某种绝望的柔情，她说，她喃喃地说：

"沙塔拉，我的沙塔拉。"

她向他转过身来，蒙上了脸。

他把她的头放在他的臂弯，放在他的胸前。

她这样待着不动。

头几声警报穿越沙塔拉上空。

她没有听到。

火势渐起，四处弥漫。

黑色烟雾中冒起了头几缕火苗，天空染红了。

沙塔拉所有的警报器都拼命响起。

她抬起头。她看到了他，她听到了警报声，她看到了红色的天空，她不知自己身在何处。他说：

"房间里很热，我们就来到海滩上了。"

她想起来了，她又闭上眼睛：

"确实……"

她又回到他的臂弯，他的胸前。

有人从着火的建筑群中走出，穿过海滩。

在他身后，沙塔拉在燃烧。

他回来了。他来了。

他在那儿了。

他坐在离他们几米远的地方，他看着天空、大海。

在沙塔拉的所有角落，恐惧的警报拉响。

他看着天空、大海。

然后是躺在旅行者怀中睡着的她。

听见有声音说：

"她睡了。"

旅行者向睡着的脸俯下身去：

"她的眼睛好像睁着。"

听见有声音说：

"那就是说，天要亮了。"

海面上映出了玫瑰色。海的上方，天空开始脱色。

听见有声音说：

"天睁开了眼，您不知道？"

"不知道。"

旅行者看着：确实，眼睛渐渐睁开，眼皮分开，在因运行缓慢而不易觉察的运动中，全部的身体都追随着眼睛，它侧转过来，朝向光线升起的地方。

就这样待着，面对着光线。

旅行者问：

"她看得见吗？"

听见有声音说：

"看不见，她什么都看不见。"

夜里的沙塔拉，警报声转来转去。大海生长着，像天空一样开始脱色。

听见有声音说：

"直到光线出现她一直这样待着。"

他们沉默着。光线以不易觉察的方式增强，因为运行缓慢。沙滩与大海也不知不觉地分离开了。

光线上升，绽放，显现出正在放大的空间。

火灾，也像天空和大海一样，开始脱色。

旅行者问：

"天亮的时候会发生什么？"

听见有声音说：

"有一会儿时间她会目眩。然后她开始看我。分辨出沙和海，然后是海和光，然后是她的身体和我的身体。然后她分离出夜的寒冷并把它给我。再然后她将听到动静，您知道？……上帝的动静？……上帝，这玩意儿？……"

他们沉默了。他们一起守望着天外的黎明冉冉升起。

# 关于《爱》的话

　　《爱》不是小说。在这部小书于一九七一年正式出版的时候，玛格丽特·杜拉斯正逐步远离小说。从发表《毁灭，她说》（一九六八年）到一九九〇年小说《夏雨》问世，杜拉斯没有为她这二十年间创作的任何一部作品冠以小说之名。有论者认为，创作《爱》的那个时期，"玛格丽特·杜拉斯的作品比以前任何时候都缺少通常的情节支持和传统的叙述话语"。①

　　《爱》的世界，从一开始就被某种滞重、迟缓、匿名笼罩着。一处海滩，一边是城市，一边是大海，远处有个入海口，更远处有座堤坝。有三个人，二男一女。一个男

人站在沙滩的一条木板路上，看着沙滩和大海。另一个男人沿着海边走着，迈着一成不变的步伐，来回行走在同一段路程上。一个女人背靠城市和沙滩相接处的一堵墙，闭着眼睛坐着。"一个三角形在这两个男人和闭着眼睛的女人之间形成。……由于那行走的男人不停地在走，迈着一成不变的缓步，三人之间的三角形时而变形，时而复原，却从不被打破。"

　　海滩上的这三个人无名无姓，只因此刻的最基本动作被指称："看着的男人"，"行走的男人"，"闭着眼睛的女人"。稍后，他们才有了较为清晰的面目："看着的男人"将被称为"旅行者"，"行走的男人"有时被称为"疯子"、"囚犯"、"疯囚犯"，而"闭着眼

睛的女人"依旧身份不明，大多数时间在睡着。

《爱》的故事是这样开始的："天色暗了下来"，"此前一直在看着的男人动了起来"，"一直有规律渐移着的三角形被拆开了： 他动了"，"然后，有一声叫喊，""她轻轻地抬起她的手臂，……那个囚犯，他看到了这个动作，……手臂落下来"，"故事开始了"。

故事开始了。只是，这几乎是一个没有故事的故事。海滩上将发生的是这个场景下每一天都在发生的日月运行、潮汐运动，故事中人物的主要行为还是看海看沙、走来走去。与开篇所不同的是，有了更多的运动，人物之间也开始有了走动，有了不一定总是连贯的对话。场景也有所变化，有时在入海口的一处沙洲，有时在临海的一座旅馆。有几个晴天，有几场暴风雨，有几次火灾，有几次走访，有一次没有达到目的的旅行，有一些对过去的徒劳追寻和回忆。除此之外，关于爱，用多种文字印在书的封面上的爱，似乎只有这样一处：

> 她睡了。
>
> 他抓起沙子，往她身上倒。她一呼吸，沙子就动起来，从她身上流下。他再抓起沙子，他又开始。沙子又流下。他再抓沙子，再倒。他停下来。
>
> "爱。"
>
> 眼睛睁开了，它们视而不见，什么也没有认出，然后又闭上了，又回到了黑暗之中。

作为独立的文本，《爱》的可读性是很勉强的。翻阅《爱》这

---

① 《杜拉斯传》，克里斯蒂安娜·布洛-拉巴雷尔著，徐和瑾译，漓江出版社，一九九九年，页一一一。

本书，不仅塑造人物、设置情节、建构故事这些基本的小说手段几乎不见了踪影，就连常规的词、句、段落结构关系也似乎被打乱。由几句话构成的所谓标准段落寥寥无几，复合句和简单句都实践着某种省约原则，一句话甚至一个词就构成一个段落、占据一行的文本空间。一些常见的动词被不加修饰地反复使用，描摹着天空和大海的变化以及人物的基本动作，仿佛在贴近着弥漫文本世界的荒芜。而任凭叙事出现空白、几乎完全消隐在人物后面的叙述者，似乎更多地追寻着书中人物多少有些异常的感知状态，而不是顺应着读者惯常的认知方式。《爱》的语言或许有一种直指存在的节奏和诗意，《爱》的文本却像是丢失了句子、丢失了故事，处处透着残缺和破碎。

"沙塔拉不再有人相爱"。当杜拉斯在一部访谈集里这样谈起她的《爱》时，她似乎从更大的范围、更广的角度为这部作品的主题做着某种解说。在杜拉斯看来，斯汤达式的、巴尔扎克式的乃至普鲁斯特式的爱情故事都已经成为过去，在现代社会，"那种魂牵梦萦的爱的世界终结了"，"也许这样的爱会有一天重归人间，但是在目前，它是缺失的"。①

以爱为名，书写爱的缺失，应该是作家杜拉斯的一种独创，一种能指游戏式的独创。以形式的残破反衬情思的残破，以文本的荒芜对应世界的荒芜，这大概属于某种极限写作，某种罕见的文字历险。因为这无论如何已经很接近谵妄了。

幸而，还有另一种阅读可能，作者也暗示说《爱》并不是一个孤立的文本。确实，在杜拉斯的"印度系列"中，《爱》是处在中

---

① 《话多的女人》，玛格丽特·杜拉斯、格扎维埃·戈蒂埃著，子夜出版社，一九七四年，页一四○。

间位置的一个重要环节，一边连接着《劳儿之劫》和《副领事》两部小说，另一边连接着《印度之歌》、《恒河女子》等几部电影。作为小说《劳儿之劫》（一九六四年）的续篇，《爱》又被杜拉斯改编为电影《恒河女子》（一九七三年）。正是沙塔拉这个地名，以及回归沙塔拉的"旅行者"，把几个可独立存在的文本串连起来，生成着另一种阅读。

沙塔拉曾经有过刻骨铭心的爱，眼前荒芜的世界曾经演绎过爱与疯狂的故事。正是在这里，十七年前，一个叫劳拉·瓦莱里·施泰因的十八岁女孩与麦克·理查逊相恋、订婚。之后，她的未婚夫在一次舞会上爱上了另一个女人弃她而去。因失恋而发疯的劳拉从此给自己改名为劳儿，离开沙塔拉与另一个男人结婚生育，像一个"站着的睡美人"那样生活。十年后回到故乡，一对男女的一吻把她唤醒，她开始了与女友的情人的爱欲之旅，但是爱的伤痛没有治愈，劳儿又一次病倒，真正地睡去了，"睡在黑麦田里"。

又过了七年，到了《爱》的世界，沙塔拉荒芜颓败，不断受着风暴和火灾的侵袭。那曾经叫做"劳拉"、"劳儿"的女子经两次情爱劫难已被彻底摧毁，她跟在一个疯子后面绕着沙塔拉行走，常常睡在海滩或沙洲上，成了嗜睡如命的生物性存在，也同时成为"绝对欲望的对象"："谁要她都可以"，她一次又一次怀孕，生下孩子任人抱走，然后又开始追随那个疯子……

旅行者来了，目光迷茫，步履迟缓。这旅行者是曾经的未婚夫，先前的"白马王子"麦克·理查逊。他们又见面了，但是奇迹没有发生，童话被改写："白马王子"有自己的烦恼，他回到沙塔拉是为了解决自己的问题，而不是为了拯救中了魔咒沉睡着的"公主"。

"舞会事件"后，他跟着那个让他一见钟情的女人离开了沙塔拉，来到了印度（见《副领事》）。这段故事没有异乎寻常的下文，他和另一个女人结了婚，生了两个孩子。他多年后重回沙塔拉，打算抛弃一切，在曾经有过爱的地方结束自己的生命。但是，他在海滩碰到了她，曾被他当众抛弃的未婚妻，那个因他的抛弃而疯狂的劳儿。她现在没有了记忆，也没有了姓名，而他也忘记了许多，包括她的名字：

> "您是谁？"
> 音乐还在继续。她回答：
> "警察局有个号码。"

他在海边的旅馆住下来，但是每天都"难以离开她"。他开始更多地走近她，也走近那个看上去守护着她的"行走的男人"，那个疯子。他和他们一起看海看沙，一起观察光线的变化，一起倾听沙塔拉飘逝的乐曲。他渴望了解一些他已经忘记大半的当年的故事，疯子给他讲的却是光线的起始、沙洲的形成、沙塔拉的由来。他去探访一个相识，一个见证过他的昔日之爱的女友（塔佳娜·卡尔？），但是，透过那深沉阴暗的眼睛，那"意义在其中迷失的无底洞"，她不断向他重复："我是沙塔拉的死人。"

他回到"睡美人"身边。沙塔拉是他们共同的名字，他们"是因为这个才认识的"。他离开沙塔拉以后再没有回去过，而她也不记得自己回去过，于是他们计划一次旅行，一次两人同返沙塔拉、走进沙塔拉的旅行。在她又一次生出孩子送人、在他彻底抛弃来寻找他的妻子儿女之后，他们出发了。烈日炎炎，他们走进沙塔拉，"在岁月之墙中穿行"。借助似曾相识的景物，他帮助她回忆，也帮助自己回忆。她回忆出沙塔拉的风，沙塔拉的夏天，一座广场，一场舞会，生过的孩子，死了的"他"。他吟诵出过去写给她的诗句："一排排杨树在火车后面倒下。他看着她；""一片片平原，田野，纤秀的金黄色树墙。他看着她。"但这一切都没有让她想起眼前的男人是谁，他们在一起做过什么。旅行结束，她认为"没有做旅行"："我不再认识这个城市，沙塔拉，我从来没有回去过。"

"白马王子"归来，"睡美人"却对他说："您什么也不是。"她又睡去了。

爱的末日。除了遗忘还是遗忘。记忆的碎片什么也拼凑不出，爱情的废墟上什么也不再生长。满目苍凉的过去同没有完成的初始一样，面对着同一片荒芜。围绕着那个虽生犹死的女人，两个男人走到了一起，一个是目光迷茫的旅行者，一个是在海边不停走来走去的疯子。书中的两个叙事线索也连接起来，独立的文本与互文的文本重合，进入了同一个现在时态，如沙洲两侧流过的那两条支流，在入海口一起汇入大海，一起投向"盐的深渊"。

无论是在海滩还是在沙洲，都是流失的沙，肆虐的风，翻卷的云，喧嚣的水。在这既是末日景象也是创世景象的一片荒芜之中，光线似乎恒久存在，而活物的气息只以一种方式在散发，在传播，目前还只是一些外在的流露，一些动作，一些行为，期待着被定义，期待着未来："源于爱之原始本能状态的动物的怜悯"（《恒河女子》）①。在沙塔拉已无人相爱、在往昔的爱情也已无处可寻的时候，这荒芜的世界就只剩下生命对生命的关怀，劫难中的互相怜悯和互相扶助。

来沙塔拉寻求自我毁灭的旅行者，在看到已经被生活摧毁的她之后，便感到难以离开，不由自主地追随、陪伴。他小心地不让她

---

① 《纳塔莉·格朗热》（附《恒河女子》），玛格丽特·杜拉斯著，伽里玛出版社，一九七三年，页一七二。

去看翻滚的浪花和白色的鸥群，他为她遮挡强烈的日照，他贴近她胸前去倾听睡梦中痛苦的呻吟、心的愤怒。同样，看到他的妻儿最终离他而去，她也抑制不住自己的泪水：

> 半睁半阖的双眼里，大海很遥远。远处的城市影影绰绰，在泪眼中模糊一团。鸟儿没有了踪影。泪水从她的眼中流出。
> 她说：
> "一个女人带着孩子来过。"
> ……
>
> 远处，大海的上方，一片阴云。天空被遮盖。然后，阴云覆盖之处下起雨来。她看着。她哭着。
> "您也是，您现在也一无所有了。"

同样的怜悯，同样的呵护，也来自书中另一个男人，那个被称作"疯囚犯"或"疯子"的"行走的男人"。这个没有过去的男人步伐规整有序，目光熠熠生辉，说话声音洪亮，语词清晰明确。与他有关的一切都带着更有力度的特征，他虽然名为"疯子"，却似乎对事物有着某种穿透式的把握和理解。他守护着她，每天领着她走，根据天气变化安排她那主要由漫步和睡眠组成的生活。他似乎比她自己更了解她，也知道如何与她分担："有一会儿时间她会目眩。然后她开始看我。分辨出沙和海，然后是海和光，然后是她的身体和我的身体。然后她分离出夜的寒冷并把它给我。再然后她将听到动静……"

她的一切似乎都任由这个被称作疯子的男人引领着，除了放火焚烧沙塔拉。在沙塔拉纵火，"用沙子把沙塔拉包围，是他们追求的目标"，是他们两个人的事业，而女人似乎更扮演着主谋的角色："今天夜里他应该在沙塔拉的心脏放火。"于是，在《爱》的后半部分，随着叙事节奏的加快，沙塔拉上空升起缕缕黑烟，警车的汽笛远近呼啸，火灾的警报响彻全城。在经历过暴风骤雨而变得片片狼藉的沙塔拉，现在又经常处在烈火的蒸熏之中，他们的栖息地、那座曾经满地枯枝的沙洲，现在也尽是"烧焦的树木，熏黑的石头"。这样的进程，这样的景象，似乎是这个失去自我的女人依旧存在的惟一理由，也似乎是这个残缺的生命所体验到的惟一快乐。当她从沙滩上看到"第一处黑烟在沙塔拉晴朗的夜空下升起"的时候，她做出了一个"双臂张开的动作，带着某种绝望的柔情"，喃喃自语："沙塔拉，我的沙塔拉。"之后，她听着响彻全城的警报声，在沙滩上安然睡去。

因自我被世界毁灭而去毁灭这个世界，因爱的末日降临而致力于构建世界的末日，这无论如何是一种令人不安的举动，尤其是当这举动来自所谓的"疯子们"的时候。在她还自称"劳儿"的时候，她残存的思想中就有"重建世界的末日"这一"真正的思想"，但是那时"她不是上帝，她谁也不是"（《劳儿之劫》，上海译文版，二〇〇五年，页四一）。到了《爱》的世界，当她又一次被摧毁甚至丢失了名字以后，上帝被否定（"上帝，这玩意儿？"），她睡梦中痛苦的呻吟表达的也只是对上帝的愤怒，对"普遍意义的上帝"的愤怒。她所主谋实施的毁灭，因而成了对上帝所造的世界的毁灭。

从心智不健全的书中人物身上来把握杜拉斯关于上帝的思想，也许会有失偏颇。但是，杜拉斯对末日的思考和演绎，对任何形式的"朝向某种世界末日的进程中的死亡"（《写作》，上海译文版，二〇〇五年，页三三）的关注，却是一种独特的个人写作倾向。对"普遍意义"的上帝不以为然但却一直喜爱阅读《圣经》的杜拉斯，在写作《爱》的时候，大概参照了一个古老的同题材文本：《新约·启示录》。在那充满末日异象的预言里，罪恶被惩罚，巴比伦①大城被摧毁，经过最后的审判，出现了一个"新天新地"。

《爱》的世界，虽然荒芜一片，灾祸不断，似乎也有对"新天新地"的企盼。

深夜，沙塔拉的海滩，警报声还在回响。旅行者向睡在他怀中的她俯下身去："'她的眼睛好像睁着。'听见有声音说：'那就是说，天要亮了。'"开篇构成空间三角的三个人现在聚在了一处，形成一条直线，共同"朝向光线升起的方向"。《爱》的作者最后写道：

> 他们沉默了。他们一起守望着天外的黎明冉冉升起。

关于爱，有人这样说过："爱并非对这个世界挑战，而是对这个世界的不足挑战。爱要对这个世界上的某个'无'挑战。"②

关于杜拉斯的《爱》，也许可以这样说：爱不是小说，爱是可被改写的童话，爱是末日也是创世。

王东亮

二〇〇五年初秋　哨子营

---

① 《爱》这部书中的专有名词，除了贯穿全书的沙塔拉，只有巴比伦，并且只出现了一次，那是在暴风雨和一场场火灾之后："船只离开了沙塔拉。远处，被遗弃的巴比伦。"

② 《关于爱》，今道友信著，徐培、王洪波译，北京三联书店，一九八七年，页一二二。

**图书在版编目（CIP）数据**

爱／（法）玛格丽特·杜拉斯（Marguerite Duras）著；
王东亮译. —上海：上海译文出版社，2018.12（2022.7重印）
（杜拉斯全集；5）
ISBN 978－7－5327－7946－8

Ⅰ. ①爱… Ⅱ. ①玛… ②王… Ⅲ. ①中篇小说一小
说集一法国一现代 Ⅳ. ①I565.45

中国版本图书馆 CIP 数据核字（2018）第 159354 号

MARGUERITE DURAS

Le ravissement de Lol V. Stein
© Éditions Gallimard，1964

Le vice-consul
© Éditions Gallimard，1965

L'amour
© Éditions Gallimard，1971

All rights reserved
All adaptations are forbidden.

图字：09－2005－140 号　　09－2006－159 号　　09－2005－146 号

| 爱：杜拉斯全集 5<br>Le ravissement de Lol V. Stein. Le vice-consul.<br>L'amour | Marguerite Duras<br>玛格丽特·杜拉斯　著<br>王东亮　译 | 出版统筹　赵武平<br>责任编辑　李月敏<br>装帧设计　UN_LOOK LAB |
| --- | --- | --- |

上海译文出版社有限公司出版、发行
网址：www.yiwen.com.cn
201101　上海市闵行区号景路159弄B座
山东临沂新华印刷物流集团有限责任公司印刷

开本 890×1240　1/32　印张 12.25　插页 6　字数 191,000
2018 年 12 月第 1 版　2022 年 7 月第 3 次印刷

ISBN 978－7－5327－7946－8/I·4893
定价：65.00 元